Hokus Pokus Exitus

Bob Meyer

Hokus Pokus Exitus

Fränkischer Kriminalroman

Impressum

Die Deutsche Nationalbibliothek
Bibliografische Information der Deutschen Nationalbibliothek
Die Deutsche Nationalbibliothek verzeichnet diese Publikation
in der Deutschen Nationalbibliografie; detaillierte bibliografische Daten
sind im Internet über http://dnb.d-nb.de abrufbar.

Bob Meyer:
Hokus Pokus Exitus

Foto/Umschlag:
Umschlaggestaltung: Storch Design, Lauf
Druck und Bindearbeiten: Scandinavianbooks

ISBN 978-3-942251-30-3

Für meine Kindergarten-„Tante“
Schwester Reinholda –
ein Röthenbacher Original

Vorbemerkung

Liebe Leserinnen und Leser,

die Handlung der folgenden Geschichte ist selbstverständlich ebenso frei erfunden wie die Namen aller Beteiligten. Ähnlichkeiten mit lebenden oder verstorbenen Personen, Institutionen und Firmen wären rein zufällig.

Die angesprochene Krankheit Mukopolysaccharidose (MPS) gibt es tatsächlich. Gerne können Sie sich im Internet darüber informieren und betroffenen Kindern helfen. Zum Beispiel unter www.mps-ev.de.

Vielen Dank!
Bob Meyer

Kapitel 1

Das Büro, in dem Hauptkommissar Karl-Heinz Brechtl den überwiegenden Teil seiner Arbeitszeit verbrachte, war recht schlicht eingerichtet. Manche würden es wahrscheinlich als trist bezeichnen. Der Schreibtisch, der Aktenschrank und das Sideboard mit der Kaffeemaschine stammten aus einem Jahrzehnt, in dem Beige noch als modern galt, der Schreibtischsessel war inzwischen abgenutzt und quietschte bei jeder Bewegung, war aber immer noch sehr bequem. Ein paar Fotos aus kuriosen Fällen, die er im Lauf der letzten Jahre zusammengetragen hatte, waren die einzigen Farbtupfer an den Wänden. Leidenschaftlich gern erzählte Brechtl die dazugehörigen Anekdoten, aber es saß nur selten jemand in seinem Büro, der sie hören wollte. Entweder waren es Kollegen, die die Geschichten eh schon in- und auswendig kannten, oder Beteiligte eines aktuellen Falles, die gerade etwas ganz anderes im Kopf hatten. Direkt gegenüber seinem Schreibtisch hing außerdem ein Foto, auf dem der Polizeipräsident Brechtl eine Urkunde zum fünfundzwanzigjährigen Dienstjubiläum überreichte. Brechtl war so etwas eigentlich egal. Das fünfundzwanzigste Jahr war auch nicht viel anders als die übrigen vierundzwanzig gewesen. Aber der Chef hatte das Bild rahmen lassen und darauf bestanden, dass Brechtl es aufhängte. Bitte – da hing es also, gleich neben einer gähnend leeren, weißen Magnetpinnwand.

Brechtl lümmelte in seinem Bürosessel. Die Schuhe hatte er ausgezogen und seine Füße auf den Tisch gelegt. Mit einem Gummiband schoss er Büroklammern in Richtung des besagten Fotos. Ab und zu schaute er auf die Wanduhr und glich deren Zeigerstand mit dem seiner Armbanduhr ab, nur um festzustellen, dass die Zeit im Schneckentempo verging. Unnötig zu erwähnen, dass ihm langweilig war. Stinklangweilig.

Sicher, er hätte einen der alten Fälle herausholen und sich darin vertiefen können. Aber ihm fehlte der Elan. Überhaupt war er so lustlos die letzten Tage. Es war Ende Oktober, die ödeste Zeit des Jahres. Die Kirchweihsaison war vorbei, die „Angriffe auf Leib und Leben“, sein Spezialgebiet, waren auf ein erträgliches Maß zurückgegangen. Die Zahl dieser Fälle verhielt sich direkt proportional zum Alkoholkonsum und der war im Oktober erfahrungsgemäß unterdurchschnittlich. Derzeit war sie bei Null. Nullkommanix. Es war die Zeit zwischen Biergarten und Glühweinstand. Die paar Handgreiflichkeiten, die es immer gab, waren Sache der Schupo. Da gab es nichts zu ermitteln. Und jetzt war auch noch das Fach mit den Büroklammern in seiner obersten Schublade leer.

Brechtl starrte sein Telefon vorwurfsvoll an. Wie oft hatte er es schon verflucht, wenn es ihn alle fünf Minuten bei der Arbeit gestört hatte. Und jetzt, wo er etwas Abwechslung gebrauchen konnte – nichts. Stille. Er nahm den Hörer ab und lauschte. Ein monotones Tuten verriet ihm, dass das Gerät funktionierte, das war aber schon alles.

„Sonja!“, rief er laut genug, dass seine Kollegin im Nachbarbüro es durch die angelehnte Verbindungstür hören konnte.

„Ja?“

„Kaffee?“

„Oh ja, gerne!“

„Hast du noch Büroklammern?“

„Was?“

„Ach, nix!“, seufzte Brechtl vor sich hin.

Die Verbindungstür öffnete sich und Sonja streckte ihren Kopf herein.

„Was willst du?“, fragte sie nach.

„Vergiss es!“ Sein ganzer Weltschmerz lag in diesen Worten.

„Dir geht's gut, oder?", bemerkte Sonja mit Blick auf seine hochgelegten Beine.

„Nee, mir ist langweilig."

„Hast du nicht was von Kaffee gesagt?"

„Machst du einen?"

„Soll ich dir vielleicht auch noch den Nacken massieren und ein bisschen aus der Zeitung vorlesen?"

„Ach ja, das wär nett", grinste Brechtl.

Sonja gab seinem Schreibtischstuhl einen Schups, sodass seine Füße auf den Boden knallten und er fast aus dem Sessel gerutscht wäre.

„Spinnst du?", protestierte er.

„Aufwachen", rief sie ihm ins Ohr. „Du bist in der Arbeit!"

„Ich bin Beamter. Das ist was anderes." Brechtl legte die Füße wieder hoch.

Sonja piekte ihn in die Seite. Sie wusste genau, dass er da fürchterlich kitzlig war.

„Hör auf damit!"

„Erst wenn du aufstehst und Kaffee kochst."

„Ja, ja."

Brechtl gab sich geschlagen, quälte sich aus seinem Stuhl und ging in Zeitlupe hinüber zu dem Sideboard, auf dem die Kaffeemaschine stand. Sonja holte inzwischen die Tassen von dem kleinen Regal über dem Waschbecken. Dabei fiel ihr Blick auf die zahllosen Büroklammern, die auf dem Boden lagen.

„Wie sieht's denn hier aus?"

„Räum ich dann schon auf."

„Hast du nichts zu tun, sag mal?"

„Nicht wirklich."

„Freu dich doch!"

„Worüber?"

„Na, dass es momentan ein bisschen ruhiger ist. Sonst jammerst du immer, was du für einen Stress hast."

„Aber wenn so gar nichts los ist, geht der Tag nicht vorbei. Kannst du nicht vielleicht auf die Straße runtergehen und irgendjemanden erschießen?", schlug Brechtl vor, während er ein Cappuccino-Pad in die Maschine legte.

„Hol dir halt was aus dem Archiv."

„Der alte Kram – das haben wir doch alles schon hundertmal angeschaut."

„Der Chef wär bestimmt stolz auf dich."

„Wo treibt der sich eigentlich rum?"

„In Freilassing, auf Fortbildung."

„Mhm. Wo bildet er sich denn hin?" Brechtl gähnte herzhaft.

„Mitarbeitermotivation – hat mir Dagmar gesteckt."

Dagmar war die Kollegin, die unten am Haupteingang saß. Sie war immer bestens informiert über den neuesten Klatsch und Tratsch. Obwohl sie, abgesehen von den Schreibkräften, die Einzige war, die keine Polizeiausbildung hatte, wusste sie mehr über die Interna der Kripo Schwabach als alle anderen.

„Na ja, wenn's hilft", bemerkte Brechtl.

„Vielleicht bringt er dich dann ein bisschen in die Spur?"

Brechtl lächelte nur müde. Er stellte ihren Kaffee auf den Schreibtisch und warf die Maschine ein zweites Mal an. Sonja ließ sich in seinen Sessel fallen, nahm das Gummiband in die Hand und begann, den Chef zu imitieren.

„Herr Brechtl. Ich möchte mich kurz fassen. Aber ich sehe mich gezwungen, Sie zum wiederholten Male darauf hinzuweisen, dass Zielübungen mit Schusswaffen ausschließlich in den dafür vorgesehenen Räumlichkeiten durchzuführen sind. Ich kann und will nicht dulden, dass Sie sich unentwegt über diese Dienstvorschrift hinwegsetzen. Wenn mir noch einmal ein solcher Zwischenfall zu Ohren kommt, bin ich gezwungen, disziplinarische Maßnahmen zu ergreifen. Haben wir uns verstanden, Brechtl?"

Dazu ruderte sie wild mit den Armen. Sie konnte das echt gut. Der Tonfall stimmte genau, nur die Stimme war eine Oktave zu hoch.

„Und jetzt räumen Sie mal die Sauerei hier auf. Was macht das denn für einen Eindruck? Wir sind doch nicht bei den Hottentotten!"

Brechtl grinste und stieg in das Rollenspiel ein.

„Sicher Chef ... kommt nicht wieder vor ... Aufräumen ... Jawohl ... keine Hottentotten ... sehr richtig!"

Demütig verneigte er sich mehrmals. Dann fing er an, die Büroklammern vom Boden aufzulesen. Als er gerade halb unter dem Schreibtisch steckte, um auch noch die letzten abgeprallten Geschosse zu erreichen, klingelte sein Telefon.

„Wenn's meine Mutter ist – ich bin nicht da!"

„Nuschler, Apparat Brechtl … Grüß dich! … Doch, doch, der liegt mir gerade zu Füßen. Ich geb dich mal weiter." Sie reichte Brechtl den Hörer unter den Tisch. „Rainer für dich."

„Rainer, servus, wos gibdsn?"

Rainer Zettner war eines der Urgesteine der Kripo Schwabach. Seines Zeichens Leiter des Erkennungsdienstes, Rothauracher und nie verlegen, wenn es um einen zweideutigen Spruch ging.

„Ich will di fei ned schdörn, wenn du grod mid der Sonja beschäfdichd bisd. Hasd era an Ondrooch gmachd? Glaab mers, do beißd af Granidd. Die brauchd kann su an aldn Daggl."

„Dei Gschmarri! Ich bin bloß ... ich hobb … ach – is doch woschd. Wos gibds'n?"

„Du, mir sin draußn bei dir in Röddnbach. Do hommer a alde Fraa, die is im Bach dersuffm. Mäissersd amol vobeikummer."

„Bei mir draußn? Wo ner?"

„Do bei derer aldn Mühl, wou der Fußweech naaf gäid zu dem Café. Dou is su a glaane Briggn. Des is …" Er fragte einen Kollegen: „Wie is die Adress dou?"

„Rosenthal", murmelte Brechtl, der wirklich jede Ecke seiner Heimatstadt kannte.

„Rosenthal", bestätigte Rainer.

„Ja, mir kummer! Bis nacher."

Brechtl reichte Sonja den Hörer nach oben und krabbelte unter seinem Schreibtisch vor.

„Und?", fragte sie neugierig.

„Eine alte Frau ist in den Bach gefallen und vermutlich ertrunken."

„Na prima! Dann hast du ja was zu tun."

„Ja, ganz prima", Brechtl schaute durch das Fenster in das trübe Grau, „da kann ich mich jetzt eine Stunde in den Regen stellen, danach irgendwelchen Angehörigen erklären, dass die Omma das Zeitliche gesegnet hat, und morgen zwei Stunden lang Berichte tippen. Herzlichen Glückwunsch!"

„Hab ich das richtig mitgekriegt – das ist bei dir draußen in Röthenbach?"

„Ja. Weißt du was: Wir fahren mit meinem Auto und ich mach danach gleich Feierabend. Du kannst bestimmt mit dem Rainer zurückfahren."

Er griff nach seiner Jeansjacke, die über der Stuhllehne hing.

„Auch nicht das Ideale, bei dem Wetter", bemerkte Sonja.

Brechtl verdrehte die Augen. Er meckerte ja auch nicht an ihrem Outfit herum. Abgesehen davon, dass es da auch nichts zu meckern gab. Er liebte eben seine Jeansjacke und zwischen minus fünf und plus dreißig Grad gab es keine Alternative für ihn.

Sonja machte keine Anstalten aufzustehen.

„Ja was ist jetzt? Meinst du, ich fahr da alleine hin?“, forderte er sie auf.

„Hast du nicht was vergessen?“

„Was?“

Sie deutete auf seine Füße.

„Schuhe zum Beispiel.“

Brechtl angelte die weißen Adidas-Turnschuhe unter dem Schreibtisch hervor, die in seiner Garderobe den gleichen Status wie seine Jeansjacke hatten. Irgendwann, da war er sich sicher, würden die einmal wieder voll im Trend liegen.

Fünf Minuten später waren die beiden in seinem weißen Audi TTS unterwegs. Vor fünf Jahren, als der Wagen noch neu gewesen war, hatte Brechtl ihn oft als Dienstwagen missbraucht. Das führte zu gewissen Schwierigkeiten mit seinem Vorgesetzten, weshalb er jetzt normalerweise wieder die offiziellen Autos nutzte. Das schonte die Nerven und den Geldbeutel.

„In Röthenbach waren wir schon lang nicht mehr. Ist gar nicht so viel los bei euch“, bemerkte Sonja, während sie an der evangelischen Kirche vorbeifuhren.

„Sind halt anständige Leut, die Röthenbacher“, erwiderte Brechtl und bog kurz nach dem Rathaus links ab.

„Aber neugierig“, stellte Sonja fest, als sie die Menschentraube sah, die, nur um einen Blick zwischen den abgestellten Einsatzwagen hindurch auf den Unfallort zu erhaschen, die kleine Straße blockierte.

Brechtl stellte den Audi am Straßenrand ab und drängelte sich mit Sonja vor bis an die Absperrung. Ein junger, uniformierte Kollege wachte darüber, dass niemand zur Brücke vordrang. Brechtl zeigte ihm seinen Dienstausweis und schlüpfte mit Sonja unter dem Absperrband hindurch.

Rainer, der mit seinem weiten, weißen Einweg-Overall und dem Haarnetz genauso lächerlich aussah wie die anderen Kollegen vom Erkennungsdienst, stand mitten auf der Brücke und winkte sie ungeduldig zu sich.

„Dou seider ja“, begrüßte er sie, „also bass aaf: Mir genger dervo aus, dass die goude Fraa an der Briggn ins Wasser gfalln und nimmer rauskummer is. An Rollador und a Daschn hommer aa rauszong, des is wohrscheinlich ihrer. Und an Reengschirm. A Fraa, die wo ihr Kind vom Kindergardn abghuld hat, hads zufällich gseeng. Dou hindn an der Schdaumauer hommers rauszong.“

„Ihr?“

„Naa, die Wasserwachdler hald.“

„Und die Zeugin had gseeng, wies neigfalln is?“

„Naa. Ihr Bou hat Schdaanler ins Wasser gschmissn und dobei had die Fraa die Leich enddeggd, zwischer die Äsd vorner am Weer. Mir homms scho hammgschigd. Is nix fia glaane Kinder dou.“

Keine fünfzig Meter von der Brücke entfernt befand sich die Staumauer der Rosenthalmühle, eines der ältesten Gebäude Röthenbachs. Auf der gegenüberliegenden Wiese war ein Pavillon aufgebaut, unter dem einige Polizisten standen. Brechtl musterte das Geländer der Brücke, das bestimmt einen Meter zwanzig hoch war.

„Dou mousd di obber osdrenger, wennsd dou drieber falln willsd. No derzu midsamdsn Rollador“, bemerkte er.

„Wohrscheinlich is dou vorner neigfalln, wo der Rollador drin gleeng is.“

Rainer führte sie auf die kleine geteerte Fläche vor der Brücke. Dort bestand die Absperrung nur aus in Kniehöhe angebrachten Rundhölzern. Ziemlich steil ging es einen knappen Meter zum Wasser hinunter. Der Röthenbach, der hier normalerweise beschaulich vor sich hin plätscherte, war durch den vielen Regen der letzten Tage ordentlich angeschwollen. An einer Stelle zeigte

Rainer auf einige frisch abgebrochene Zweige und Spuren auf dem Boden.

„Wos hads ner dou gwolld?", wunderte sich Brechtl.

„Ja, wos wass iich? Frong hommers nimmer kenner."

„Wass mer scho, wers iss?"

„Naa, hat kanne Babiere derbei ghabd."

„Ner schau mers uns hald amol o. Wou issn?"

Rainer deutete auf den Pavillon. Durch ein Gittertor auf der anderen Seite der Brücke gelangten sie auf die ungemähte Wiese. Schon aus einigen Metern Entfernung erkannte Brechtl die Frau in der roten Regenjacke, die neben der Leiche am Boden kniete.

„Grüß dich, Regine! Und, wie schaut's aus?"

Jetzt, wo ihr Chef, Doktor Schneider, langsam, aber zielstrebig auf den Ruhestand zusteuerte, übernahm Regine Eckhard immer öfter die Fälle für die Gerichtsmedizin Erlangen. Sie begrüßte Brechtl mit einem strahlenden Lächeln.

„Grüß dich, Kalle! Muss eigentlich immer eine Leiche daneben liegen, wenn wir uns sehen? Ich finde, das müssen wir dringend mal überdenken."

Sie zog die Gummihandschuhe aus und gab ihm die Hand.

„Weibliche Leiche, zirka achtzig Jahre alt, Todeszeitpunkt geschätzt so vor zwei Stunden, also vierzehn Uhr. Ist ein bisschen schwierig, weil sie die ganze Zeit in dem kalten Wasser gelegen hat. Todesursache ziemlich sicher Ertrinken, auf jeden Fall Wasser in der Lunge, was dafür spricht."

Brechtl betrachtete die Tote. Ihr faltiges Gesicht war blass und völlig ausdruckslos. Der viel zu rote Lippenstift war offensichtlich wasserfest. Die nassen, weißen Haare sahen aus, als wären sie nach hinten gekämmt worden. Sie trug einen blauen Rock, eine Bluse mit Blumenmuster und eine braune Steppjacke, die so gar nicht zum Rest passte. Der linke Schuh fehlte.

„Ganz genau kann ich es dir natürlich erst nach der Obduktion sagen. Kommst du mit nach Erlangen?", fuhr Regine fort.

Sie wusste ganz genau, dass Brechtl sich vor Obduktionen drückte, soweit es ging. Tote anzuschauen war das eine, aber dabei zuzusehen, wie ihnen der Bauch aufgeschlitzt und der Schädel zersägt wurde – nein, das war nicht das, was er vor dem Abendessen brauchte. Es war ihm ein Rätsel, wie sich eine zierliche, junge Medizinerin wie Regine ausgerechnet für diese Fachrichtung hatte entscheiden können.

„Ich glaub, das ist nicht unbedingt nötig, oder? Ich mein, die Sache ist doch klar. Die Oma ist in den Bach gefallen und nicht mehr rausgekommen."

„Wohrscheinlich hads mid ihrm Rollador an Onlauf gnommer, dass den Berch nauf kummd, und dann had sis aus der Kurvm bfiffm", witzelte Rainer.

„Ich glaub eher, sie hat eine Pause gemacht und sich das Hochwasser angeschaut und dann irgendwie das Gleichgewicht verloren."

Was Sonja beisteuerte, klang schon vernünftiger.

„War schon jemand bei den Anwohnern?", erkundigte sich Brechtl bei einem der Polizisten, die unter dem Pavillon standen.

„Bis jetzt noch nicht. Aber sind ja nur die drei Häuser, von woanders sieht man die Stelle nicht."

„Kannst du da mal hingehen, Sonja? Ich schau mir den Rollator an."

Sonja nickte, verabschiedete sich von Regine und machte sich auf den Weg.

„Also, Regine, rufst mich halt an, wenn du fertig bist", schlug Brechtl vor, „vielleicht können wir ja mal wieder …"

„… Lamm grillen?“, ergänzte sie mit einem Blick in den Himmel.

„… oder so. Ich geh mal wieder vor, gell. Servus.“

Die Kollegen hatten den Rollator in einen VW-Bus der Schutzpolizei gestellt. Brechtl war das ganz recht – wenigstens trocken. Bevor er einstieg, wischte er sich mit beiden Händen das Wasser aus den Stoppeln auf seinem Kopf. Er setzte sich auf das Sünderbänkchen, das normalerweise dazu diente, die Daten von Verkehrssündern oder Zeugen aufzunehmen, und begutachtete das Gefährt.

Rein technisch gesehen war der Rollator noch völlig in Ordnung, wenn auch schon ziemlich abgenutzt. An einem der Handgriffe hing ein schwarzer Stockschirm. Vorne war ein Gitterkorb angebracht, in dem sich eine große schwarze Einkaufstasche mit dem Aufdruck des örtlichen Edeka-Marktes befand. Darin entdeckte Brechtl eine Frischhaltebox und eine schwarze Handtasche aus schlecht imitiertem Krokodilleder. Er nahm sie heraus und schaute sich den nassen Inhalt an. Mein Gott, was die Frauen so alles mitschleppten: zwei sorgfältig gebügelte Stofftaschentücher, aber trotzdem noch ein Päckchen Papiertaschentücher. Ein Kamm, ein knallig roter Lippenstift und eine Puderdose mit Spiegel. Daneben noch ein Kugelschreiber, drei einzeln verpackte Zahnstocher, ein Feuerzeug und ein Plastikdöschen mit Pfefferminzdrops. In einem Seitenfach steckten zwei Geldbeutel. Ein kleiner zum Zuklipsen, in dem sich etwas Kleingeld befand, und ein größerer, der anscheinend von dem gleichen Plastikkrokodil wie die Handtasche stammte.

Er enthielt fünfundzwanzig Euro, eine teilweise abgestempelte Zehnerkarte für die S-Bahn, zwei Rabattsammelkarten und einige Zettel, die allerdings ziemlich aufgeweicht waren. Sie zu sezieren war Rainers Aufgabe. In einem Klarsichtfach steckten zwei vergilbte Fotos von einem Mann und einem Kleinkind. Einen Ausweis oder Papiere, die Aufschluss über die Identität der Frau gegeben hätten, fand Brechtl nicht.

Er nahm die beiden Fotos heraus und steckte alles andere wieder zurück in die Handtasche, dann widmete er sich der blauen Frischhaltebox.

Sie war randvoll mit Gebäck. Als Brechtl die Box umdrehte, fand er auf der Unterseite ein kleines Klebeetikett. Die Aufschrift war schon ziemlich verblasst, aber er erkannte sie auf den ersten Blick. Er schnaufte tief durch. Auf dem Etikett stand „Brechtl", in der Handschrift seiner Mutter.

Mamas Küchle, die sie nicht nur zur Kirchweih in rauen Mengen backte und damit ihre zahlreichen Freundinnen beglückte. Dadurch hatte sich ein Problem praktisch erübrigt, aber ein anderes aufgetan. Seine Mutter konnte die Identität der Toten sicher klären, dafür musste er ihr allerdings schonend beibringen, dass sich ihr Freundeskreis gerade um ein Mitglied reduziert hatte.

Sonja stieg in den VW-Bus und klappte umständlich ihren Taschenschirm zu.

„Und?"

„Nichts!", antwortete sie, „nichts gesehen, nichts gehört."

„Dafür bin ich einen Schritt weiter." Er hielt ihr die Plastikbox mit dem Namensschild hin. „Die Frau war wahrscheinlich eine Bekannte meiner Mutter. Das ist ihre Handschrift."

Brechtl konnte fließend Hochdeutsch sprechen, wenn er wollte. Für ihn als gebürtigen Franken quasi die erste Fremdsprache. Je nachdem, mit wem er sich unterhielt, beherrschte er den fliegenden Wechsel. Sonja hingegen stammte ursprünglich aus der Nähe von Hannover. In den zehn Jahren, die sie jetzt zusammenarbeiteten, hatte Brechtl es nicht geschafft, ihr das Hochdeutsche abzugewöhnen. Inzwischen hatte er es aufgegeben und sich angepasst.

„Und jetzt? Willst du deine Mutter fragen, wer das ist?"

„Ja logisch, oder denkst du, ich warte, bis morgen die Vermisstenmeldungen kommen?"

„Na ja, wenn du meinst. Muss ich da mit?"

Brechtl würde sich bestimmt ein stundenlanges Wehklagen von seiner Mutter anhören müssen, wenn er nicht einen triftigen Grund finden würde, um sich aus dem Staub zu machen. Sonja kam ihm da sehr gelegen.

„Wäre schon nett von dir."

„Von mir aus." Sie warf einen Blick auf ihre Uhr. „Aber dann musst du mich wieder nach Schwabach fahren, Rainer packt schon zusammen."

„Ja, ja, kein Problem."

Brechtl gab Rainer Bescheid, lieh sich die Plastikbox und die Fotos aus und machte sich mit Sonja auf den Weg Richtung Speckschlag. Dort am westlichen Stadtrand wohnten seine Eltern schon seit über fünfzig Jahren in einem Reihenhaus. Als sie klingelten, öffnete seine Mutter ihnen in einer ihrer Kittelschürzen. Die trug sie immer, wenn sie in der Küche oder im Haushalt zu tun hatte.

„Ja Heinzi, wo kummsdn du her? Und die Frau Sonja, Grüß Godd. Gedd ner rei, obber ich bin grod beim Baggn."

Heinzi und Frau Sonja. Brechtl wusste nicht, welcher der zwei Namen dämlicher klang. Seine Mutter nannte ihn schon immer Heinzi. Er konnte es ihr einfach nicht abgewöhnen, obwohl er schon tausendmal angedeutet hatte, dass er diesen Kosenamen nicht leiden konnte. Und die Frau Sonja. Vielleicht wusste seine Mutter gar nicht, dass Sonja mit Nachnamen Nuschler hieß. Er erzählte ja immer nur von seiner Kollegin Sonja. Der Höflichkeit halber musste man dann anscheinend ein „Frau“ davorsetzen.

Gemeinsam gingen sie in die Küche, wo auf dem Herd ein großer Topf mit siedendem Öl auf die Küchle wartete.

„Mechder a boar Kiechla? Sinn glei ferdich.“

„Dange Mama, obber mir homm ned vill Zeid. Mir sinn bragdisch diensdlich dou.“

„Diensdlich?“

„Des is doch anne vo deine Dubberdosn, odder?“

Er zeigte ihr die Plastikbox.

„Ja freilich! Wo kummd ner edz die her?“

„Wem hasdn die gehm?“

„Der Schwemmers Luise. Die woar heid Nachmidooch dou, ner hobbi ihr a boar Kiechla midgehm. Had sis gwiss verluurn, die Dosn?“

„Na ja, verluurn edz ned … Wos haddn die o ghabd?“

„Du frogsd mi Sachn ...“. Mama Brechtl überlegte kurz. „A scheene Blusn mit Blümler und an blauer Rogg, maani. Und ihr braune Jaggn, walli mer nu dachd hob, dou kennerd ser si aa amol a neie kafm. Obber wos indressiernern dich di Glamoddn vo der Schwemmers Luise?“

„Gäi, hogg di amol hie, Mama.“

„Des gäid edz ned. Ich mou di Kiechla nei du. Wos is ner?“

„Die Fra Schwemmer hat an Unfall ghabd, Mama.“

„Is era wos bassierd?“

„Die Fra Schwemmer is doud, Mama.“ So. Jetzt war es raus.

„Allmächd na“, sie bekreuzigte sich dreimal und nahm sich dann doch einen Küchenstuhl, um sich zu setzen, „wos issn bassierd?“

Brechtl schaltete die Herdplatte aus und setzte sich neben sie.

„Sie is beim Rosndal drundn in Röddnbach gfalln und wohrscheinlich dersuffm."

Das war zwar jetzt nicht besonders einfühlsam, aber wie hätte er es sonst umschreiben sollen.

„Dersuffm? Um Godds Willn. Derbei hat die so goud schwimmer kenner. Die woar fräier immer im Freibod."

„Wie fräier?"

„Vur zeh Joar, dou is die nu jedn Dooch zum Schwimmer ganger im Summer. Obber seids nimmer su goud af die Fäis is, hod sis blaim läin." Sie schüttelte den Kopf. „Edz brauchi an Schnabbs."

Sie stand auf, holte sich ihren österreichischen Kräutergeist aus dem Wohnzimmer und brachte gleich drei Gläser mit.

„Mechder aa a Schdamberler?"

Brechtl kannte das Zeug. Es schmeckte widerlich. Aber seine Mutter war der Ansicht, dass es das Allheilmittel für alle Lebenslagen war. Andererseits – wer das überlebte, den brachte wahrscheinlich so schnell nichts mehr um.

„Naa, dange, mir sinn im Diensd."

Frau Brechtl goss sich trotzdem ein Glas ein, trank es in einem Zug aus und schüttelte sich anschließend.

„Wo wohndn die Frau Schwemmer?", fragte Brechtl nach.

„Fräier hads in der Conradty-Siedlung gwohnd. Glei wennsd in Angerersberch naaf gäisd rechds. Obber wäis des dann renovierd homm, is in ans vo die groußn Heiser dou beim Legoland gengieber zong. Des woar ihr dann zu weid zum Eikaffm, wäis nimmer laffm hat kenner und nau is ins kadolische Aldnheim, vur vier odder fümf Joar scho."

„Und hat die Verwandtschaft in Röddnbach?"

„Naa, die hod doch kann Menschn mehr. Ihr Mo is

scho ball fuchze Joar doud und ihr Dochder is doch su grang gween. Die is scho als a Glannerla gschdorm."

Brechtl holte die Fotos aus seiner Jackentasche.

„Is des ihr Mo?"

„Jo, des is der Hans. Und des andre werd woll ihr Dochder sei. Ich wass goar nimmer, wie die ghaasn hat. Des is scho su lang her. Des woar ja su a arms Waggerla", schüttelte sie traurig den Kopf.

„Und had die Fra Schwemmer sunsd wenn, Gschwisder odder andre Verwande?"

„Naa, goar nix. Dou hads doch immer gjammerd, dass kann Menschn had, der wo si kümmerd um sie. Allmächd, die Luise. Naa, des häddi era aa ned gwünschd."

Sie goss sich noch einen Schnaps ein.

„Wou is ner der Babba?"

„Der is bloß schnell beim Rewe vorner, beim Eikaffm. Der mäisd glei kummer."

Wie auf Kommando wurde die Haustür aufgesperrt.

„Grüssdi, Karl-Heinz. Ich hob dei Audo scho schdeh seeng. Die Sonja is aa derbei. Grüß Godd", reichte er ihr die Hand. „Wos verschaffd uns die Ehre?"

Brechtls Mutter war schneller.

„Schdell der vuur, die Schwemmers Luise is im Röddnbach dersuffm."

Vater Brechtl stellte seinen Korb auf dem Küchentisch ab.

„Ner sauber!", war sein ganzer Kommentar, während er seine Einkäufe auslud. „Ircherdwann derwischds an jedn. Die Kerschmarmelaad homms nimmer ghabd. Edz hobbi Bfirsich gnummer."

Seine Frau schaute ihn nur entsetzt an.

„Also glabbsders!"

„Du, Babba, wassd du, ob die Frau Schwemmer no Verwandschafd had?"

„Iich? Dou mousd dei Mudder frong. Ich wass des nedd.“

„Na ja, mir mäin dann aa widder weider. Ich froch hald amol im Aldnheim. Villeichd wissen die wos. Ade, Babba, ade Mama.“ Er stand auf und gab seiner Mutter einen Kuss auf die Wange.

„Ade Heinzi. Ich mou edz glei die Walldraud orufm.“

Es war klar, dass es keine Viertelstunde dauern würde, bis ganz Röthenbach über den Trauerfall Bescheid wusste.

Als sie auf dem Weg zum katholischen Altenheim mit dem Auto die Brücke über den Röthenbach überquerten, zeigte Brechtl geradeaus auf eine kleine Nebenstraße, die steil bergauf führte.

„Das ist übrigens der Angerersberg.“

„Da steht Konrad-Zimmermann-Straße.“

„Ja. Und ganz oben war früher das Kaufhaus Angerer. Und deshalb ist das der Angerersberg. Und wo wir jetzt fahren, das ist der Kinoberg.“

„Lass mich raten: Weil da früher mal ein Kino war.“

„Gut kombiniert“, grinste er.

„Und was ist das mit dem Legoland? War da mal eine Spielzeugfabrik?“

„Nein, das ist eine relativ neue Siedlung. So ein architektonisches Meisterstück aus lauter eckigen Häuserzeilen. Sieht halt aus wie Lego.“

Brechtl bog links ab und folgte der Straße, bis sie in einer Sackgasse endete.

„Da sind wir. Links ist das Altenheim und rechts der Friedhof.“

„Bisschen makaber, findest du nicht?“

„Röthenbach – Stadt der kurzen Wege!“, zitierte er den Werbeslogan seiner Heimatstadt. „Eigentlich nicht. Ich find’s praktisch. Da haben es die alten Leute nicht so weit, wenn sie ihre verstorbenen Angehörigen besuchen wollen. Da kann ich dir gleich noch jemanden vorstellen."

Er zeigte auf eine zierliche Frau in Schwesterntracht, die gerade aus dem Altenheim kam.

„Schwester!", rief er und lief auf sie zu.

„Der Brechtl Karl-Heinz. Dich hab ich auch schon lang nicht mehr gsehn."

„Sonja, das ist die Schwester Reinhilde. Meine Kollegin, die Sonja Nuschler."

„Grüß Gott!", gab sie ihr die Hand.

„Die Schwester hat viele Jahre im Kindergarten gearbeitet. Sie war meine Kindergarten-Tante, sozusagen. Die kennt jeder in Röthenbach. Und jetzt ist sie hier im Altenheim."

„Aber nur zum Arbeiten – ehrenamtlich", stellte die Schwester klar. „Wohnen tu ich vorne im Schwesternhaus. Der Karl-Heinz, des war früher ein ganz schöner Schlawiner." Sie tätschelte ihm die Wange, wozu sie sich ziemlich strecken musste. „Aber jetzt bist bei der Polizei, gell?"

„Ja, deswegen sind wir ja auch hier. Die Frau Luise Schwemmer, die wohnt doch hier, oder?"

„Die Frau Schwemmer? Freilich. Im ersten Stock. Wollt ihr zu ihr?"

„Nicht direkt. Die Frau Schwemmer hat leider einen Unfall gehabt, sie ist tot."

„Allmächd. Gott hab sie selig!", bekreuzigte sie sich.

„Wissen Sie, ob die noch irgendeine Verwandtschaft hat in Röthenbach oder sonstwo?"

Wenn jemand alle alteingesessenen Röthenbacher kannte, dann Schwester Reinhilde. Aber auch sie bestätigte nur, was ihnen Brechtls Mutter schon erzählt hatte und zeigte ihnen den Weg zum Büro der Heimleitung, bevor sie sich verabschiedete.

Die Heimleiterin, Frau Mildner, war eine recht sympathische Frau, der man allerdings ansah, dass sie viel um die Ohren hatte. Trotzdem nahm sie sich die Zeit, Brechtls Fragen ausführlich zu beantworten und die Kommissare persönlich zum Zimmer von Frau Schwemmer zu führen.

Das Zimmer im ersten Stock war hell, hatte eine große Fensterfront zum Hof und eine Tür zum Balkon. In einer Ecke stand ein Pflegebett, das, wie die Heimleiterin erklärte, zur Standardausstattung gehörte. Die anderen Möbel hatte Frau Schwemmer selbst mitgebracht. Ein bequemer Ohrensessel, ein Schreibtisch samt Stuhl, eine schwere hölzerne Truhe mit Metallbeschlägen und drei Bücherregale, womit der Raum schon gut gefüllt war. Auf dem Schreibtisch stand eine alte mechanische Schreibmaschine, aber nicht ein Blatt Papier lag daneben.

„Ich mag die alten Dinger", bemerkte Brechtl. „Auf so einer hab ich meine ersten Berichte getippt. Wird die noch benutzt?"

Die Heimleiterin verdrehte die Augen.

„Und ob. Kann einen wahnsinnig machen, das Getippe. Wir haben ihr schon x-mal vorgeschlagen, sich doch einen kleinen Computer zuzulegen, aber das wollte sie partout nicht. Jetzt haben wir feste Zeiten vereinbart, zu denen sie schreiben darf."

„Und was schreibt sie da?"

„Sie bekommt einen Haufen Post, sogar aus dem Ausland. Und sie verschickt auch genauso viel."

„Aha." Brechtl öffnete die Schreibtischschublade, in der sich aber nur Stifte, Tippex, Farbbänder und ein Brieföffner befanden. „Wo hat sie denn die ganze Post?"

„Das hat sie alles in ihrer Schatztruhe eingeschlossen. Macht ein Mordsgeheimnis daraus. Angeblich schreibt sie sogar ein Buch."

Sie zeigte auf die Truhe, die neben dem Bett stand. Brechtl schaute sich das massive Vorhängeschloss an.

„Mhm. Sicher wie Fort Knox."

Die Regale an der Wand waren dicht bepackt mit Büchern. Lauter Fachbücher aus Pharmazie und Medizin, einige gebundene Doktorarbeiten, Fachzeitschriften und Aktenordner.

„War die Frau Schwemmer Ärztin?", fragte Brechtl nach.

Frau Mildner lachte.

„Soweit ich weiß, hat sie nicht einmal einen vernünftigen Schulabschluss. Einbildung ist auch eine Bildung, wenn Sie wissen, was ich meine. Aber bei uns darf jeder seinen Lebensabend gestalten, wie er will."

„Meinen Sie, es gibt vielleicht im Ausland Verwandtschaft?"

„Da bin ich überfragt. Aber soweit ich weiß, hat sie niemanden mehr."

„Na ja. Jedenfalls bitte ich Sie, den Raum abzusperren und nichts zu verändern, bis die Untersuchung abgeschlossen ist. Wir melden uns, falls wir Angehörige ausfindig machen."

„Ja gut."

„Hat Frau Schwemmer eigentlich viel Besuch gehabt?", erkundigte sich Sonja.

„Nicht besonders viel. Die Frau Bauernfeind war öfter hier, das ist eine Freundin von ihr. Und eine junge Frau hat sie in letzter Zeit ein paarmal besucht. Eine Ausländerin. Ich weiß aber nicht, wie sie heißt. Und mit dem Herrn Doktor Cornelius hat sie sich gut verstanden. Der kam auch ab und zu zu Besuch."

„Ist das ihr Hausarzt?"

„Nein. Der Herr Doktor Cornelius macht bei uns drei, vier Mal im Jahr kleine Unterhaltungsveranstaltungen. Er ist Hobby-Zauberer und kümmert sich ganz reizend um die älteren Herrschaften."

„Gut, das war's dann auch schon. Wir wollen Sie

nicht länger aufhalten", verabschiedete sich Brechtl mit einem Blick auf die Uhr.

Den Rest der Arbeit wollte er morgen früh auf den Kollegen Manfred Gruber, genannt Manne, abschieben. Der sollte sich mit dem Nachlassgericht in Verbindung setzen und alles Weitere würde dann seinen gewohnten Gang gehen.

Kapitel 2

Brechtl kannte diesen Blick von Sonja, wenn sie ihm etwas Unangenehmes mitteilen musste. Noch schlimmer war, wenn er morgens in sein Büro kam und sie mit diesem Blick schon auf seinem Stuhl saß. Das hieß: Unangenehm und dringend. Er zog die Jacke erst gar nicht aus.

„Moin. Was gibt's?"

„Moin, Kalle. Regine hat angerufen. Wir sollen gleich zu ihr nach Erlangen kommen."

„Warum?"

„Sie will uns was zeigen."

„Was?"

„Hat sie nicht gesagt. Aber es klang wichtig."

Warum konnten Frauen nicht einmal klipp und klar sagen: „Es ist so und so?" Sie mussten aus allem ein Geheimnis machen, eine Überraschung. Brechtl konnte Überraschungen nicht leiden. Schon gar nicht frühmorgens und erst recht nicht, wenn er dazu in die Rechtsmedizin musste. Der Tag war schon gelaufen, noch bevor er richtig angefangen hatte.

Das Institut für Rechtsmedizin gehört zur Uni Erlangen und liegt mitten im Unversitätsviertel. Um dorthin zu kommen, mussten sie vom Lorlebergplatz, dem vermutlich einzigen Kreisverkehr, in dem „Rechts vor links" gilt, ein Stück die Universitätsstraße hoch fahren. Man kam sich immer vor wie in einem Videospiel aus den achtziger Jahren, wenn man versuchte, den zahllosen Studenten, die dort zu Fuß und mit dem Fahrrad unterwegs waren, auszuweichen. Mit dem Polizeifahrzeug hatten sie wenigstens das Privileg, im Hof hinter dem schmucklosen, braunweißen Bau parken zu dürfen, und mussten sich nicht auch noch einen Parkplatz suchen.

Schon während er die paar Stufen zur Eingangstür hoch ging, hatte Brechtl dieses flaue Gefühl im Magen.

Die Rechtsmedizin war nicht sein Ding. Bei Obduktionen wurde ihm regelmäßig schlecht. Obwohl es eigentlich die Aufgabe des leitenden Ermittlers war, dabei anwesend zu sein, schob er diese unangenehme Pflicht gerne auf Jan oder Manne ab. Brechtls Blick blieb an dem Aufzug hängen, der direkt in den Keller zum Leichenaufbewahrungsraum führte. Quasi der Fahrstuhl zur Hölle. Warum es zur Hölle einen Fahrstuhl gab, während man in den Himmel immer über eine Treppe gelangte ...? Unwillkürlich kam ihm „Stairway to Heaven" von Led Zeppelin in den Sinn.

Sie klingelten und gingen hinauf in den ersten Stock, um sich im Sekretariat anzumelden. Regine holte sie dort ab und führte sie gleich direkt in den Keller. Alles in diesem Haus wirkte morbid. Sogar die Wände, die vermutlich in den sechziger Jahren das erste und letzte Mal gestrichen worden waren. Unten angekommen bogen sie nach links in Richtung Sektionsraum ab. Natürlich hatte Regine unterwegs kein Wort über den Grund ihres Besuchs verloren – war ja 'ne Überraschung. Sie schob die schwere Metalltür auf und ließ ihnen den Vortritt. In dem weiß gekachelten Raum lag die Leiche von Frau Schwemmer auf einem der beiden Edelstahltische. Netterweise war sie wenigstens mit einem Tuch zugedeckt.

„Also schaut mal her", begann Regine ihre Ausführungen und schlug das Tuch zurück. „Die Frau ist zwar ertrunken, also das ist die Todesursache, aber wir haben noch etwas gefunden."

Sie deutete auf den kahl rasierten Kopf der Frau.

„Hier vorne auf der Stirn sind drei kleine, kreisrunde Hämatome, die ich noch nicht zuordnen kann. Aber viel wichtiger: Oben auf der rechten Seite am hinteren Ende des Stirnbeins befindet sich eine Fraktur. Und an der Stelle kann das eigentlich nicht durch einen Sturz passiert sein."

Diesen Grundsatz kannte auch Brechtl. Sturzverletzungen am Kopf sind in aller Regel seitlich, am Hinterkopf oder im Gesicht. Alles was oberhalb der imaginären Hutkrempe liegt, ist normalerweise auf Fremdeinwirkung zurückzuführen.

„Jetzt gibt es eigentlich nur zwei Möglichkeiten. Entweder die Frau ist aus größerer Höhe kopfvoran in den Bach gesprungen und auf dem Grund aufgeschlagen – aber das können wir, glaube ich, ausschließen – oder sie hat einen kräftigen Schlag bekommen. An den Unterarmen und Knien hat sie Schürfwunden, die von Ästen oder Steinen stammen dürften. Wenn ich das alles zusammen interpretiere, würde ich sagen: Die Frau ist ins Wasser gefallen – oder gestoßen worden – und als sie versucht hat, wieder rauszukrabbeln, hat sie einen Schlag auf den Kopf bekommen. Sie wurde bewusstlos und ist ertrunken."

„Kann es nicht sein, dass sie sich beim Herauskrabbeln einfach den Kopf angestoßen hat?"

„Das ist praktisch unmöglich. Wenn du dir die Fraktur anschaust ..."

Sie setzte sich an einen PC und zeigte den beiden einige Röntgenbilder des Schädels.

„... Dazu braucht man schon viel Wucht. Der Gegenstand, der die Fraktur verursacht hat, das sieht man hier auch ganz deutlich, war übrigens rund. Also doppelt rund – wie soll ich sagen: ein gebogenes Rohr zum Beispiel."

„Von dem Rollator vielleicht", dachte Brechtl laut nach.

Er versuchte sich vorzustellen, wie man mit dem Rollator zuschlagen musste, um diese Verletzung zu verursachen. Die beiden Frauen schauten belustigt zu, wie er konzentriert mit den Armen herumfuchtelte, um die Szene nachzustellen. Nein. So ein unhandliches, schweres Teil als Hiebwaffe zu benutzen, hielt er für ziemlich unwahrscheinlich.

„Also du sagst, sie ist definitiv erschlagen worden?"

„Sie ist ertrunken. Aber der Schlag auf den Kopf war ursächlich dafür."

„Also Mord?"

„Mord, Totschlag, Körperverletzung mit Todesfolge ... Das ist deine Sache. Ich kann dir nur sagen, allein mit der Kopfverletzung hätte sie schon schlechte Karten gehabt. Den Schlag hat sie überlebt, aber danach war sie wohl bewegungsunfähig."

„Hmm ...", Brechtl rieb sich sein schlecht rasiertes Kinn. „Ja, danke, Regine. Schreibst mir halt den Bericht, wie üblich."

Er hatte es eilig, den Raum wieder zu verlassen. Ihm war schleierhaft, wie man diesen Geruch den ganzen Tag ertragen konnte. Nicht, dass es hier nach Tod und Verwesung roch, eher nach Desinfektionsmittel und Alkohol in seiner unangenehmsten Form. Sein Gehirn und sein Magen assoziierten damit die Bilder von aufgesägten Körpern und deren unappetitlichem Inhalt. Er genoss die frische Luft, als sie sich am Hinterausgang von Regine verabschiedeten. Es war einer dieser Momente, in denen er sich gerne eine Zigarette angesteckt hätte, obwohl er das Rauchen schon vor sieben Jahren aufgegeben hatte.

Wozu waren sie jetzt eigentlich bis nach Erlangen gefahren? Die Geschichte hätte sie ihm auch am Telefon erzählen können.

„Prima!", beglückwünschte ihn Sonja auf dem Weg zum Auto. „Jetzt haben wir endlich wieder was Vernünftiges zu tun."

„Ja, ganz toll. Totschlag in Röthenbach und dann noch an einer Bekannten von meiner Mutter. Kann mir nichts Schöneres vorstellen", meckerte Brechtl und stieg ins Auto.

„Besser als rumsitzen. Hab ich dir schon mal gesagt, dass du ziemlich unausstehlich bist, wenn du nichts zu tun hast?"

„Du kannst echt tolle Komplimente machen."

„Gern geschehn! Fahr mal bitte da entlang. Da gibt's den besten Döner in ganz Erlangen. Hat mir Regine gezeigt."

„Du willst doch jetzt nichts essen, oder?"

„Warum nicht? Wenn wir schon mal da sind."

„Bitte. Aber nicht im Auto."

„Von mir aus. Da vorne rechts."

Brechtl war bestimmt kein Kostverächter, was man seinem Bauch leider auch immer mehr ansah. Aber im Moment brachte er keinen Bissen hinunter. Er bemühte sich, in eine andere Richtung zu schauen, während sie unter einem großen Schirm an dem Bistrotisch neben dem Imbisswagen standen und Sonja herzhaft in ihren Döner biss.

„Also – wie fangen wir an?", fragte sie kauend.

„Warum bringt einer eine alte Frau um? Leidenschaft wird's ja wohl kaum gewesen sein. Nach Raubmord hat es auch nicht ausgesehen. Rache – wofür? Kann ich mir nicht vorstellen. Also kann's nur ums Geld gehen."

„Ich möcht mal wissen", keuchte Sonja mit aufgerissenen Augen, „warum die das scharfe Zeug immer nur auf eine Stelle kippen und nicht gleichmäßig verteilen."

Unwillkürlich warf Brechtl doch einen Blick auf den Döner, aus dem weiße Soße auf die Serviette tropfte.

„Brauchst du noch lange?"

„Hast du es eilig?", fragte Sonja zurück.

„Mir ist schlecht."

„Du bist so ein Mädchen! Manchmal glaub ich, du hättest doch lieber Frisör werden sollen."

„Ich kann den Geruch einfach nicht ab. Dieses Desinfektionsmittel, das die da verwenden."

„Was du meinst, ist Formalin. Das nehmen sie, um ihre Präparate zu konservieren. Abgeschnittene Gliedmaßen und so."

Sonja hielt ein Stückchen Putenfleisch zwischen zwei Fingern und ließ es zappeln, bevor sie es sich genüsslich in den Mund steckte. Jetzt wurde es Brechtl zu viel.

„Ich wart im Auto, ja?"

„Mädchen!", rief sie ihm lachend hinterher.

Vom Auto aus telefonierte Brechtl mit Manne. Der sollte herausfinden, wer Frau Schwemmers Erben waren und wie es um ihre finanziellen Verhältnisse stand. Für solche Sachen war Manne genau der Richtige. Wenn es ums Recherchieren ging, war er unschlagbar. Brechtl wollte in der Zwischenzeit noch seine zweite Informationsquelle anzapfen. Sie fuhren also nicht direkt zurück nach Schwabach, sondern statteten seiner Mutter noch einen Besuch ab.

„Ja Heinzi, is gwiss scho widder wos bassierd?", begrüßte sie die beiden.

„Na naa. Mir wolldn bloß auf an Kaffee vorbeischauer. Hasd an fia uns?"

„Ja freilich. Do schdelli hald schnell an hie. Grüß Godd, Frau Sonja. Gedd ner rei!"

Sie setzten sich zusammen ins Wohnzimmer und plauderten erst einmal über das immer noch unbeständige Wetter, ehe Brechtl schließlich ein ernstes Gesicht aufsetzte und zum Grund seines Besuchs kam.

„Ich muss der no wos song, Mama. Obber du mussd mer hoch und heilich verschbrechn, dassders ned weidersaggsd."

Frau Brechtl schaute ihn neugierig an.

„Is doch wos bassierd, gell. Ich wass doch, dass du ned einfach a su bei mir vorbeischausd. Wos is na?"

„Verschbrichsd ders?"

„Ja fraale. Edz dou hald ned a su. Wos gibds ner?"

„Die Fra Schwemmer is ned vo selber in Röddnbach gfalln. Die is umbrachd worn."

„Allmächdicher!"

„Und mir missn edz rausfinden, von wem und warum."

Frau Brechtl starrte ihn wortlos mit großen Augen an.

„Konnsd du mir song, ob die Fra Schwemmer a Geld ghabd had. Woar die reich?", fragte er weiter.

Sie druckste herum.

„Su genau konni der des ned song. Obber die Madda had amol wos gsachd, dass die Luise immer bloß a su arm dudd und derbei häds an Haffm Geld."

„Welche Madda?"

„Ner die Madda, die kennsd doch, die woar doch aa af mein Gebodsdooch."

Er gab es ungern zu, aber Brechtl konnte die zahlreichen älteren Damen, die bei seiner Mutter ein und aus gingen, nicht auseinanderhalten.

„Wassi edz fei ned."

„Die mid dem glaner Hund."

An den Hund konnte sich Brechtl gut erinnern. Ein nervtötendes Tier, nicht viel größer als eine Ratte, mit spitzen Ohren und einer noch spitzeren Stimme, das ständig an seinem Unterschenkel gehangen hatte.

„Wie hassdn die no?"

„Bauernfeind. Martha Bauernfeind. Die wohnd vorner beim Freibodbargbladds in denne Wohnbloggs wos zum Friedhof hinder gehd. Des woar der Luise ihr besde Freindin."

„Dann frong mer hald amol die. Dang der schee fian Kaffee! Und ..." Er legte den Zeigefinger auf die Lippen.

„Ja fraale. Wos dengsd denn du?", erwiderte seine Mutter entrüstet.

Brechtl trank die kunstvoll verzierte Porzellantasse mit Goldrand leer und drängte Sonja zum Aufbruch.

Sie fuhren wieder die Hauptstraße entlang, die eigentlich gar nicht so hieß. In ihrem Verlauf durch die Ortschaft hatte diese Straße sechs verschiedene Namen, aber bei den Röthenbachern war sie der Einfachheit halber nur die Hauptstraße. An einer roten Ampel hatte sich eine kleine Schlange gebildet.

„Was ist das denn?" Sonja zeigte auf ein auffällig bunt bemaltes Haus direkt an der Straße.

„Der Currow ... also der ehemalige Currow. War mal ein Kaufhaus hier. Steht aber schon lange leer. Ist jetzt so eine Art Kunstgalerie. Da gab's früher am Eingang immer leckeres Softeis", schwelgte Brechtl in Erinnerungen. „Eigentlich gab's da so ziemlich alles. Mein Papa hat mir da mal einen kleinen Hammer aus Holz gekauft, aber meine Mama hat ihn mir wieder weggenommen, weil ich meinem Bruder damit auf den Kopf gehauen habe. Wahrscheinlich ist deswegen nie ein Handwerker aus mir geworden, sondern ein Beamter. Ein Kindheitstrauma, praktisch."

„Du warst ein richtig nettes Kind, oder?"

„Meistens", grinste er, während sie links in Richtung Freibad abbogen.

Er stellte den Dienstwagen auf dem großen Parkplatz ab und machte sich mit Sonja auf den Weg zu den Wohnblocks. Während sie die Klingelschilder des ersten Mietshauses nach dem Namen Bauernfeind absuchten, schob zwei Haustüren weiter eine alte Frau ihren Rollator auf den Bürgersteig. Im Korb der Gehhilfe saß ihr Hündchen auf einem Plastikkissen.

„Frau Bauernfeind!", rief Brechtl und lief auf sie zu. Sofort stimmte der Hund ein ohrenbetäubendes Kläffen an. Die Frau blieb stehen und wandte sich um. Erst als Brechtl direkt vor ihr stand, erkannte sie ihn:

„Ach, der Brechtl Heinzi. Grüß dich!"

Sonja grinste.

„Grüß Gott, Frau Bauernfeind. Das ist meine Kollegin, die Frau Nuschler. Haben Sie kurz Zeit, ich müsste Ihnen ein paar Fragen stellen?"

Man schaffte es kaum, den Hund zu übertönen.

„Dou mussd doch ned schimbfm, des is doch bloß der Heinzi!" Frau Bauernfeind versuchte, die Nervensäge durch Streicheln zu beruhigen, was allerdings keinerlei Wirkung zeigte. „Ich misserd hald midn Hund naus."

„Kein Problem, dann gehen wir ein Stück mit", bot Sonja an.

„Es geht um die Frau Schwemmer", begann Brechtl.

„Ich hobs scho gheerd. Die Waldraud had mi ogrufm. Die arme Luise", schüttelte sie traurig den Kopf.

„Sie kannten sich gut?"

„Ach ... mir kenner uns scho ball fufzich Joar. Mir homm midnander beim Conradty gerberd."

„Sie waren gute Freundinnen?"

„Des kommer so song, ja."

Sie wechselten die Straßenseite und gingen im Schneckentempo Richtung Friedhof. Der Hund hatte endlich aufgehört zu kläffen und musterte sie misstrauisch aus seinem Körbchen heraus.

„Können Sie mir ein bisschen was über sie erzählen? Hat sie noch Verwandtschaft?"

„Naa, die hat goar kaan mehr ghabbd. Die woar ganz allaans."

„Auch im Ausland nicht?"

„Naa. Goar kann."

Sie fing an, ausführlich die Lebensgeschichte von Luise Schwemmer zu erzählen. Von ihrer Tochter, die schon als Kind an einer rätselhaften Krankheit verstorben war, und dass die Luise nie darüber hinweggekommen war. Von ihrem Mann, der geschäftlich in der ganzen Welt unterwegs war und sich nie um ihren Schmerz gekümmert hatte, und davon, dass sie sich fast verbissen mit der Krankheit beschäftigt hatte, an der ihre Tochter gestorben war, und zum Schluss sogar ein Buch darüber schreiben wollte.

„Was war das für eine Krankheit?", wollte Brechtl wissen.

„Sie hads mer a boarmol gsachd, obber ich hob mers ned mergn kenner. Wos Ladeinisch."

„Und die ganzen Briefe, die sie geschrieben hat, wissen Sie, an wen die waren?"

„Ach, die Luise had af der ganzn Weld Leid kennd, wo die Kinder aa die Grangheid ghabbd homm. Mid denner hads immer gschriem."

Und das alles per Post auf Papier. Frau Schwemmer setzte auch in Zeiten von E-Mail, Facebook und so weiter offensichtlich auf den guten alten Brief. Irgendwie fand Brechtl das auch schöner als die neuen Medien. Er selbst hob ein paar alte Briefe auf. Die konnte man auch nach Jahrzehnten noch lesen und sich köstlich amüsieren. Aber wer würde irgendwann in alten Festplatten oder Handyspeicherkarten stöbern? Wenn es überhaupt noch eine Möglichkeit geben würde, sie zu lesen.

Am Ende des Gehwegs trennte ein Zaun die Straße von einem steilen Hang, der hinunter zur Pegnitz führte. Der Hund sprang aus dem Korb und fing an, sein Revier zu markieren.

„War die Frau Schwemmer reich?", fragte Brechtl ganz unverblümt.

„Ihr Mo had domols vill Geld verdiend. Die homm aa Grundschdügger ghabd in Riggerschdorf und Agdsien, so vill ich waas. Obber des had die Luise ned groß indressierd. Geizich woars ned, obber sie had schboarsam glebbd, obwoll ser si wos Bessers leisdn hädd kenner."

Der Hund drehte sich ein paarmal um die eigene Achse und verrichtete sein Geschäft. Als er damit fertig war, sprang er mit einem Satz, den man ihm gar nicht zugetraut hätte, wieder in den Korb. Frau Bauernfeind kramte eine verknitterte kleine Plastiktüte mit dem Aufdruck eines Drogeriemarktes aus ihrer Manteltasche.

„Ach Heinzi, sei amol so nedd. Ich bugg mi doch so schwer."

Sie reichte ihm die Tüte und ihr leidender Blick ließ keinen Zweifel daran, dass sie das wirklich ernst meinte. Was blieb Brechtl anderes übrig, als gute Miene dazu zu machen und das Hundehäufchen einzusammeln.

„Was hatte sie denn sonst für Bekannte?", fragte Brechtl und hielt nach einem Abfalleimer Ausschau.

„Na ja, a boar alde Röddnbacher hald, dei Mama zum Beischbill und im Aldnheim had ser si mid a boar ganz gud verschdandn. Obber sie woar hald vill alaans. Su is des hald mid uns alde Leid. Fia uns indressierd si ka Mensch mer. Binni ner frou, dassi mei Waggerler hob." Sie streichelte den Hund und steckte ihm ein Leckerli ins Maul. „Mei Mo is ja aa scho gschdorm und mei Walder schaud bloß alle heiliche Zeid amol nach mir. Der had ja immer su vill um die Ohrn."

Es fing wieder an zu tröpfeln.

„Edz moui obber schauer, dassi hamm kumm, bevur des Sauwedder widder losgäid. Des is des Bläide an dem Wächerla, dassd kann Reengschirm midnehmer konnsd."

„Na, dann schiggn ser si ner! Dangschenn, Frau Bauernfeind!", verabschiedete sich Brechtl auf Fränkisch.

„An scheen Gruß an die Mama, Heinzi. Ade, Fra ..." Sonjas Name war ihr entfallen.

„Nuschler. Auf Wiedersehen."

Frau Bauernfeind hörte schon gar nicht mehr zu, sondern beeilte sich, nach Hause zu kommen. Brechtl und Sonja gingen über den Parkplatz zu ihrem Auto. Dort entdeckte Brechtl endlich einen Mülleimer, in dem er das stinkende Tütchen entsorgen konnte.

Inzwischen war Frau Bauernfeind bei ihrer Haustür angekommen und der Hund sprang wieder aus seinem Körbchen. Mit ein paar Handgriffen klappte sie geschickt den Rollator zusammen und lehnte ihn gegen die Hauswand. Dann warf sie einen Blick in ihren Briefkasten und zog eine Zeitung heraus. Als sie die Tür aufschließen wollte, fiel ihr der Schlüssel hinunter. Erstaunlich flott bückte sie sich danach und sperrte auf. Schließlich packte sie den zusammengefalteten Rollator mit einer Hand und verschwand mit ihrem Hündchen in der Tür. Brechtl schüttelte nur wortlos den Kopf. Sie hatten die ganze Szene beobachtet, während sie in ihren BMW stiegen.

Er drehte den Zündschlüssel herum und automatisch wischte der Scheibenwischer die Tropfen von der Windschutzscheibe. Brechtl machte den Motor wieder aus.

„Dass ich da nicht gleich draufgekommen bin."

„Worauf?"

„Na der Regenschirm. Der Rainer hat bei der Leiche doch einen Regenschirm gefunden. Der kann ja kaum der Toten gehören. Wenn du mit dem Rollator unterwegs bist, hast du keinen solchen Regenschirm dabei."

„Den hab ich mir gar nicht so genau angeschaut. Was war das für einer?"

„Ein schwarzer Stockschirm."

„Und der Griff?", fragte Sonja nach.

„Gebogen, aus Holz, soweit ich mich erinnern kann."

„Könnte von der Form her als Tatwaffe in Frage kommen, nach dem, was Regine gesagt hat."

Brechtl nickte und fischte sein Handy aus der Brusttasche. Das sollte Rainer gleich überprüfen.

„Zeddner."

„Servus Rainer. Der Kalle. Bass af: Nimm der amol den Reengschirm vur, den wo ihr bei der Doodn in Röddnbach gfundn hobd. Kennerd die Daadwaffe sei.

„Ich hob gmaand, die is dersuffm."

„Scho. Obber die had vurher ans affn Schädl grichd, sachd die Rechdsmedizin."

„Sauber. Dann machi mi hald amol drieber."

„Dange. Mir sinn in anner dreiverddl Schdund suwoss widder in Schwabach."

„Ner ned huudln. A alder Mo is ka Deezuuch. Bis nacher."

„Servus", beendete Brechtl das Gespräch.

Inzwischen war sein Appetit zurückgekehrt und er hielt noch schnell bei der Metzgerei um die Ecke und besorgte sich ein paar Wurstbrötchen, bevor die Kommissare zurück in die Inspektion fuhren.

Regines Erkenntnisse hatten die Sachlage grundlegend geändert. Jetzt hatten sie es nicht mehr mit einem tragischen Unfall, sondern mit einem Tötungsdelikt zu tun. Die Staatsanwaltschaft musste eingeschaltet werden, damit ein ordentliches Ermittlungsverfahren eingeleitet werden konnte. Normalerweise hätte er jetzt den Chef informiert, der dann eine Ermittlungsgruppe zusammengestellt hätte. Aber der Chef war ja nicht da, also nahm Brechtl das selbst in die Hand. Im Prinzip war es eh immer das gleiche Team, wenn sie es mit einem Mord oder Totschlag zu tun hatten. So groß war das Kommissariat 1 bei der Schwabacher Kripo auch wieder nicht. Brechtl übernahm die Leitung, Sonja unterstützte ihn bei den Ermittlungen und Zeugenbefragungen, die Kollegen Jan Friedrichsen und Manne Gruber übernahmen die Recherchearbeit und kümmerten sich um die Berichte und den ganzen Papierkram. Rainer Zettner und seine Jungs vom Erkennungsdienst werteten die Spuren aus. So war das eigentlich immer und Brechtl sah keinen Grund, daran etwas zu ändern. Um halb drei trafen sie sich alle zu einer Besprechung in seinem Büro.

Brechtl fasste kurz zusammen, was sie bisher wussten, und gab dann das Wort an Rainer weiter.

„Also ich hobb mer den Reengschirm amol vuurgnummer. Obber des Drumm is ja a boar Schdund im Dreegwasser gleeng, des is schbuurndechnisch a Disaasder. Ka Bloud, DNA-Abschdrich hobbi zwoar gmachd, obber vill findn wersd dou ned – odder besser gesachd su vill, daasdi nimmer auskennsd. Fingerabdrigg is nu aussichdsloser. Mid CA-Dampf braugsd ned ofanger, wenn des Ding eh kombledd nass woar, und mid Bulfer scho glei goar ned. Ich ruf amol beim LKA o, villeichd kennernern die medallbedambfm. Obber a boar Hoar hobbi gfundn. Is alles scho affm Weech nach Erlangen."

„Und der Griff, passt der zur Verletzung?", wollte Jan wissen.

„Ich hob mid der Fra Dogder Eckhard blauderd. Vom Durchmesser und vom Radius her kennerds bassn. Der ganze Schirm is aa aweng verbuung und beim Griff hadder a Dullaggn."

„Eine was?", fragte Sonja.

„Eine ...", Rainer suchte nach dem hochdeutschen Wort, „... Verformung, Einbuchtung ... a Dullaggn hald."

„Eine Delle", half ihm Brechtl.

„Genau. Su hassds", bestätigte Rainer.

Als Nächster war Manne an der Reihe.

„Nach Auskunft des zentralen Testamentsregisters existiert ein Testament von Frau Luise Schwemmer. Es ist beim Nachlassgericht Hersbruck hinterlegt. Ich habe einen gerichtlichen Beschluss zur Einsichtnahme angefordert und auch gleich erhalten. Der Inhalt liegt uns also vor", berichtete er in dem gestelzten Bürokratendeutsch, das er bei solchen Gelegenheiten gerne an den Tag legte.

„Ja komm, Manne, jetzt mach es nicht spannend, sondern sag, was drin steht", drängelte Brechtl.

„Als Alleinerbe ist eine Stiftung eingesetzt. Sie heißt ‚efficere post mortem', was so viel bedeutet wie ‚Bewirken nach dem Tode', und hat ihren Sitz in Rückersdorf.

Stiftungsvorstand ist ein gewisser Doktor Alexander Cornelius ..."

Der Name kam Brechtl bekannt vor.

„... Es gibt von denen auch eine Internetseite, recht professionell gemacht. Die Stiftung bietet Menschen an, das Vermögen nach ihrem Tod in deren Sinne weiterzugeben. Also zum Beispiel Wertsachen und Immobilien zu Geld zu machen und dann an Organisationen, die der Verblichene zu Lebzeiten ausgesucht hat, zu spenden."

„Was ist das denn für ein Unfug? Da kann ich doch gleich den Tierschutzverein oder so als Erben einsetzen", warf Sonja ein.

„Na ja, das ist schon schlau gemacht. Alles ganz legal, wie es scheint, aber geschickt am Fiskus vorbeigeschoben. Ich bin da kein Fachmann, aber dieser Cornelius offensichtlich, der ist Doktor jur."

„Woher kenn ich den Namen?", dachte Brechtl laut nach.

„Dieser Alleinunterhalter heißt so, von dem uns die Leiterin des Altenheims erzählt hat, der Zauberer", half ihm Sonja auf die Sprünge.

„Stimmt. Ich würde sagen: Rainer, du informierst uns, sobald du mehr über den Regenschirm weißt. Und Manne und Jan, ihr seht zu, was ihr über diesen Cornelius und seine Stiftung rausfinden könnt. Sonja und ich klären das mit der Staatsanwaltschaft ab und statten dem Herrn morgen mal einen Besuch ab. Noch jemand Fragen?"

Rainer meldete sich noch einmal zu Wort: „Also ich bin ja ka Ermiddler, des is eier Bier, obber wenn ich an midn Reengschirm derschlooch, dann lassin doch ned briedschlbraad am Daadord lieng. Den nimmi doch eimfach widder mid und endsorch nern ircherdwie."

„Briedschel was?" Bei manchen von Rainers fränkischen Ausdrücken stieß Sonja immer noch an ihre Grenzen.

„Briedschlbraad“, erläuterte Brechtl. „Offensichtlich.“

„Hmm ... da is was dran.“

„Wenn er überhaupt die Tatwaffe ist. Das wissen wir ja noch nicht sicher. Wir sehn uns morgen wieder hier, um die selbe Zeit.“

Damit beendete Brechtl die Besprechung und setzte sich an seinen PC, um die Website dieser ominösen Stiftung zu studieren. Bevor er endlich Feierabend machte, vereinbarte er noch telefonisch einen Termin mit Doktor Cornelius für den nächsten Vormittag.

Kapitel 3

Das Gebäude, in dem Cornelius mit seiner Stiftung residierte, konnte sich sehen lassen. Es lag ziemlich weit oben am Strengenberg, in einer der teuersten Wohngegenden Rückersdorfs. Die beiden runden Türmchen, die das große Klinkerhaus flankierten, wirkten allerdings ziemlich kitschig. Im Vorgarten säumten akkurat geschnittene Buchsbäume den mit teurem Naturstein gepflasterten Weg. Links davon ein Gartenteich, rechts ein Springbrunnen mit einer Nachbildung des Brüsseler Manneken Pis.

Auf dem Briefkasten stand „Cornelius" und daneben der Name der Stiftung.

„My home is a castle. Abzocker müsste man sein", bemerkte Brechtl verächtlich.

„Neidisch, Herr Hauptkommissar?"

„Mit ehrlicher Arbeit kann man sich so was nicht leisten."

Er drückte auf den Klingelknopf.

Ein Mann in einer seltsamen Aufmachung öffnete ihnen. Er war Mitte fünfzig, groß und kräftig, trug Hausschlappen und eine Jeans, dazu ein weißes Hemd und einen schwarzen Frack mit silbernem Revers. Auf seinem Kopf saß ein schwarzer Zylinder, den er jedoch augenblicklich abnahm. Darunter kam sein schütteres, grau meliertes Haar zum Vorschein.

„Hauptkommissar Brechtl von der Kripo Schwabach. Das ist meine Kollegin Frau Nuschler. Wir haben einen Termin mit Herrn Doktor Cornelius", stellte Brechtl sich vor und hielt ihm seinen Ausweis entgegen.

„Oh, schon so spät?" Der Mann schaute auf seine Armbanduhr. „Entschuldigen Sie, ich hab ganz die Zeit vergessen. Alexander Cornelius. Den Doktor können Sie weglassen. Ist was für Ärzte."

Er setzte ein gewinnendes Lächeln auf und streckte ihnen die Hand entgegen.

„Kommen Sie doch rein. Ich bin gleich soweit."

Im Haus führte er sie eine reich verzierte Treppe in den ersten Stock hinauf. Sah aus wie Jugendstil, war aber sicher nicht echt, dazu war das Haus nicht alt genug.

„Wenn Katja nicht da ist, verbummle ich immer meine Termine. Möchten Sie etwas trinken?"

„Nein, danke", lehnte Brechtl ab.

Im Arbeitszimmer wurde klar, was es mit Cornelius' komischem Aufzug auf sich hatte. Neben dem schweren Holzschreibtisch stand ein Stativ mit einer Videokamera. Auf einem kleinen Klapptischchen mit Filzauflage waren einige Spielkarten ausgebreitet und dahinter an der Wand hing ein Plakat mit Sternchen und dem verschnörkelten Schriftzug „MAGIC", bei dem das „A" und das „C" besonders hervorgehoben waren.

„A C, meine Initialen. Die Zauberei ist meine Leidenschaft, wissen Sie", erklärte Cornelius, während er die Kamera zur Seite stellte und zwei bequeme Ledersessel an den Schreibtisch rückte. „Ich übe jede freie Minute und auf Video kann ich mir dann anschauen, wie es rüberkommt. So, bitte, nehmen Sie doch Platz. Was kann ich für Sie tun?"

„Wir hätten ein paar Fragen an Sie, Herr Cornelius", begann Brechtl. „Sie sind Vorstand der Stiftung ‚efficere post mortem'?"

„Ja, das ist richtig. Auch ihr Gründer."

„Was ist denn der Zweck dieser Stiftung?"

Mal abgesehen von Ihrer persönlichen Bereicherung, fügte er in Gedanken hinzu.

„Sehen Sie, es gibt viele Menschen, die ihr Leben einem bestimmten Zweck unterordnen, ein bestimmtes Ziel verfolgen. Leider ist es so, dass sie es manchmal nicht schaffen, dieses Ziel zeit ihres Lebens zu erreichen.

Sie möchten aber, dass es weiterverfolgt wird. Das ist die Aufgabe meiner Stiftung. Wir suchen nach Gleichgesinnten, die das Lebenswerk unserer Klienten nach deren Ableben weiterführen."

Cornelius sah Brechtls skeptischen Blick und versuchte, es an einem Beispiel zu erläutern.

„Wenn Sie sich zum Beispiel Ihr ganzes Leben lang mit der Dackelzucht beschäftigt haben, um irgendwann den perfekten Dackel zu züchten, dann möchten Sie natürlich, dass jemand nach Ihrem Ableben Ihr Werk in Ihrem Sinne weiterführt. Wir sorgen dafür, dass Ihr Wissen nicht verloren geht. Wir suchen – normalerweise schon zu Lebzeiten – geeignete Menschen oder Vereine, manchmal auch Firmen, an die wir dann Ihr Erbe weiterleiten. Und wir überprüfen auch, dass es in Ihrem Sinne eingesetzt wird. Also in diesem Fall zum Beispiel einen Dackelzüchterverein, den wir dann finanziell unterstützen."

Dackelzüchter. Sah Brechtl wirklich aus wie ein Dackelzüchter? Blödes Beispiel.

„So ganz habe ich das nicht verstanden, Herr Cornelius. Was macht denn den Unterschied, ob ich mein Geld Ihnen anvertraue oder es gleich dem Dackelzuchtverein vererbe?"

Cornelius nahm eine große silberne Münze aus einem Schälchen auf seinem Schreibtisch und ließ sie durch seine Finger wandern.

„Zum einen geben wir nicht nur Geld weiter, sondern auch Wissen in Form von Unterlagen, persönlichen Aufzeichnungen und so weiter, natürlich in Absprache mit unseren Klienten. Außerdem prüfen wir, wozu Ihr Erbe verwendet wird. Nicht, dass sich der Dackelzüchter damit einen neuen Porsche kauft oder eine schöne Kreuzfahrt macht", lachte er.

„Woher weiß ich denn, dass Sie sich keinen Porsche kaufen?"

Cornelius zeigte auf einige Zertifikate, die eingerahmt an der Wand hingen. „Vertrauen ist gut, Kontrolle ist besser. Wir lassen uns freiwillig, regelmäßig und unangemeldet von namhaften Instituten überprüfen. Noch nie wurde auch nur die kleinste Unregelmäßigkeit festgestellt. Solche Überprüfungen sind nicht billig. Der Dackelzuchtverein wird sich sicher nicht darauf einlassen, um die nächste Antwort gleich vorwegzunehmen. Es sind ja immer die gleichen Fragen, die an uns gestellt werden."

Immer noch wanderte die Münze von Finger zu Finger.

„Außerdem gibt es auch noch ganz andere, persönliche Gründe für manche unserer Klienten, diesen Weg zu wählen. Stellen Sie sich vor, Sie hätten eine Familie, mit der Sie zerstritten sind. Auch wenn Sie sich Jahrzehnte nicht gesehen haben – wenn es um die Erbschaft geht, steht die Verwandtschaft auf der Matte und fordert ihren Pflichtteil ein. Wirklich enterben kann man die nicht. Und Vater Staat will ja auch noch seinen Teil. Um das zu verhindern, übertragen einige unserer Klienten ihr Vermögen schon zu Lebzeiten unserer Stiftung."

„Steuerfrei."

„Natürlich. Solange Sie leben, tasten wir das Geld nicht an und es steht völlig zu Ihrer freien Verfügung. Erst nach Ihrem Ableben verkaufen wir zum Beispiel Immobilien und Wertsachen und führen den Erlös dem vereinbarten Zweck zu."

„Und die Verwandtschaft guckt in die Röhre ..."

Cornelius zuckte mit den Schultern.

„Wenn Sie Ihr Vermögen zu Lebzeiten dem Dackelzüchterverein überschrieben hätten, wäre ja auch nichts mehr da. Mit dem Unterschied, dass Sie den Rest Ihres Lebens arm gewesen wären. Das passiert Ihnen mit uns nicht."

„Ich kann mir vorstellen, dass Sie sich damit nicht nur Freunde machen."

„Ja, das ist leider so. Aber wir sind nun mal unseren Klienten verpflichtet."

Brechtl zeigte auf die Münze. Das Gefunkel machte ihn nervös.

„Entschuldigung, könnten Sie damit mal aufhören?"

„Oh, natürlich."

Cornelius rieb kurz seine Handflächen aneinander und spreizte dann die Finger. Die Münze war verschwunden.

„Ich gehe davon aus, dass Sie diese Dienstleistung nicht kostenlos anbieten", fragte Brechtl provokant.

„Wir haben natürlich auch unsere Unkosten. Das wird aber alles vertraglich mit unseren Klienten geregelt."

„Jedenfalls eine nette Hütte, die Sie hier als Stiftungssitz haben."

„Am Anfang hatten wir noch ein kleines Büro in Nürnberg angemietet. Das hat uns auch genügt. Dieses Haus hier haben wir auf den ausdrücklichen Wunsch einer unserer Klientinnen bezogen."

„Der Kunde ist König!" Brechtl konnte seine Ironie nicht ganz verbergen.

Cornelius ließ sich dadurch nicht aus der Fassung bringen.

„Sie haben mir noch nicht verraten, was der Anlass Ihres Besuches ist."

„Trifft es zu, dass Frau Luise Schwemmer aus Röthenbach eine Ihrer Klientinnen ist?"

„Ja, das ist richtig. Wieso?"

„Frau Schwemmer ist gestern verstorben."

Brechtl achtete auf die Reaktion des Zauberers. Er wirkte überrascht. Aber natürlich konnte das auch gespielt sein. Schließlich war es, wie er selbst gesagt hatte, seine Leidenschaft, andere an der Nase herumzuführen.

„Das tut mir leid. Ich habe sie kürzlich erst besucht. Da wirkte sie noch gesund und munter. Was ist denn passiert?"

„Frau Schwemmer ist in den Röthenbach gestürzt und ertrunken."

„Oh Gott, wie fürchterlich. Dabei hatte sie noch viel vorgehabt. Eine unglaublich ehrgeizige Frau – im positiven Sinne. Ich habe sie wirklich gerne gemocht."

Jetzt trug er ein bisschen zu dick auf, fand Brechtl.

„Wann haben Sie sie zuletzt gesehen?"

„Das war ... lassen Sie mich nachdenken ... Donnerstag vor einer Woche. Ich habe sie zusammen mit Katja im Altenheim besucht."

„Katja?", fragte Brechtl nach.

„Meine Lebensgefährtin. Wir haben ein bisschen geplaudert."

„Worüber denn?"

„Wissen Sie, Frau Schwemmer ging es wie so vielen Leuten im Altenheim. Sie hatte keine Familie, die sie besuchte, und es nervte sie, wenn ich das so offen sagen darf, immer nur von alten Menschen umgeben zu sein. Sie bezeichnete unsere Generation schon als ‚die Jungen'. Sie wollte sich eben auch einmal über andere Themen unterhalten als das Wetter, Hüftoperationen und die Speisekarte."

„Zum Beispiel?"

„Frau Schwemmer war eine intelligente Frau. Sie hat sich für Geschichte interessiert, für Politik, für Medizin. Vor allem für Medizin. Sie hat sogar an einem Fachbuch geschrieben. Wussten Sie das?"

„Ja, das wissen wir. Welche Abmachung haben Sie mit Frau Schwemmer? Hat sie Ihnen ihr Vermögen überschrieben?"

„Nein."

„Aber Sie erben es?"

„Nicht ich persönlich natürlich. Die Stiftung. Ja, das ist testamentarisch festgelegt. Frau Schwemmer hat keine Angehörigen. Und wir werden natürlich dafür sorgen, dass ihr Wissen nicht verloren geht. Das war ihr besonders wichtig."

„Wie groß ist das Vermögen von Frau Schwemmer?"

„Das weiß ich nicht. Das müsste Katja erst in den Akten nachschauen. Um diese Sachen kümmert sie sich."

„Könnten wir dann vielleicht Ihre Lebensgefährtin noch dazuholen?", bat Brechtl.

„Das tut mir leid. Sie ist heute früh zu ihren Eltern gefahren und kommt erst am Montag wieder. Ich kann ja mal schauen, ob ich die Akte finde ..." Er stand auf und zeigte zur Tür. „... Aber ich kenne mich in ihrem System nicht wirklich aus."

„Ich glaube, das ist nicht nötig. Wir werden uns dann am Montag nochmals mit Ihnen in Verbindung setzen."

„Gerne. Ich sage ihr gleich, dass sie die Sachen heraussuchen soll, wenn sie wieder daheim ist. Wann ist denn die Beerdigung von Frau Schwemmer, wissen Sie das?"

Brechtl wollte ihm nicht auf die Nase binden, dass Frau Schwemmer ermordet wurde und die Leiche noch eine ganze Weile in der Gerichtsmedizin bleiben würde.

„Wir geben Ihnen rechtzeitig Bescheid", antwortete er nur, überreichte seine Visitenkarte und stand auf. Cornelius begleitete sie zur Haustür.

„Einen Moment ...", sagte er, als er Sonja die Hand gab. „Darf ich das wieder haben?"

Er griff hinter ihr Ohr und hatte urplötzlich die Münze wieder in seiner Hand. Mit dem gleichen gewinnenden Lächeln, mit dem er die Kommissare begrüßt hatte, verabschiedete er sie auch.

„Ich weiß nicht, was ich von dem halten soll", gab Brechtl zu, als sie wieder im Auto saßen.

„Sympathisch ist er schon", meinte Sonja.

„Ja, aber dieses ganze Konstrukt mit der Stiftung und die Geldschieberei, das stinkt doch."

„Der Mann ist Jurist. Der wird schon wissen, wie man das alles legal aufzieht."

„Juristen – die drehen das Gesetz doch immer so hin, wie es ihnen gerade in den Kram passt. Und offensichtlich lebt unser Freund hier nicht schlecht davon."

„Ist doch die Sache seiner Klienten, was sie unterschreiben und was nicht."

„Alte Leute über den Tisch zu ziehen ist ja erst recht nicht die feine englische Art."

„Das geht doch bestimmt alles über Notare. Wenn man denen nicht mehr vertrauen soll, wem dann?"

Brechtl war nicht überzeugt.

„Auf jeden Fall werde ich den Herrn mal ordentlich durchleuchten lassen. Schließlich ist er bis jetzt der Einzige, der von dem Mord profitiert."

Von seinem Büro aus rief Brechtl seinen alten Freund und Kollegen Jörg Pfullendörfer an. Lange Zeit waren sie ein Team im Kommissariat 1 der Kripo Schwabach gewesen. Bis Pfulle, wie er genannt wurde, durch einen Unfall querschnittsgelähmt wurde. Seither war er an den Rollstuhl gefesselt und hatte verschiedene Stellen im Innendienst übernommen. Inzwischen war er Leiter des Betrugsdezernats bei der Kripo Nürnberg.

„Pfullendörfer", klang seine sonore Stimme aus dem Telefon.

„Servus Pfulle. Ich bin's, der Kalle."

„Ja servus! Hasd scho lang nix mehr vo dir hearn lassn. Wie gäids dern?"

„Bassd scho. Und bei dir?"

„Ich hob Urlaub ab iebernegsde Wochn. Ich zäll scho die Dooch."

„Foarsd fodd?"

„Naa. Ich bleib derhamm. Die Grisdine had Gebodds-dooch."

„Sagsd era an scheen Gruß."

„Machi. Obber desweeng rufsd doch ned o, odder?"

„Naa. Ich hob an Mordfall und do braicherdi wos vo eich. Konnsd du amol schauer, ob ihr a Agdn ieber an gewissn Dogder Alexander Cornelius hobbd? Cornelius mid C. Had bis letztes Joar mid seiner Schdifdung in Nemberch Gschäfdla gmachd. Die hassd ‚effidere post mortem'."

„Wos fia a Ding?"

„Des is ladeinisch." Brechtl wiederholte den Namen. „Die verwaldn Erbschafdn. Wennsd mich frogsd, sinn die ned ganz sauber. Villeichd had anner vo deine Leid scho mol wos mid denne zu du ghabbd."

„Ich schau nooch und schigg der des Zeich, wemmer wos homm."

„Dange."

„Nix zu dangn. Su an Mordfall häddi aa gern amol widder. Bei uns gäids allerwall bloß um Geld. Aweng langweilich is des scho. Wer issn umbrachd worn?"

„A alde Frau aus Röddnbach, die wo dem Cornelius ihr Geld vermachd had."

„Bei dir derhamm? Na dann schau amol, dassdi ned blamiersd."

„Hob doch an goudn Lehrer ghabbd", schmeichelte Brechtl.

„Dange fia die Blumer, alder Schleimer. Ich ria mi. Sagsd der Sonja an scheen Gruß. Servusler."

„Machi. Wünsch der wos. Ade!"

Brechtl legte auf. Sein Blick fiel auf die gähnend leere Magnetpinnwand. Bis zur Lagebesprechung sollte er zumindest die spärlichen Details, die sie bisher hatten, zusammentragen. Er loggte sich in seinen PC ein und fing an, ein paar Bilder auszudrucken. War schon eine feine Sache, das Internet, die Datenbanken, auf die er zugreifen konnte, INPOL und die zahlreichen anderen Programme, die die Polizeiarbeit erleichterten. Trotzdem wurde immer noch zu jedem Fall eine Papierakte angelegt und er hatte auch immer noch gerne diese Pinnwand vor sich, die eine einfache Übersicht bot, vor allem, wenn die Fälle komplizierter wurden. „Eine Wand machen" hieß das intern, wenn sie Fotos und Dokumente daran hefteten und mit Pfeilen die Verbindungen zwischen den Beteiligten markierten.

Viel war es wirklich noch nicht. Ein Foto des Opfers, eines von der mutmaßlichen Tatwaffe, das Logo der Stiftung und ein Bild von Doktor Cornelius, das Brechtl im Internet gefunden hatte. Blieb noch verdammt viel weiße Wand übrig.

Brechtl stellte sich vor sein Werk und starrte das Bild der Toten an. Was brachte Frau Schwemmer dazu, ihr Vermögen diesem Zauberer anzuvertrauen? Ging es ihr tatsächlich darum, ihr Vermächtnis zu sichern? Nach dem, was Frau Bauernfeind erzählt hatte, war das anscheinend wirklich das Wichtigste in ihrem Leben. Brechtl beschloss, da einmal nachzuhaken, drehte sich um und öffnete die Verbindungstür zu Sonjas Büro.

„Du, ich möcht noch mal ..."

Erst jetzt bemerkte er, dass sie angespannt telefonierte. Nach Sonjas nächstem Satz wusste er auch, mit wem.

„Natürlich, Herr Hermann, das reichen wir selbstverständlich nach."

Hermann also. Der Staatsanwalt, der intern den Spitznamen „Das jüngste Gericht" hatte. Inzwischen war er schon nicht mehr ganz so jung, aber immer noch genauso strebsam wie vor neun Jahren, als er in Nürnberg angefangen hatte. Ein sehr penibler Vertreter seines Standes, der immer erwartete, über jede Einzelheit der

Ermittlungen informiert zu werden, der sich in alles einmischte, aber von nichts eine Ahnung hatte. Kein Gefühl, kein Gespür, aber für alle Lebenslagen den passenden Paragrafen. Einerseits ging ihm nichts schnell genug, andererseits musste man jeden Durchsuchungsbeschluss und jeden Haftbefehl, den er ausstellen sollte, ausführlich begründen. Ein Dipferlersscheißer halt.

Brechtl schnappte sich einen Zettel, schrieb „Muss noch mal weg" darauf und legte ihn vor Sonja auf den Tisch. Sie streckte den Daumen nach oben, nahm den Hörer kurz vom Ohr und verdrehte die Augen. Brechtl warf ihr einen mitfühlenden Blick zu und ging dann hinüber zu Jan.

Jan Friedrichsen saß in seinem Büro, das er sich mit Manne Gruber teilte. An der Wand hingen einige Fotos von der Nordsee und ein paar Plakate von Jazz-Konzerten, die er leidenschaftlich gern besuchte. Brechtl mochte den Ostfriesen mit dem charakteristischen Leichtmatrosenbart, der optisch prima auf die Verpackung von Fischstäbchen gepasst hätte. Er schätzte die ruhige Art und die Zuverlässigkeit des Kollegen, auch wenn er seinen Musikgeschmack beim besten Willen nicht teilen konnte.

„Moin, Jan", begrüßte er ihn wie üblich. Der norddeutsche Gruß hatte sich im Lauf der Jahre in der ganzen Abteilung durchgesetzt.

„Moin. Was gibt's?"

„Ich wollt noch mal nach Röthenbach. Die Frau Schwemmer, die im Bach ertrunken ist, hat sich anscheinend ziemlich intensiv mit der Krankheit beschäftigt, an der ihre Tochter gestorben ist. Sie hat einen Haufen Bücher und Unterlagen in ihrem Zimmer im Altenheim. Das will ich mir mal anschauen. Kommst du mit? Die Sonja hat keine Zeit."

„Jou!"

Ein Mann vieler Worte war Jan nicht. Er sperrte seinen PC, griff sich seine Jacke und folgte Brechtl zum Parkplatz.

Die Leiterin des Altenheims wirkte gestresst. Man merkte ihr an, dass ihr der Besuch nicht gelegen kam. Es besserte ihre Laune auch nicht, als Brechtl ihr mitteilte, dass das Zimmer noch eine Weile nicht geräumt und wieder vergeben werden konnte. Trotzdem begleitete sie die Kommissare in den ersten Stock und sperrte das Zimmer auf. Brechtl und Jan begannen, zuerst die Bücher und Aktenordner in den Regalen zu studieren.

„Schau mal ... die hat sich ganze Bücher übersetzen lassen." Jan zeigte ihm einen Aktenordner, auf dem der Werbeaufkleber eines Übersetzungsbüros angebracht war. „Das sind zwei komplette Doktorarbeiten. Möchte nicht wissen, was das kostet."

„Alles zum gleichen Thema: Mukopolysaccharidose", las Brechtl mit ausgestreckten Armen langsam aus einem der Bücher vor, „schon mal davon gehört?"

„Ne."

„Ich auch nicht. Aber wenn man sich die Bilder anschaut, kann's einem schon anders werden."

Er deutete auf einige Fotos von Kindern, die in dem Buch abgedruckt waren. Jan blies die Backen auf.

Er hatte selbst drei inzwischen erwachsene Töchter.

„Mann, Mann, Mann. Da weiß man erst wieder, wie gut man's hat."

Erst jetzt fiel Brechtl die Truhe auf, die etwas schräg und nicht mehr so akkurat neben dem Bett stand wie gestern. Er schaute sie sich genauer an. Das Schloss war aufgebrochen worden.

„Das Zimmer war doch abgesperrt, oder?", wandte er sich an Frau Mildner, die immer noch unter der Tür stand.

„Ja, natürlich."

„Offensichtlich war jemand hier drin. Schauen Sie mal her, das ist doch aufgebrochen worden. Aber nichts anfassen."

Die Heimleiterin betrachtete das Schloss und nickte. Brechtl fischte ein Paar Gummihandschuhe aus seiner Jackentasche und zog sie über, bevor er die Truhe öffnete. Sie war fast leer. Nur einige alte Fotos, ein abgeliebter Teddybär und ein paar leere Briefkuverts lagen darin. Alles sah so aus, als hätte jemand die Truhe durchwühlt. Ein solches Durcheinander passte nicht zu Frau Schwemmer, die ansonsten alles penibel geordnet hatte. Brechtl machte einige Fotos und untersuchte die Zimmertür, konnte aber nichts Besonderes daran feststellen.

„Wer hat einen Schlüssel zu diesem Zimmer?"

„Die Pflegerinnen, die Putzfrauen, ich, meine Stellvertreterin, der Hausmeister und Frau Schwemmer natürlich", zählte Frau Mildner auf.

„Also so ziemlich alle, die hier arbeiten."

„Ja."

Brechtl überlegte kurz, sämtliche Angestellten zusammenzurufen, aber er konnte sich das Ergebnis dieser Aktion vorstellen. Selbst wenn der- oder diejenige dabei gewesen wäre, hätte er wohl kaum eine ehrliche Antwort bekommen.

„Also gut. Wir werden das Zimmer jetzt wieder versperren und versiegeln. Ich schicke Ihnen ein paar Kollegen der Spurensicherung vorbei. Auf keinen Fall darf jemand dieses Zimmer betreten. Bitte geben Sie das an Ihre Belegschaft weiter", wandte er sich wieder an Frau Mildner.

„Ja um Gottes willen, was macht denn das für einen Eindruck, wenn hier ständig die Polizei im Haus ist?"

„Frau Mildner, ich muss Ihnen noch etwas sagen, aber ich bitte Sie, es vorerst für sich zu behalten. Der Tod von Frau Schwemmer war kein Unfall. Sie ist ermordet worden ..."

Die Heimleiterin schlug erschrocken die Hand vor den Mund.

„... Wir sind wohl gezwungen, Ihnen noch einige Umstände zu bereiten. Unter anderem werden wir die Fingerabdrücke und wahrscheinlich auch DNA-Proben von allen Beschäftigten brauchen."

„Ach du liebe Zeit!"

„Wir werden natürlich versuchen, das so diskret wie möglich zu handhaben. Ich kann schon verstehen, dass Ihnen das unangenehm ist. Aber wir kommen nicht drum herum. Bitte bereiten Sie eine Liste mit allen Angestellten vor, die einen Schlüssel für das Zimmer besitzen. Ich denke, unser Erkennungsdienst wird noch heute Nachmittag vorbeikommen."

„Aber es sind ja nicht alle da. Wir arbeiten im Schichtdienst."

„Wir auch, Frau Mildner, wir auch."

„Ja gut, die Personalliste kann ich Ihnen schnell rauslassen."

„Ich bitte darum. Geben Sie sie dann unserem Erkennungsdienst."

Brechtl machte noch einige Fotos und nahm eines der Bücher mit, dann ließ er Frau Mildner das Zimmer versperren und klebte ein Polizeisiegel an die Tür. Danach rief er Rainer an und bat ihn, seine Jungs nach Röthenbach zu schicken.

„Weißt du, was vorher in der Truhe war?", wollte Jan auf dem Heimweg wissen.

„Frau Schwemmer hat an einem Buch über diese Krankheit gearbeitet. Das Manuskript hat sie laut Frau Mildner in der Truhe aufbewahrt. Und Briefe von Betroffenen."

„Wer klaut denn das Manuskript von einem Fachbuch? Wenn's jetzt der neue Harry Potter gewesen wäre, könnt ich das ja noch verstehen."

„Irgendjemandem war das offenbar sehr wichtig. So wichtig, dass er einen Einbruch und vielleicht sogar einen Mord dafür begangen hat. Und wenn ich ehrlich bin, glaube ich nicht, dass es jemand von den Angestellten war."

„Wenn es so einfach ist, das Buch zu klauen, warum bringt er dann die Frau auch noch um?"

„Keine Ahnung. Aber wenigstens haben wir jetzt ein mögliches Motiv."

„Wo warst du denn?", begrüßte ihn Sonja, als er wieder ins Büro kam.

„Noch mal im Altenheim. Schau mal her."

Er zeigte die Fotos der aufgebrochenen Truhe und berichtete anschließend von dem fehlenden Manuskript.

„Also doch Raubmord. Auf zwei Etappen, praktisch."

„Sozusagen", stimmte Brechtl zu.

„Und was ist das?"

Sie deutete auf das Buch, das Brechtl auf seinen Schreibtisch gelegt hatte.

„Da geht es um die Krankheit, über die Frau Schwemmer geschrieben hat."

„Mukopolysaccharidose. Noch nie davon gehört."

„Als wir zusammen dort waren, war die Truhe noch abgesperrt. Da bin ich ganz sicher. Zwischen dem Mord und unserem Besuch sind bestimmt vier, fünf Stunden vergangen. Warum hat sich der Täter nicht gleich geholt, was er wollte?"

„Am helllichten Tag? Vielleicht etwas auffällig", mutmaßte Sonja. „Hat Frau Schwemmer einen Schlüssel dabei gehabt?"

Brechtl dachte nach. Einen Schlüssel hatte er in der Handtasche nicht gefunden. Vielleicht war er ja in der

Jackentasche. Das ließ sich mit einem Anruf bei Rainer schnell überprüfen.

„Sooch amol, had die Frau Schwemmer an Schlüssl derbei ghabd, in der Jaggn villeichd?"

„In der Jaggn ned, obber die had a Keddn ummern Hals ghabbd, dou woar a Schlüssl dro ghängd."

„Wos issn des fia anner?"

„Wadd amol ... Burg ... Vorhängeschloss, dädi song."

„Den brauchi. Und Hausschlüssl?"

„Naa, nix."

„Ich kumm nacher amol nunder."

„Is rechd."

Brechtl legte wieder auf.

„Kein Hausschlüssel, aber den fürs Vorhängeschloss hatte sie um den Hals", teilte er Sonja mit.

„Dann denk ich, wird der Täter den Hausschlüssel mitgenommen haben, um sich später in aller Ruhe zu holen, was er wollte", schlussfolgerte sie. „Auf jeden Fall scheint das zusammenzuhängen, der Mord und der Einbruch. So viel ist klar."

„Seh ich auch so. Was hat eigentlich der Staatsanwalt gesagt?"

„Was er halt jedes Mal sagt. Kennst ihn doch. Zügig ermitteln, ordentlich dokumentieren und jeder Schritt muss mit ihm abgesprochen werden. Bla bla bla."

„Ich finde, der Mann gehört befördert!"

Sonja schaute ihn fragend an.

„Ja, ins Ministerium nach München, oder gleich nach Berlin. Halt irgendwohin, wo er nicht mehr stört", erläuterte Brechtl.

„Unterstütze den Antrag!", grinste sie.

Pünktlich um halb drei erschienen Jan, Manne und Rainer in Brechtls Büro. Der Chef bestand immer darauf, dass Besprechungen morgens abgehalten wurden, aber

Brechtl hielt es für besser, sich am frühen Nachmittag zu treffen. Da lagen schon die Ergebnisse vom Vormittag vor und es war noch Zeit, darauf zu reagieren. Abgesehen davon war er sowieso nicht das, was man unter einem Frühaufsteher versteht. Zur Hochform lief er frühestens nach der Mittagspause auf.

Manne hatte bereits einiges über Cornelius herausgefunden. Er holte ein DIN-A4-Blatt hervor, das er wie immer vorbildlich schon zweimal für die Akten kopiert hatte, und begann vorzulesen.

„Doktor Alexander Cornelius, geboren am 18.10.1962 in Nürnberg. Abitur am Melanchthon-Gymnasium. Danach Jura-Studium in Erlangen und Heidelberg. Hatte seit 1992 eine Kanzlei für Familienrecht in Nürnberg, die sich hauptsächlich mit Pflegschaften beschäftigte. Seit 2002 von seiner Frau Birgit geschieden. Die wohnt jetzt wieder in Heidelberg. Keine Kinder. Nach der Scheidung hat er seine Kanzlei aufgegeben. Die Stiftung wurde 2004 gegründet. Damals noch mit Sitz in Nürnberg. Seit 2007 ist der Stiftungssitz Rückersdorf und Cornelius wohnt auch dort unter derselben Adresse. Vier Anzeigen wegen Betrugs, jedes Mal freigesprochen. Eine Anzeige wegen Körperverletzung mit Todesfolge. Als Anwalt arbeitet er nicht mehr, sondern nur noch als Vorstand der Stiftung."

„Was war das mit der Körperverletzung?", hakte Brechtl nach.

„Das war 2010. Angeblich soll er eine seiner Klientinnen vergiftet haben. Konnte aber nichts nachgewiesen werden. Noch nicht einmal eine Vergiftung. Ist relativ schnell zu den Akten gelegt worden, es kam nicht mal zur Anklage. Nebenbei veranstaltet er Busreisen und Zaubershows."

„Busreisen?"

„Ja, so Kaffee-Fahrten für alte Leute."

Fehlt bloß noch, dass er Gebrauchtwagen und Versicherungen verkauft, dachte sich Brechtl.

„Sonst noch was?"

„Das war's."

„Danke. Und wie schaut's bei dir aus?", wandte er sich an Rainer.

„Also zwaa vo meine Jungs sinn edz draßn in Röddnbach, weecher dem Einbruch und die DNA-Brobm vom Bersonal. Zur Nachdschichd kummer dann die Kollegn vom KDD und machn weider. Und vo dem Reengschirm gibbds aa nuned vill Neis."

Er legte einen Schirm auf den Tisch.

„Des is edz des baugleiche Modell, vom selbm Hersdeller, dou hommer drei Schdigg besorchd. Gibds in Nemberch beim Karstadt. Mir machn a boar Versuche, wos des fier Schburn gibbd, wemmer dermid zuhaud. Is Original is beim LKA, obber die hommer ned vill Hoffnung gmachd zweggs Fingerabdrigg. Und DNA: Kombledde Fehlanzeiche. In su an Bach schwimmd su vill organisch Madrial rumm, dou findsd alles odder nix. Is aanziche, wossi gwiis waas, is, dass die Hoar, wo mer gfundn homm, ned vo am Menschn sinn. Vermudlich vo am Hund."

„Und die Farb?"

„Vo dem Schirm?"

„Naa, vo die Hundshoar."

„Hellbraun."

„Des woar's?"

„Su weid. Morng schiggmer dann die Brobm ausm Aldnheim nach Erlangen. Des sinn su um die dreißg Schdigg. Die wern a Freid homm!"

„Dange. Manne, kannst du mir das in eine vernünftige Form bringen für den Staatsanwalt?"

„Heute noch?"

„Ja. Wir haben den Hermann."

„Hast du eine Anordnung für die DNA-Reihenuntersuchung?“

„Wieso?“

„Na, weil's der Hermann ist.“

„Musst du halt ordentlich begründen.“

Manne verdrehte die Augen.

„Aber du unterschreibst.“

„Ja freilich. Hast du schon rausgefunden, wie groß das Vermögen von der Frau Schwemmer ist?“

„Macht der Jan.“

Manne zeigte auf seinen Kollegen.

„Genau weiß ich es noch nicht“, antwortete Jan, „aber arm ist sie jedenfalls nicht. Im Grundbuch sind zwei Grundstücke und drei Eigentumswohnungen auf ihren Namen eingetragen. Die Kontoauszüge krieg ich erst noch.“

„Drei Eigentumswohnungen? Und dann wohnt sie im Altenheim?“, wunderte sich Sonja.

„Wenn du auf Hilfe angewiesen bist und niemanden hast ...“

„Wenn sie die Immobilien verkauft hätte, dann hätte sie doch problemlos jemanden einstellen und trotzdem noch wie Gott in Frankreich leben können.“

„Ich denke, sie wollte das nicht“, war Brechtls Einschätzung, „sie wollte ihr Geld anscheinend in die Erforschung dieser Krankheit stecken. Ich werd mir das mal genauer anschauen.“

Das war dann auch seine Beschäftigung bis zum Feierabend. Keine besonders schöne, allerdings. Er hatte schon viel gesehen in den sechsundzwanzig Jahren, die er jetzt im Polizeidienst war. Trotzdem war er erschüttert, als er sich über Mukopolysaccharidose oder kurz MPS informierte. Die MPS-Patienten waren durchweg Kinder. Das hatte den einfachen, aber traurigen Grund, dass die Krankheit bis jetzt nicht heilbar war und kaum eines der

Kinder das Erwachsenenalter erreichte. Sie kamen gesund zur Welt und hatten doch diesen Gen-Defekt, der ihre Knochen verformte, sie blind und taub werden ließ und ihren Organen und ihrem Gehirn langsam, aber unerbittlich so großen Schaden zufügte, dass sie schließlich starben. Was musste das für die Eltern bedeuten, die dem hilflos zusehen mussten?

Brechtl hatte selbst keine Kinder, noch nicht einmal eine Frau. Trotzdem versuchte er, sich in die Situation von Frau Schwemmer hineinzuversetzen, deren Mann immer unterwegs war, während sie sich rund um die Uhr um ihre kleine Tochter gekümmert haben musste. Das war zu einer Zeit, in der die Gesellschaft noch viel abweisender als heute auf behinderte Menschen reagierte. Wer weiß, ob die Mediziner in den fünfziger oder sechziger Jahren die Krankheit überhaupt diagnostizieren konnten? Nach dem, was Brechtl gelesen hatte, standen sie den verschiedenen Varianten der MPS bis heute relativ machtlos gegenüber.

Ziemlich deprimiert machte er sich auf den Weg nach Hause. Er fuhr noch kurz im Altenheim vorbei und probierte den kleinen Schlüssel im Vorhängeschloss aus, er passte. Von einer Angestellten erfuhr er, dass Frau Schwemmer einen Schlüssel für die Haustür und einen für die Zimmertür besessen haben musste. Das alles stützte die Theorie des Raubmordes.

Ein zweites Mal unterbrach Brechtl seinen Heimweg. Er hatte sich vorgenommen, noch eine DNA-Spur zu sichern. Dazu fuhr er auf den Freibad-Parkplatz und durchsuchte den Mülleimer, in den er den Beutel mit den Hinterlassenschaften von Frau Bauernfeinds Hund geworfen hatte. Dummerweise hatte er heute Nachmittag im Altenheim sein letztes Paar Handschuhe verbraucht. Angewidert steckte er den Arm in den Schlitz des grünen Kastens und tastete sich durch den Müll. Dabei schaute er sich ständig um. Es war zwar schon dunkel, aber er wollte doch sichergehen, dass ihn niemand bei dieser peinlichen Aktion beobachtete. Schließlich fand er, was er suchte. Die kleine zugeknotete Plastiktüte mit dem Aufdruck des Drogeriemarkts. Er verstaute sie im Kofferraum und nahm sich vor, sie morgen nach Erlangen zu bringen, vorausgesetzt, die Gerichtsmedizin würde Samstagsschichten schieben. Aber davon war auszugehen.

Um sieben Uhr war er endlich daheim. Er belegte sich ein paar Brote und setzte sich in den einzelnen Sessel in seinem Wohnzimmer. Es sah ziemlich leer aus, so ohne Sofa. Schuld daran war nur der FC Bayern. Letzten Mittwoch hatte er es sich mit einem Bier vor dem Fernseher gemütlich gemacht. Weil nichts Besseres lief, schaute er sich ein Champions-League-Spiel an. FC Bayern gegen irgendwen. Eigentlich interessierte er sich nicht wirklich für Fußball, noch dazu war es das langweiligste Spiel, das er je gesehen hatte. Als er dann Mitte der zweiten Halbzeit wieder aufwachte, hatte er die Bescherung. Die Bierflasche war ihm im Schlaf aus der Hand gerutscht und der Inhalt in seinem Sofa versickert. Alle Reinigungsversuche halfen nichts, der Gestank war einfach nicht mehr aus dem Polster zu bekommen. Also blieb ihm nichts anderes übrig, als das Teil zu entsorgen. Wirklich schade war es nicht darum, schließlich hatte das Sofa schon über zehn Jahre auf dem Buckel und stammte noch aus der Zeit, in der Brechtl mit seiner damaligen Freundin zusammen hier gewohnt hatte. Er hing nicht besonders an dem beigen Dreisitzer, aber zum Fernsehen oder um im Liegen Musik zu hören, war er bestens geeignet gewesen.

Vier Wochen sollte es dauern, bis das Möbelhaus die neue Garnitur liefern würde. So lange musste er sich mit dem Sessel begnügen und die Füße auf den Tisch legen. Um auf angenehmere Gedanken zu kommen, legte er eine seiner Lieblings-CDs ein und setzte den Funkkopfhörer auf. „Get a Grip“ von Aerosmith. Nicht viele Menschen können bei dieser Musik entspannen, aber für Brechtl war es jetzt genau das Richtige. Irgendwann tauschte er den unbequemen Sessel dann gegen sein komfortables Doppelbett. Aber er hatte eine sehr unruhige Nacht, die Bilder der kranken Kinder aus dem Buch verfolgten ihn bis in den Schlaf.

Kapitel 4

Wie jeden Samstag holte Brechtl als Erstes die Zeitung aus dem Briefkasten. Mit einer Tasse Kaffee und ein paar Scheiben Toastbrot setzte er sich dann damit an den Küchentisch. Er ließ heute den Wirtschafts- und den Sportteil aus und blätterte gleich weiter zu den Regionalnachrichten. Schon auf der ersten Seite schlug ihm die Überschrift entgegen: *„Ungeklärter Todesfall in Röthenbach"*. Unter dem Bild, das die Einsatzfahrzeuge am Tatort zeigte, folgte ein kurzer Bericht.

„Röthenbach: Bereits am Mittwochnachmittag wurde eine 86-Jährige tot aus dem Röthenbach geborgen. Die Frau war vermutlich in der Nähe der Brücke am Rosenthal in den derzeit Hochwasser führenden Bach gestürzt. Die Rettungskräfte konnten nur noch den Tod der Rentnerin feststellen. Noch ist unklar, ob es sich dabei um einen Unfall handelte. Auch ein Gewaltverbrechen kann nicht ausgeschlossen werden. Die Kriminalpolizei Schwabach hat die Ermittlungen aufgenommen."

Na prima. Brechtl hatte versucht, den Mord so lange wie möglich unter dem Teppich zu halten, und jetzt dieser Bericht. Ein Gewaltverbrechen kann nicht ausgeschlossen werden. Willkommen in der Gerüchteküche!

Eigentlich hatte er überhaupt keine Lust, sich auch noch am Wochenende mit dem Fall zu befassen, aber er wollte das Tütchen in seinem Kofferraum schnellstmöglich loswerden. Deshalb rief er nach dem Frühstück gleich Regine an und überzeugte sich, dass sie in der Arbeit war. Dann setzte er sich in seinen Audi TTS und machte sich auf den Weg nach Erlangen. Regine empfing ihn an der Hintertür des Instituts in einem weißen Laborkittel. Ihre Augen, die sonst immer so verschmitzt durch die Brille funkelten, wirkten müde.

„Guten Morgen!"

„Gut?", gab sie missmutig zurück, „gerade sind deine Kollegen vom KDD weggefahren. Siebenundzwanzig Proben haben sie mir vorbeigebracht. Das Wochenende ist gelaufen."

Brechtl holte das Tütchen aus dem Kofferraum.

„Was ist das?", fragte Regine.

„Hundekacke."

„Hundekacke?"

„Ja." Brechtl hielt ihr das Tütchen mit zwei Fingern hin.

„Du kannst einer Frau echt tolle Geschenke machen. Was soll ich damit?"

„Kannst du die DNA davon mit den Hundehaaren von dem Regenschirm vergleichen?"

„Im Prinzip schon."

„Das wär echt prima! Ich will wissen, ob es derselbe Hund ist."

„Und da kannst du nicht ein paar Haare oder eine Speichelprobe mitbringen?"

„Nein, das ist sozusagen eine verdeckte Ermittlung."

„Ich kann dir gleich sagen: Der Hund war nicht der Täter."

„Ja, schon klar, aber ..."

Regine winkte ab.

„Was zuerst? Die Hunde-DNA oder die anderen Proben?"

„Also, das mit dem Hund wäre mir schon wichtig."

„Von mir aus. Ich ruf dich an."

„Danke. Und ... äh ..." Fast hätte er ihr ein schönes Wochenende gewünscht. „... Danke!"

„Schon gut."

Sie drehte sich grußlos um und verschwand wieder im Haus. Ein bisschen leid tat sie ihm schon, aber Brechtl machte sich keine allzu großen Vorwürfe. Hätte sie sich halt einen vernünftigen Beruf ausgesucht.

Er war gerade mitten auf der A 3, zwischen Tennenlohe und Nürnberg Nord, als sein Handy diesen fürchterlichen Pfeifton von sich gab, der bei jeder neu eingegangenen Nachricht ertönte. Er fischte es aus der Brusttasche und versuchte, die Nachricht zu entziffern. „Thomas" stand oben auf dem Display. Um die Nachricht lesen zu können, musste er den Arm ziemlich weit ausstrecken.

„Fliegen wird heut nix, oder?"

Normalerweise trafen sich Brechtl und seine beiden besten Freunde, Thomas und Markus, samstags zum Modellfliegen. Seine sportlichen Aktivitäten hatte Brechtl nach und nach alle aufgegeben. Aber dem Flugzeugmodellbau war er treu geblieben. Am Wochenende wurde geflogen und jeden Dienstag trafen sich die drei zum Basteln und Reparieren in Thomas' Keller.

Brechtl warf einen Blick in den grauen Himmel. Es regnete zwar nicht mehr, aber es war kalt und feucht. Bei dem Wetter machte es keinen Spaß, sich stundenlang auf eine matschige Wiese zu stellen. Während er versuchte, eine Antwort zu tippen, schaute er abwechselnd auf die Straße und auf sein Handy.

„Kannt vertgessn bei de scheisdweter", sendete er schließlich.

„Bist du bsuffm?", kam es prompt zurück.

„Naa auto"

„Dann bis Dienstag. Kommst du?"

Logisch – wollte Brechtl eigentlich noch schreiben, doch als er hochblickte, blendeten ihn die Bremslichter seines Vordermanns.

„Scheiße!"

Für wie viele Menschen mag das wohl ihr letztes Wort gewesen sein? Mit voller Kraft trat er auf die Bremse. Sein Telefon fiel in den Fußraum und das Rattern das Antiblockiersystems ging ihm durch Mark und Bein. Mit beiden Händen stemmte er sich gegen das Lenkrad.

Jede Sekunde musste es krachen. Als er endlich zum Stehen kam, fehlte kein Meter mehr zur Stoßstange des anderen Autos. Er schloss die Augen und schnaufte tief durch.

Eine Viertelstunde lang zog sich der Stau, bis er endlich an der Ausfahrt Laufamholz war. Noch immer zitterten seine Knie und noch immer lag das Handy auf dem Beifahrerboden. Er hielt in der nächsten Parkbucht und hob es auf.

Statt eine Antwort zu schreiben, beschloss er, lieber gleich bei Thomas im Laden vorbeizuschauen. Das Modellbaugeschäft lag ganz im Westen Röthenbachs, also sowieso fast auf seinem Weg.

„Servus, Kalle!", begrüßte ihn Thomas, der hinter dem Tresen stand.

„Servus. Mensch, edz wäri fasd an hindn draff gfoarn, weecher der scheiß Schreiberei."

Er erzählte, was passiert war.

„Dou hasd obber Gligg ghabd, Alder. Siggsd, des kennerd in Markus ned bassiern."

Markus hatte immer noch kein Smartphone und sie zogen ihn deswegen dauernd auf. Er wehrte sich vehement dagegen, ständig erreichbar zu sein und nebenbei noch mit dem Unsinn zugemüllt zu werden, den so mancher via WhatsApp, Facebook, Twitter und Co. verschickte. Es nervte ihn schon, dass ihm sein Chef ein Handy aufgezwungen hatte. Er hatte ihn allerdings auf eines mit Tasten herunterhandeln können, das reichte zum Telefonieren ja.

Brechtl untersuchte sein Smartphone. Offensichtlich war nichts kaputtgegangen.

„Die Schrift is obber aa suwos vo winzich", bemerkte er.

„Su hads bei mir aa ogfangd." Thomas setzte seine Lesebrille auf. „Wersd hald aa ned jünger."

„Su a Gschmarri. Ich hob Aung wie a Luchs. Des werd bloß allerwall glänner, des Zeich."

Thomas nahm ihm das Smartphone ab und schaute auf das Display.

„Ganz normol", befand er. „Da, brobier amol."

Er gab Brechtl die Brille. In diesem Augenblick betrat ein Kunde mit einem Modellhelikopter unter dem Arm den Laden.

„Servus", begrüßte ihn Thomas, „wos gibds'n?"

„Servus. Kannst du dir den einmal anschauen? Da stimmt was mit der Einstellung nicht, der flattert wie die Sau."

„Des hommer glei."

Thomas ließ sich die Fernsteuerung geben, ging mit dem Kunden nach draußen auf die kleine Wiese neben dem Laden und fing an, den Hubschrauber einzustellen.

Brechtl setzte die Brille auf. Der Unterschied war schon deutlich. Aber klar – mit einer Lupe konnte man auch das kleinste Zeug entziffern. Er nahm sie wieder ab und folgte den beiden nach draußen, wo Thomas gerade einen Probeflug durchführte.

„Und", fragte Thomas, ohne den Blick vom Hubschrauber zu wenden. „Gaid scho besser mid der Brilln, odder?"

„Na ja." Brechtl wollte ihm die Brille zurückgeben, aber Thomas hatte beide Hände an der Fernsteuerung.

„Die Brilln konnsd behaldn", bot er ihm an. „Hobbi drei Schdigg dervo. Die hads beim Aldi für a boar Euro gehm. Mir seeng uns Diensdooch."

„Also gud. Bis dann."

Er fuhr um die nächste Ecke und probierte das mit der Brille noch einmal aus. Zum Lesen war sie echt gut, aber auf größere Entfernung sah er gar nichts mehr damit. Was konnte man von so einem Discounter-Teil schon erwarten – war ja auch nur eine Lesehilfe. Er legte sie auf den Beifahrersitz und machte sich auf den Heimweg. Oben am Kinoberg fuhr er auf das brillenförmige Fenster eines Optiker-Geschäfts zu.

Vielleicht wäre eine richtige Brille besser? Ein paarhundert Meter weiter war schon der nächste Optiker. Er überlegte hin und her. Beim dritten Optikerladen hielt er schließlich an. Bestimmt zehn Minuten blieb er im Auto sitzen und rang mit sich: Sollte er das wirklich machen? Kalle Brechtl mit Brille – er würde wahrscheinlich aussehen wie sein eigener Vater. Aber sollte er sich das Leben, beziehungsweise das Lesen, nur wegen falscher Eitelkeit schwer machen? Er musste eben dazu stehen. Wie zu seinem Bauchansatz, den er inzwischen auch nur noch in sehr seltenen Fällen einzog. Er war halt über fünfzig und sowieso der Letzte in seinem Freundeskreis, der noch keine Brille hatte. Also – hobb edz, spornte er sich selbst an. Manchmal muss ein Mann eben tun, was ein Mann eben tun muss. Insgeheim hoffte er, dass sich herausstellen würde, dass er noch gar keine Brille brauchte. Könnte ja auch nur so eine Blutdruck- oder Wettergeschichte sein.

Er stieg aus und ging in das Geschäft.

„Grüß Gott, was kann ich für Sie tun?"

Die sympathische Optikerin streckte ihm die Hand entgegen.

„Na ja, ich wollte mal so einen Sehtest machen. Das ist mir in letzter Zeit beim Lesen aufgefallen ..."

„Werden die Arme zu kurz? Das ist ganz normal in Ihrem Alter ..."

Jetzt war sie ihm schon nicht mehr so sympathisch.

„... Kommen Sie einfach mit."

Sie führte ihn in ein Nebenzimmer, in dem sich allerlei Gerätschaften zur Augenvermessung befanden. Er musste sich auf einen Stuhl setzen und den Text von einer Karte ablesen, die sie ihm in die Hand gedrückt hatte. Die Buchstaben wurden mit jeder Zeile kleiner. Aber Brechtl schaffte es, den ganzen Text zu lesen, bis zum kleinsten Wort. Na bitte. Von wegen „in Ihrem Alter ...".

Die Optikerin schaltete das Licht aus, sodass nur noch eine kleine Leselampe zur Beleuchtung diente.

„Bitte noch mal", forderte sie ihn auf.

Bei der Funzel war es natürlich nicht mehr so einfach. Die ersten paar Zeilen gingen noch, dann musste sich Brechtl schon sehr konzentrieren und schließlich konnte er nur noch raten.

„Na ja, bei dem Licht ...", rechtfertigte er sich.

„Probieren Sie die mal!"

Die Optikerin setzte ihm eine Brille auf die Nase. Brechtl schaute auf den Text. Alles gestochen scharf. Blöde Kuh!

„Und ... besser?", fragte sie scheinheilig nach.

„Ja, schon", gab er zu.

„Dann messen wir das mal genau aus. Arbeiten Sie viel am PC?"

Zehn Minuten später saß Brechtl vorne im Laden vor einem Spiegel und ließ sich ein Brillengestell nach dem anderen aufsetzen. Schließlich entschied er sich für eine schwarze, eckige Brille mit relativ kleinen Gläsern.

„Die steht Ihnen richtig gut", meinte die Optikerin, die eigentlich doch ganz nett war. „Die Gläser haben wir Mitte nächster Woche. Ich rufe Sie dann an."

„Ja, und kann ich mit der dann auch Auto fahren?", fragte Brechtl nach.

„Das ist eine Lesebrille. Beim Autofahren werden Sie ja wohl nicht lesen, oder?"

„Mhm. Ja, klar."

„Das ist eine ganz normale Altersweitsichtigkeit, die Sie mit der Brille ausgleichen. Außer zum Lesen sollten Sie die gar nicht aufsetzen."

„Und was kostet der Spaß dann?"

Sie rechnete auf einem Block zusammen.

„Mit den entspiegelten Gläsern wären das zweihundertneunzehn Euro."

„Zweihundertneunzehn? Beim Aldi gibt's die Brillen für ein paar Euro."

„Was Sie da bekommen, können Sie nicht wirklich als Brille bezeichnen. Das ist, wie wenn Sie Badeschlappen tragen. Geht schon eine Weile, aber dann tun Ihnen die Füße weh. Mit guten Schuhen passiert Ihnen das nicht."

Sie warf einen kurzen Blick auf Brechtls Füße, die wie immer in ausgelatschten Turnschuhen steckten. „Mit Ihren Augen sollten Sie sorgsamer umgehen."

Brechtl gab sich geschlagen und schrieb ihr seine Telefonnummer auf.

Zu Hause stellte sich Brechtl vor den Badezimmerspiegel und setzte Thomas' Brille auf.

Lesehilfe. Altersweitsichtig. Was für furchtbare Bezeichnungen! War es jetzt soweit? Gehörte er jetzt zu den alten Knackern, die ständig dieses Nasenfahrrad mit sich rumtragen mussten? Am besten an einem Bändchen um den Hals oder griffbereit in der Hemdtasche. Schreckliche Vorstellung!

Er schnitt verschiedene Grimassen, schaute ernst und fröhlich, rutschte die Brille mal auf die Nasenspitze, mal ganz nach oben. Ein völlig ungewohntes Bild. Machte ihn die Brille nun intellektueller, seriöser oder einfach nur alt? Er war sich noch nicht ganz schlüssig, als „Smoke on the Water" ertönte. Diesen Klingelton hatte er schon seit seinem ersten Handy.

„Brechtl."

„Ich bin's, Regine. Also ich hab deine Hunde-DNA ausgewertet. Unsere Analysegeräte sind zwar nicht darauf ausgelegt, aber du kannst mal davon ausgehen, dass es der selbe Hund ist. Ohne Garantie. Vor Gericht wird dir das nicht als Beweis anerkannt, das sage ich dir gleich."

„Du bist spitze. Dankeschön! Und wie sieht es mit den anderen Proben aus?"

„Bei dem, was wir bisher haben, gibt's noch keine Übereinstimmung. Aber wir sind noch nicht mal bei der Hälfte."

„Und ich befürchte, da werden noch mehr Proben kommen."

„Hab ich mir schon gedacht. Ich melde mich, sobald es was Neues gibt."

Sie klang müde.

„Danke. Bis bald – hoffentlich."

„Ciao Kalle."

Brechtl steckte nachdenklich sein Handy wieder ein. Die Haare auf dem Regenschirm stammten also von Frau Bauernfeinds Hund. Aber wie passte das zusammen? Warum sollte die alte Dame ihre beste Freundin erschlagen? Wie sollte sie es geschafft haben, Frau Schwemmer in den Bach zu stoßen – die war geschätzt zwanzig Kilo schwerer als Frau Bauernfeind. Na ja, mit Anlauf vielleicht. Warum hatte sie überhaupt diesen Schirm dabei? Warum trafen sich die beiden gerade an dieser Stelle? Und vor allem: Wo war das Motiv?

Brechtl zermarterte sich das Hirn, aber er kam zu keinem sinnvollen Ergebnis. Er erwischte sich dabei, wie er gedankenversunken auf dem Brillenbügel herumkaute. Kaum hatte man so ein Ding, fingen schon die Marotten an. Er legte eine CD in die Stereoanlage, setzte sich in seinen Sessel, schloss die Augen und versuchte, auf andere Gedanken zu kommen. Das wirkte eigentlich immer. Wenn er sich nicht mehr auf das konzentrierte, worüber er eigentlich nachdachte, fiel ihm die Lösung ein. Es funktionierte auch dieses Mal.

Es war so einfach, dass er den Wald vor lauter Bäumen nicht gesehen hatte. Der Regenschirm gehörte nicht Frau Bauernfeind, sondern Frau Schwemmer. Und die Haare stammten von einem ihrer Besuche bei ihrer Freundin. Logisch. Hätte man auch gleich draufkommen können. Zufrieden mit seiner Analyse beschloss Brechtl, nicht mehr an die Arbeit zu denken und den Rest des Tages mit angenehmeren Dingen zu verbringen. Er zog alte Klamotten an, ging in den Keller und bastelte an seinem neuesten Flugzeugmodell. Thomas' Lesehilfe leistete ihm auch dabei gute Dienste. Erstaunlich, wie einfach es auf einmal war, Drähtchen anzulöten und die winzigen Muttern auf die Schrauben zu drehen.

Brechtl musste den Tatsachen ins Auge sehen, auch wenn es ihm schwerfiel. Seit heute war er alt.

Es war schwer nachzuvollziehen, warum Brechtls Mutter einerseits ständig an seiner Figur herumnörgelte, andererseits immer Angst hatte, er könne verhungern, und darauf bestand, dass er jeden Sonntagmittag zum Bratenessen erschien. Damit der „Bou" wenigstens einmal die Woche etwas Anständiges zu essen bekam – wenn er schon keine Frau hatte, die für ihn kochte. Wenn er nicht mindestens zwei Knödel zu seinem Schäufele aß, sorgte sie sich entweder um seinen Gesundheitszustand oder fragte leicht beleidigt: „Schmeggds der gwiss ned?"

„Doch!"

„Warum issd na nix?"

Gekrönt wurde der Sonntagsschmaus entweder mit Vanilleeis und heißen Himbeeren oder einem Stück selbst gebackenen Kuchens. Hungrig war Brechtl hinterher jedenfalls nicht mehr und außerdem voll informiert über sämtliche Krankheits- und Sterbefälle der letzten Woche.

Diesen Sonntag gab es natürlich nur ein Thema: die Schwemmers Luise.

„Hasd ner scho an verhaffd?"

„Su schnell gäids aa widder ned, Mama."

„Ich konn des immer nunned glaam. Wer doudn suwos. Die Schwemmers Luise woar doch a herznsgouder Mensch. Wie iss ner des herganger? Had die aaner ausgraubd? Ich drau mi scho goar nimmer af die Schdrass, wenns dungl is."

„Also erschdns derfi der nix Genaus song zum Dadhergang, und zweidns derfsd ruich im Dungln af die Schdrass, weil die Frau Schwemmer is ja am helllichdn Dooch umbrachd worn."

„Also Heinzi, ich konn des ned verschdäi, dass du dou aa nu Widsler maggsd", entgegnete sie entrüstet.

„Schau, Mama: Des is hald mei Erberd. Ich siech suwos jedn Dooch. Freili is des ned lusdich. Obber es bassierd hald. Mir kenner na bloß schauer, dass mer in Däder derwischn."

„Obber su lang der frei rumläffd ... Ich hob mer scho dengd, obbi mer su ä Schbräi kaff. Die Waldraud had aa immer ans derbei."

„Ganz ehrlich, Mama, bis du des in deiner Handdaschn findsd, is aa scho zu schbäd."

Brechtls Vater grinste, setzte aber gleich wieder eine ernste Miene auf, als ihn der vorwurfsvolle Blick seiner Frau traf.

„Du, sooch amol, Mama, hasd du des ircherdwen derzälld, dass die Frau Schwemmer umbrachd worn is?"

„Naa. Kann Menschn."

„In Babba obber scho, odder?"

Sein Vater nickte.

„In Babba freilich."

„Und sunsd goar kann?"

„Ned diregd."

„Mama ..."

„Die Waldraud had gfrochd, warum du bei der Madda woarsd."

„Bei der Frau Bauernfeind?"

„Ja. Und na hobbi hald gsachd, dass du dou ermiddln dousd."

„Und ..."

„Na hads hald gfrochd, warum. Obber ich hob era gsachd, dassis ned weidersong derf, wall des no geheim is."

„Ach Mama!", seufzte Brechtl.

„Die sachd doch dou nix."

„Naa, goar ned. Gesdern is scho in der Zeidung gschdandn!"

„Ich hobs scho glesn. Do is nix gschdandn, dass des a Mord woar."

Es hatte keinen Zweck, mit ihr zu streiten. Früher oder später wäre die Geschichte bestimmt auch ohne seine Mutter ans Tageslicht gekommen.

„Die Fra Schwemmer woar doch bei dir an den Dooch. Wann woarnern die dou?"

„Nammidooch, su ummer halber zwaa."

„Wassd du, wo die vurher woar?"

„In Nemberch, hads gsachd. A mordsdrummer Daschn hads derbei ghabd, obber kaffd had ser si nix."

„Warum woars ner na in Nemberch?"

„Des wassi ned."

„Hm. Und dernooch? Is dann glei hammganger?"

„Rechd bressierd hads era. Sie had gsachd, sie will no in die AWO. Dou woar su a Seniorn-Nammidooch."

„Bisd du dou ned mid?"

„Ach woher! Des is doch wos fia alde Leid. Obber des is aa in der Zeidung gschdandn. Hasders ned glesen?"

Das war jetzt nicht die Sorte Zeitungsartikel, für die sich Brechtl interessierte. Seine Mutter war schon in die Küche geeilt und kramte die Donnerstagszeitung aus dem Altpapier. Nach kurzem Blättern hatte sie gefunden, was sie suchte.

„Volles Haus beim bunten Nachmittag der AWO“, hieß es in der Überschrift.

Das Bild darunter zeigte einige Kinder der „Röbanesen“, der örtlichen Faschingsgesellschaft, bei einem Tanzauftritt. Ein paar ältere Damen in der ersten Reihe klatschten eifrig mit. Viel interessanter fand Brechtl allerdings, was im Hintergrund zu sehen war. Das ihm schon bekannte Plakat mit der Aufschrift „MAGIC“. Im Text darunter war dann unter anderem auch von einer Zaubershow die Rede.

„Und du bisd sicher, dass die dou hie wolld?“, fragte Brechtl noch einmal nach.

„Ja, gsachd had sis. Warum?“

„Weils dou dernooch woarscheinlich umbrachd worn is ...“

„Aallmächd, binni ner froh, dass ich dou ned derbei woar. Schdell der amol vuur ...“

Brechtl kam ins Grübeln, allerdings nicht wegen seiner Mutter. Die Räume der AWO, die sich im ehemaligen Feuerwehrhaus befanden, lagen keine hundert Meter vom Tatort entfernt. Aber um vernünftig nachdenken zu können, brauchte er jetzt seine Ruhe. Nach dem obligatorischen Kuchenstück lieh er sich die Zeitung aus, verabschiedete sich von seinen Eltern und fuhr noch einmal zum Tatort.

Es gab zwei mögliche Wege, die Frau Schwemmer gegangen sein konnte. Da sie zu Fuß und noch dazu mit einem Rollator unterwegs war, hatte sie sicherlich die kürzere Strecke am Schlösschen vorbei und den schmalen Fußweg entlang zur Röthenbachbrücke gewählt.

Brechtl lehnte sich an das Brückengeländer und dachte nach. Nachdem die Veranstaltung so gut von alten Leuten besucht gewesen war, würden sich viele von ihnen danach auf diesen Weg gemacht haben. Frau Schwemmer musste also zu einem anderen Zeitpunkt hier entlang gelaufen sein. Entweder noch vor dem Ende der Veranstaltung oder weit danach. Was könnte sie bewogen haben, früher zu gehen oder länger zu bleiben? Woher sollte der Mörder wissen, dass sie hier vorbeikommen würde und vor allem wann?

Für Brechtl stand fest: Frau Schwemmer musste ihren Mörder bereits auf der Veranstaltung getroffen haben. Entweder war sie mit ihm gegangen oder er war ihr gefolgt. Dass sie sich zufällig getroffen hatten, hielt er für unwahrscheinlich. Er brauchte unbedingt eine Liste der Leute, die an diesem Nachmittag in der AWO waren. Ob es so etwas wie eine Gästeliste gab? Bestimmt nicht. Im Auto nahm er noch einmal die Zeitung zur Hand und warf einen Blick auf das Bild. Darunter stand: *„Foto: Kirchner"*. Er blätterte weiter. Unter allen Fotos war eine Quellenangabe und immer wieder erschien der Name Kirchner. Es musste sich also um einen Zeitungsreporter handeln – und der hatte sicher nicht nur dieses eine Bild gemacht. Brechtl beschloss, gleich Montagfrüh bei der Pegnitz-Zeitung in Lauf vorbeizufahren.

Kaum hatte er es sich zu Hause gemütlich gemacht, klingelte es an Brechtls Haustür.

Er warf einen Blick auf die Wohnzimmeruhr. Wer war das denn, um die Zeit? Er schlurfte zur Wohnungstür und drückte auf die Sprechtaste.

„Ja?"

„Hallo, Herr Brechtl?", hörte er eine Frauenstimme.

„Ja", antwortete Brechtl nochmals.

„Wir müssten mit Ihnen sprechen. Dringend."

Wir. Wer immer „wir" waren. Brechtl drückte auf den Türöffner und wartete an der Wohnungstür. Im Treppenhaus erschienen zwei Frauen und ein Mann im geschätzten Alter zwischen achtzig und neunzig und quälten sich mehr oder weniger die Treppe in den ersten Stock hoch.

„Grüß Gott", grüßte er sie mit fragendem Blick.

„Guten Tag, Herr Brechtl. Wir müssen mit Ihnen sprechen." Die hagere Frau mit der Lesebrille auf der Nasenspitze schaute sich misstrauisch im Treppenhaus um. „Unter vier Augen", ergänzte sie geheimnisvoll.

Brechtl zählte acht Augen, aber egal.

„Aha ... ja, bitte." Er bat sie in die Wohnung.

„Mein Name ist Kühnert", stellte sich die Frau vor und gab ihm die Hand.

„Mir kenner uns ja, Heinzi", meinte die Zweite, die deutlich kleiner und etwas molliger war, und streckte ihm ihre zittrige Hand entgegen.

Brechtl hatte keine Ahnung, wer das war, aber mit Sicherheit eine der zahllosen Freundinnen seiner Mutter. Noch ein bisschen Geduld, dachte er, während er ihr die Hand schüttelte, bald war die Generation, die ihn Heinzi nannte, ausgestorben.

„Ja, freilich, Frau ... äh ..."

„Schnabb – mid zwaa Baula", antwortete sie und ging ebenfalls an ihm vorbei in die Wohnung.

Der Mann war augenscheinlich der Älteste in Bunde. Er drückte Brechtl nur die Hand, nickte kurz, sagte aber kein Wort.

„Des is der Herr Keller. Der redd ned vill", erklärte Frau Schnapp.

Brechtl versuchte, sich die Namen einzuprägen.

„Bitte."

Kaum hatte Brechtl einladend in Richtung Wohnzimmertür gezeigt, fiel ihm ein, dass darin ja nur noch der einzelne Sessel stand. Schnell bog er in die Küche ab und holte die beiden Stühle. Damit war der Vorrat an Sitzmöbeln in seiner Wohnung ausgereizt. Er selbst setzte sich deshalb im Schneidersitz auf den Boden, nachdem die alten Herrschaften um den Wohnzimmertisch herum Platz genommen hatten.

„Wir sind wegen des Mordes an Frau Schwemmer zu Ihnen gekommen", ergriff Frau Kühnert das Wort in einem recht affektiert wirkenden Hochdeutsch.

Brechtl verfluchte sich dafür, dass er seiner Mutter das erzählt hatte. Er nickte nur.

„Wir möchten unseren Beitrag zur Aufklärung dieses Falls leisten."

Sie spitzte die Lippen und rückte ihre Brille auf der Nasenspitze zurecht. Das konnte ja heiter werden, dachte Brechtl, aber er ließ sie weiterreden. Zum einen, um nicht unhöflich zu sein, zum anderen konnte es ja tatsächlich sein, dass die drei sachdienliche Hinweise hatten.

„Wall die Fra Kühnerd kennd si dou nämli aus. Die liesd jede Wochn zwaa Grimmies. Und ich woar ja a Schulfreindin vo der Schwemmers Luise und der Herr Keller, der wohnd im Aldnheim im Zimmer nehm dro." Frau Schnapps Hand lag auf der Glasplatte des Tisches und ihr Ring verursachte ein hochfrequentes Klappergeräusch.

Ein Dream-Team, dann konnte er ja Sonja, Jan und Manne in Urlaub schicken.

„Soso. Und haben Sie irgendwelche Beobachtungen gemacht, die vielleicht wichtig sein könnten?"

„Bisher noch nicht. Wir werden damit beginnen, Notizen über verdächtige Vorgänge anzufertigen."

Brechtl ging dieses gekünstelte Hochdeutsch auf die Nerven. Er fühlte sich ziemlich unwohl, während er wie ein kleiner Junge zu ihr hochschauen musste und sie ihn von oben herab musterte.

„Ja, das kann bestimmt nützlich sein", antwortete er mit ironischem Unterton, den allerdings niemand bemerkte. Er kam sich vor wie in einem Miss-Marple-Film. Frau Schnapp schaute ihn mit großen Augen erwartungsvoll an, während Herr Keller abwesend die Wohnzimmeruhr durch seine dicke Brille fixierte und gebannt dem Lauf des Sekundenzeigers folgte.

„Hat denn die Spusi schon Erkenntnisse bezüglich des Tathergangs?", wollte Frau Kühnert wissen und zückte einen Notizblock aus ihrer Handtasche.

Die Spusi. So stand das in fast jedem Krimi. Bei der Polizei nannte den Erkennungsdienst niemand so. Brechtl überlegte, was er sagen konnte, ohne seine guten Manieren zu vergessen.

„Wir sind noch dabei, die Spuren auszuwerten. Wenn Sie sachdienliche Hinweise haben, können Sie uns diese natürlich gerne mitteilen. Aber bitte fangen Sie nicht an, eigene Nachforschungen anzustellen."

Er hoffte, dass das höflich, aber deutlich genug war.

„Naa", versicherte Frau Schnapp, „mir bleim inkognido."

„Und Tatverdächtige? Wird schon jemand überwacht?" Frau Kühnert gab nicht nach.

„Wissen Sie, Frau Kühnert, selbst wenn es so wäre, dürfte ich Ihnen das nicht sagen."

„Selbstverständlich bin ich mir darüber im Klaren, dass Sie offiziell nichts weitergeben dürfen. Aber ein gewisses Vertrauensverhältnis zwischen Ermittler und Informanten setze ich natürlich voraus."

Sie hatte den Stift schon auf das Papier gesetzt.

„Es tut mir leid, aber ich darf Ihnen keine Auskünfte über laufende Ermittlungen geben."

Herr Keller stand auf und schaute sich die Fotos an, die an Brechtls Wohnzimmerwand hingen. Auf den meisten waren Flugzeugmodelle abgebildet. Eines zeigte ihn, Markus und Thomas mit Ledermützen und Fliegerbrillen. Vor jedem einzelnen Bild blieb Herr Keller stehen, hob die Brille von der Nase und setzte sie wieder auf, schüttelte fast unmerklich den Kopf und ging wortlos zum Nächsten. Es konnte einen wirklich nervös machen.

„Des had dei Mama scho gsachd, dass du dou immer

so korregd bisd", merkte Frau Schnapp ein wenig enttäuscht an.

„Die Aufklärung von Verbrechen ist Arbeit der Polizei. Und wir sprechen natürlich nicht darüber, wie wir vorgehen, sonst hätten die Verbrecher ja ein leichtes Spiel. Trotzdem vielen Dank für Ihren Besuch."

Brechtl wollte der Sache schnell ein Ende bereiten und stand auf.

Schwerfällig erhoben sich auch die beiden Damen von ihren Plätzen.

„Ich hätte nicht erwartet, dass Ihnen so wenig an der Aufklärung dieses Falles liegt", bemerkte Frau Kühnert beleidigt, „dennoch werde ich mich bei Ihnen melden, sobald ich Hinweise habe."

Frau Kühnert zog eine von Brechtls Visitenkarten aus ihrer Handtasche. Wo hatte sie die denn her? Vermutlich auch von seiner Mutter.

„Wie sind Sie eigentlich hergekommen?", fragte er.

„Midn Schdaddbus", erwiderte Frau Schnapp.

Der stadteigene Linienbus fuhr regelmäßig durch ganz Röthenbach. Hauptsächlich, um Rentner einzusammeln und sie von A nach B zu bringen. Wann er wo hielt, davon hatte Brechtl keinen Schimmer.

„Kann ich Sie nach Hause bringen?", bot er an und griff nach seinem Autoschlüssel.

„Ach, des wär nedd, Heinzi."

Brechtl schaute in die Runde. Er hatte gefragt, ohne groß nachzudenken. Das konnte ein Spaß werden, die drei in seinen Audi TTS zu verfrachten. Es half nichts – er holte das Auto aus der Garage und hielt auf dem Gehweg vor seiner Haustür. Hätte jemand die Szene gefilmt, die sich dann rund um den Sportwagen abspielte, er hätte dafür auf YouTube bestimmt eine Million Klicks bekommen. Aber irgendwie schaffte es Brechtl, die Senioren schlussendlich in seinem Auto unterzubringen und in ihre Heime zu verteilen. Herr Keller und Frau Kühnert wohnten im katholischen Altenheim, Frau Schnapp im Karl-Heller-Stift, das am Stadtrand lag.

Als Brechtl endlich wieder zu Hause war, schrieb er kopfschüttelnd die Namen des Trios auf einen Zettel, um sie nicht zu vergessen. Kühnert, Schnapp, Keller. K-S-K. Kommando Spezial Kräfte. Er musste lachen. Dann räumte er die Stühle zurück in die Küche, holte sich ein Bier aus dem Kühlschrank, schaltete den Fernseher ein und ließ sich müde in seinen Sessel fallen.

Kapitel 5

Gleich Montagfrüh fuhr Brechtl wie geplant nach Lauf zur Pegnitz-Zeitung. Das Gebäude lag direkt an der B 14 und war durch die Fahne davor nicht zu übersehen. Er ging durch die Glastür auf den großen, runden Tresen zu, hinter dem drei Frauen an ihren Computern saßen. Eine der Mitarbeiterinnen stand auf und begrüßte ihn mit einem freundlichen Lächeln.

„Guten Morgen!"

„Guten Morgen, Frau ...", Brechtl warf einen Blick auf das Namensschild auf ihrem Tisch, „... Schwarzmann. Mein Name ist Brechtl, ich bin von der Kripo Schwabach." Er zeigte ihr seinen Dienstausweis.

„Mhm ...", sie zog die Augenbrauen zusammen, „wie kann ich Ihnen helfen?"

„Ich bräuchte mal einen Ihrer Kollegen, Herrn Kirchner oder vielleicht auch Frau Kirchner. Der immer die Fotos macht. Ist er da?"

„Der müsste da sein. Kleinen Moment bitte."

Sie lief nach hinten, wo sich offenbar die Redaktionsräume befanden. Brechtl schaute sich inzwischen die Regale an, in denen einige Bücher und allerlei Geschenkartikel zum Verkauf angeboten wurden. Schon nach einer Minute kam Frau Schwarzmann in Begleitung eines jungen Mannes mit Dreitagebart zurück.

„Andreas Kirchner – Sie wollten mit mir sprechen?", stellte der sich vor.

„Brechtl, Kripo Schwabach – keine Angst, nichts Schlimmes." Brechtl zeigte ihm den Zeitungsartikel. „Sie haben doch auf der AWO-Veranstaltung fotografiert, oder?"

Kirchner nickte.

„Da haben Sie doch sicher mehr als dieses eine Foto gemacht."

„Ja, einige."

„Könnte ich auch die anderen Bilder sehen?"

„Sicher. Die sind auf meinem Rechner."

Er nahm Brechtl mit in sein Büro im ersten Stock. Dort setzte Kirchner sich an einen PC und öffnete mit ein paar Klicks ein Verzeichnis. Jede Menge winziger Bilder erschienen auf dem Monitor. Auf dem Ersten war der neue Bürgermeister zu sehen, der anscheinend ein Grußwort gesprochen hatte. Wäre auch nicht mein Job, dachte Brechtl. Einige Fotos zeigten die Tanzgruppe bei ihrem Auftritt, dann wurde es interessant. Cornelius bei seiner Zaubershow und bestimmt zwanzig Bilder, auf denen das Publikum zu sehen war.

„Wie viele Bilder sind das?", wollte Brechtl wissen.

„Vierundsiebzig", antwortete Kirchner, nachdem er im Dateimanager nachgesehen hatte.

Auf jeden Fall zu viele, um sie in vernünftiger Auflösung in eine E-Mail zu packen, dachte Brechtl.

„Können Sie mir die mitgeben – alle?"

„Als Datei? Oder müssen wir sie ausdrucken?"

„Als Datei reicht mir schon."

„Sekunde, dann hol ich schnell einen USB-Stick."

„Darf ich?", Brechtl zeigte auf die Maus.

„Ja, bitte. Ich bin gleich wieder da."

Brechtl klickte sich durch die Bilder. Bei einem stoppte er. Es zeigte Cornelius, wie er bei einem seiner Zaubertricks einen Stapel Spielkarten so zusammenpresste, dass sie im hohen Bogen ins Publikum flogen. Dort in der ersten Reihe saß eine ältere Dame und fing die Karten mit einem aufgespannten Regenschirm, den sie an der Spitze festhielt, auf. Genau so einer, wie sie ihn am Tatort gefunden hatten. Offensichtlich war die Tatwaffe Bestandteil von Cornelius' Zaubershow.

Als der Reporter zurückkam, klickte Brechtl schnell ein paar Bilder weiter. Kirchner steckte einen USB-Stick mit dem Logo der Pegnitz-Zeitung in den PC und kopierte den gesamten Ordner.

„Den können Sie behalten – ist ein Werbegeschenk."

„Danke. Sagen Sie mal, waren Sie von Anfang bis Ende bei diesem bunten Nachmittag?"

„Dienst ist Dienst", antwortete Kirchner mit einem gequälten Lächeln.

„Ist Ihnen da etwas Besonderes aufgefallen?"

„Was meinen Sie?"

„Gab es einen Streit oder so was?"

Kirchner überlegte kurz.

„Nein. Hab ich nichts mitbekommen."

„Und als Sie gegangen sind, waren da noch Leute da?"

„Ja, jede Menge. Danach wurden noch Kaffee und Kuchen angeboten, aber das war für mich jetzt natürlich nicht so interessant."

Brechtl hätte ihn zu gerne gefragt, ob auch Frau Schwemmer noch da geblieben war, aber er hielt es für keine gute Idee, dem Zeitungsreporter ein Bild von der Leiche unter die Nase zu halten.

„Gut, dann danke ich Ihnen", verabschiedete sich Brechtl.

„Wozu brauchen Sie das eigentlich?"

Brechtl würde den Teufel tun und der Presse von seinen Ermittlungen erzählen. Allerdings fiel ihm auf die Schnelle auch keine Notlüge ein.

„Reine Routine ..." Das war die Standardantwort auf alle neugierigen Nachfragen, immer dann, wenn es sich natürlich nicht um reine Routine handelte. „... Ich find selber raus."

Als er in sein Büro kam, war die Verbindungstür zu Sonjas Zimmer geschlossen. Das war eher ungewöhnlich. Normalerweise stand sie immer offen, außer der andere wollte bei einem privaten Gespräch nicht gestört werden. Besonders viele Geheimnisse hatten sie allerdings beide nicht mehr, nach zehn Jahren gemeinsamer Arbeit wussten sie so ziemlich alles voneinander. Vorsichtshalber klopfte Brechtl an, bevor er die Tür öffnete.

„Ah, Herr Brechtl, guten Morgen, nur herein!", begrüßte ihn der Chef, der Sonja gegenüber gesessen hatte, jetzt aber aufstand und ihm die Hand reichte. Was war denn mit dem los? Ein Händedruck und ein freundliches Lächeln – das war sonst gar nicht seine Art. Pünktlichkeit, Disziplin, klare Hierarchien, verbunden mit dem nötigen Ernst, den die Staatsmacht ausstrahlen musste. Eine preußische Pickelhaube hätte gut zu ihm gepasst, obwohl er aus Niederbayern stammte. Brechtl war die Situation ziemlich suspekt. Sein kurzer Blickwechsel mit Sonja signalisierte ihm, dass sie genauso ratlos war wie er.

„Guten Morgen!", grüßte er zurück.

„Ich habe mich schon ausführlich mit Frau Nuschler über den Fall Schwemmer unterhalten", fuhr der Chef fort. „Selbstverständlich hat die gewissenhafte Aufklärung dieser Sache oberste Priorität. Ich weiß, dass ich mich da auf Sie und Ihren großen Erfahrungsschatz verlassen kann. Die Kollegen des K2 werden Sie selbstverständlich unterstützen. Und wenn es irgendwelche Probleme gibt – Sie wissen ja: Meine Tür steht immer offen." Er bekräftigte seine Aussage dadurch, dass er Brechtls Hand noch etwas fester drückte. „Montagslage dann bitte pünktlich um zehn."

„Was'n mit dem los?", staunte Brechtl, nachdem der Chef das Büro verlassen hatte.

„Keine Ahnung!"

„Meine Tür steht immer offen ... mit Ihrem großen Erfahrungsschatz ...", äffte Brechtl ihn nach. „Nimmt der neuerdings andere Pillen oder was?"

„Ja klar!“, Sonja fasste sich an die Stirn. „Mitarbeitermotivation. Das haben sie ihm bestimmt bei dem Seminar eingetrichtert.“

„Ach bidde nedd!“, jammerte Brechtl. „Soll er halt machen, was er kann.“

„Du hättest vorhin da sein sollen. Da hat er unseren ‚Teamspirit‘ gelobt. Wo warst du eigentlich?“

„Bei der Zeitung.“

„Bei der Zeitung?“

„Ja ... pass auf ...“

Brechtl erzählte Sonja, was er übers Wochenende herausgefunden hatte. Er berichtete ausführlich von seinen Besuchen bei Regine und bei seiner Mutter.

„... und von dem Zeitungsreporter hab ich mir dann heute früh die Fotos geben lassen.“

Er zeigte ihr stolz den USB-Stick, bevor er ihn in seinen PC steckte.

Die Bilder vom Anfang der Veranstaltung mit dem Bürgermeister und der Tanzgruppe blätterten sie schnell durch, dann schauten sie genauer hin. Schon das erste Publikumsfoto zeigte Cornelius, wie er ganz am Rand in der ersten Reihe saß und applaudierte. Zwischen seine Beine hatte er einen Regenschirm geklemmt. Direkt neben ihm saß Frau Bauernfeind mit ihrem Hund.

„Dann ist das klar mit den Haaren“, bemerkte Brechtl.

„Hättest du dir ersparen können“, meinte Sonja.

„Ja. Jetzt weiß ich das auch.“

„... und Regine“, sagte sie vorwurfsvoll.

„Ja-ha!“ Brechtl klickte weiter.

Die folgenden Bilder zeigten den Zauberer bei seinem Auftritt in Frack und Zylinder. Zuerst hantierte er mit bunten Tüchern und einem Seil, dann mit Spielkarten. Schließlich erschien das Bild mit der Regenschirmnummer.

„Das macht der sicher öfter“, bemerkte Sonja. „Da

würden uns DNA-Spuren an der Schirmspitze auch nicht weiterbringen."

„Wenn genau dieser Schirm die Tatwaffe ist. Aber da würd ich meinen Hintern drauf verwetten." Brechtl blickte auf die Uhr. „Zehn vor zehn."

Sie schauten rasch die restlichen Fotos durch. Alte Frauen beim Applaudieren, alte Frauen beim Kaffeetrinken, alte Frauen beim Tratschen. Mittendrin Alexander Cornelius, der mal an diesem, mal an jenem Tisch saß und sich mit den Damen unterhielt. Auf einem Bild holte sich Frau Bauernfeind gerade ein Stück Kuchen und einen Kaffee vom Büfett.

„Fällt dir was auf?", fragte Sonja.

„Ja. Sind lauter Frauen. Die haben alle ihre Männer überlebt."

„Das meine ich nicht. Ich hab auf keinem der Bilder unsere Frau Schwemmer gesehen."

„Du meinst, sie war doch nicht dort?"

„Müssen wir uns nochmals genauer anschauen. Aber auf den ersten Blick: Nein."

„Komm. Gleich zehn." Brechtl sperrte den PC und ging mit Sonja hinüber in den großen Besprechungsraum.

Normalerweise saß dort der Chef auf seinem Stammplatz direkt vor der Leinwand und kontrollierte das pünktliche Erscheinen seiner Mitarbeiter. Die Lagebesprechung begann er sekundengenau mit dem Wort „Bitte" und zeigte mit dem Finger auf den Kommissariatsleiter, dessen Fall ihn am meisten interessierte.

Heute war alles anders. Der Chef stellte sich vor die Leinwand und fragte lehrerhaft, wem seine Abwesenheit letzte Woche aufgefallen sei. Zögerlich hoben sich ein paar Finger. Eine Fangfrage? Anschließend dozierte er darüber, dass es gut sei, wenn seine Abwesenheit bemerkt wurde, weil es zeige, dass alle, also auch er, in die Ermittlungen mit einbezogen wurden.

„Dann weiß ich, dass ich nicht ganz nutzlos bin“, scherzte er. Keiner lachte.

Andererseits sei es auch gut, wenn seine Abwesenheit nicht bemerkt wurde. Das ließe auf Eigenverantwortung und konzentrierte Arbeit schließen. Ich bin gut, ihr seid gut, alles ist gut. Was für ein Gelaber. Brechtl gab sich größte Mühe, interessiert lächelnd zuzuhören und ab und zu zu nicken.

Nach einer knappen Viertelstunde erteilte ihm der Chef endlich das Wort.

Brechtl berichtete über den Stand seiner Ermittlungen.

„Natürlich ist hier auch das K2 gefordert. Schließlich haben wir es ja auch mit einem Einbruch zu tun“, mischte sich der Chef ein und bat Werner Kroll, den Leiter des Kommissariats für Eigentumsdelikte, mit nach vorne zu kommen. Der wusste nicht so recht, was er sagen sollte, weil er in die ganze Sache noch nicht eingeweiht war, und bat Rainer Zettner, über die Spurenauswertung zu berichten. Schließlich standen sie zu dritt nebeneinander. Mit Ausnahme des Chefs, der sichtlich zufrieden in die Runde schaute, war keiner von ihnen mit dieser neuen Form der Montagslage glücklich.

Nach Brechtl stellten die anderen Kollegen ihre Fälle vor. Drei weitere Einbrüche, eine Vermisstenfahndung und diverse Rauschgift- und Betrugsdelikte. Nicht umwerfend viel, das normale Pensum, mit dem die Inspektion zu tun hatte.

Der Chef beendete die Besprechung auch nicht wie üblich mit den Worten „Fragen? Danke.“, sondern motivierte seine Mitarbeiter noch einmal mit ein paar Sprüchen, die ihm in Freilassing eingetrichtert worden waren. Schließlich klatschte er in die Hände wie eine Kindergärtnerin, die ihre Schützlinge zusammenrief, und verließ den Besprechungsraum mit den Worten: „Weiterhin viel Erfolg, Kollegen ... und Kolleginnen!“

„Ich weiß nicht, ob ich so viel Motivation ertragen kann“, wisperte Sonja Brechtl zu.

„Brauchst du mich da, Kalle?“, erkundigte sich Werner. „Ich hab grad echt genug zu tun mit der Einbruchserie.“

„Gschmarri. Das hängt mit meinem Mord zusammen. Dem Opfer ist was gestohlen worden. Kannst vergessen.“

„Ich mein halt, wegen dem Chef.“

„Der beruhigt sich schon wieder.“

„Wos issn mid demm los? Had der Fieber?“, sorgte sich Rainer.

„Der woar af am Seminar über Midarbeidermodiwadsion.“ Brechtl stand auf und machte sich auf den Weg in sein Büro.

„Uwäi!“, winkte Rainer ab und schlurfte hinter ihm und Sonja in den Flur. „Dschaggaaa!“, rief er noch, bevor er Richtung Treppenhaus abbog.

Manne hielt die beiden an seiner Bürotür auf.

„Ich hab noch ein paar Sachen für euch. Die Kontoauszüge zum Beispiel.“

„Warum hast du denn vorhin gar nichts darüber gesagt?“, wollte Sonja wissen.

„Ja freilich. Ich stell mich auch noch mit da vor“, Manne zeigte ihr den Vogel. „Schaut her, das ist ganz interessant.“

Er ging mit ihnen die Kontoauszüge durch. Donnerwetter. Den Kontostand hätte Brechtl auch gerne gehabt. Regelmäßig sprudelten die Einnahmen aus den Wohnungsvermietungen. Noch interessanter war aber die Ausgabenseite, vor allem die Daueraufträge. Einer ging alle drei Monate an die Firma „Perma-Fit“, was immer das war, ein Fitnessstudio bestimmt nicht. Eine gewisse Maria Cortez zahlte regelmäßig am Monatsersten ihre Miete, bekam den gleichen Betrag aber am Dritten per

Dauerauftrag mit dem Betreff „Unterstützung" zurück. Außerdem wurden monatlich zweihundert Euro auf das Konto von Frau Bauernfeind überwiesen. Betreff: „Engel".

„Die Bauernfeind hat Geld von ihr bekommen. Das ist ja interessant." Brechtl zog die Augenbraue hoch.

„Und zwar bis heuer im Juli", erläuterte Manne, „dann ist der Dauerauftrag storniert worden."

„Engel. Was soll das heißen?", fragte sich Sonja.

„Keine Ahnung. Warum hat die ihr überhaupt Geld überwiesen?"

„Und warum hat sie damit aufgehört?"

„Ich würde sagen, wir fahren noch einmal bei ihr vorbei", beschloss Brechtl, „und ich hätte noch eine Fleißaufgabe für dich und Jan."

Er holte den USB-Stick aus seinem Büro und bat die beiden, die Bilder nach Frau Schwemmer zu durchsuchen.

Auf dem Weg nach Röthenbach saß diesmal Sonja am Steuer. Brechtl war in Überlegungen versunken, wie die Sache abgelaufen sein konnte. Frau Bauernfeind und Frau Schwemmer trafen sich also bei der AWO. Sie gerieten in Streit wegen der zweihundert Euro, die seit ein paar Monaten nicht mehr bezahlt worden waren. Zusammen gingen sie zur Brücke, der Streit eskalierte und Frau Bauernfeind erschlug ihre ehemals beste Freundin. Mit dem Regenschirm, den sie vorher Alexander Cornelius abgenommen hatte. Dann warf sie alles in den Bach und lief zurück. Nein. Schob ihren Rollator zurück – denn ohne den konnte sie ja nicht so weit laufen. Und in der Nacht brach sie dann im Altenheim ein und klaute das Buch. Warum auch immer.

„Was für ein Schwachsinn!", fasste Brechtl seine Gedanken laut zusammen.

„Was?"

Sonja hatte bis jetzt kein Wort gesprochen. Sie wusste, dass man Brechtl beim Nachdenken besser nicht unterbrechen sollte.

„Ich kann mir beim besten Willen nicht vorstellen, warum und vor allem wie Frau Bauernfeind Frau Schwemmer umgebracht haben soll."

„Deswegen fahren wir ja hin, oder?"

Auch wieder richtig. Sonja war immer so pragmatisch. Brechtl verschränkte die Arme und fing nochmals von vorne an. Das Ergebnis war wieder derselbe Mist.

Als Frau Bauernfeind ihnen die Wohnungstür öffnete, stand der Hund hinter ihr und kläffte so wild, dass man kaum ein Wort verstehen konnte. Sie bat die Kommissare ins Wohnzimmer, schnappte sich den Hund und sperrte ihn im Schlafzimmer ein. Mit einigen scharfen Kommandos, die das Tier kein bisschen beeindruckten, versuchte sie vergeblich, ihn zur Ruhe zu bringen. Brechtl schaute sich inzwischen etwas um. Die ganze Wohnung war ziemlich altmodisch eingerichtet, aber sehr sauber. An den Wänden hingen vergilbte Fotos und selbst gestickte Bilder. Über dem Röhrenfernseher tickte eine Kuckucksuhr. Neben dem dunkelbraunen Sofa stand auf einem Tischchen ein Telefon mit Wählscheibe, eingehüllt in einen Brokatüberzug. Dass die Dinger immer noch funktionierten. Brechtl fühlte sich durch die Einrichtung und die groß gemusterte Tapete an seine Kindheit erinnert. Er konnte beim besten Willen nicht verstehen, dass es junge Leute gab, die diesen Stil als „Retro" wieder auferstehen ließen. Er fand es schlichtweg hässlich. Aber über Geschmack sollte man besser nicht streiten.

„Dou hoggn Ser si ner her. Ich kumm glei. Meengs an Kaffee?"

Frau Bauernfeind war zurückgekommen. Noch immer kläffte der Hund im Schlafzimmer.

„Naa, dange. Machn Ser si kanne Umständ", lehnte Brechtl ab.

Sie holte eine Packung Keksröllchen aus der Küche und stellte sie auf den Wohnzimmertisch.

„Frau Bauernfeind, wir möchten noch ein bisschen mehr über Sie und Luise Schwemmer wissen. Wie lange, sagten Sie, kennen Sie sich schon?"

„Ball fuchzg Joar."

„Und Sie waren beste Freundinnen."

„Ja."

„Erzählen Sie doch ein bisschen von früher. Wie haben Sie sich denn kennengelernt?", forderte Brechtl sie auf.

„Mir woarn midnander beim Conradty. Mir homm Schichd gerberd. Sie had hald vill derzälld vo ihrer Sophia und dass die su grang is. Und wie dann ihr Mudder gschdorm is – die had immer af die Glaa aufbassd, wenn die Luise in der Erberd woar –, na hads kann mehr ghabbd, wenn ihr Mo in der Weldgschichd underwegs woar. Und na simmer draf kummer, dass mer unsere Schichdn so leeng, dass ich immer af des Kind aufbassn konn, wenn sie erberd."

„Das war sicher keine einfache Aufgabe."

„Des kenners laud song. Obber die Luise woar mei besde Freindin. Drum hobbi des gmachd. Und wall mer des Waggerler so leid do had."

„Warum hat sie nicht eine Krankenschwester eingestellt?"

„Su eimfach woar des zu derer Zeid ned wie heid. Und außerdem wollds hald jemand, dem wos verdraud had. Ich bin ihr Engerler, hads immer gsachd."

Sie wischte sich eine Träne von der Wange. Brechtl warf Sonja einen kurzen Blick zu. „Ihr Engelchen" – daher also der Betreff auf der Überweisung.

„Die Schwemmers waren doch ziemlich wohlhabend. Warum hat sie überhaupt gearbeitet?"

„Ihr Mo woar a alder Geizniegl. Der had sei ganz Geld invesdierd und sie had in Haushald finanziern missn. Heidzudooch däd mer si scheidn lassn, obber domols woar des no undengboar. Obber des had ihm aa nix gholfm. Is ledzde Hemd had aa bei ihm kanne Daschn ghabd."

„Haben Sie Geld für die Kinderbetreuung bekommen?"

Es war Frau Bauernfeind sichtlich peinlich, darüber zu reden.

„Fuchzich Mark hads mer gehm, jeden Monat. Des woar a Haufm Geld, domols. Ich hädds a ummersunsd gmachd, ehrlich, obber sie wollds baduu und ich hob des Geld gud braung kenner."

„Und nachdem ihre Tochter gestorben war?"

Frau Bauernfeind schaute ihn fragend an.

„Frau Schwemmer hat Ihnen doch bis vor Kurzem jeden Monat zweihundert Euro überwiesen", kam Brechtl zur Sache.

Frau Bauernfeind blickte verschämt zu Boden.

„Ich bin a arme Frau. Des bisserler Rendn langd hind und vorner ned. Und die Luise had immer gsachd, ich soll mi ned oodou. Des wos ich fier ihr Dochder gmachd hob, kennerd mer mid Geld goar ned zohln."

„Aber seit ein paar Monaten hat sie nichts mehr überwiesen. Warum?"

Frau Bauernfeind druckste herum.

„Sie müssen uns das sagen, Frau Bauernfeind."

„Ich grich doch wos vom Amd zu meiner Rendn derzou. Und im Fernseeng homms gsachd, dass die do schauer, wos mer af der Schboarkassa had, und na hobbi Angsd ghabbd, dassi nix mehr gräich. Drum had mer die Luise des dann immer in bar brachd, jeds Monad. Des is doch ned verboodn, odder?"

„Nein, da brauchen Sie sich keine Gedanken zu machen."

„Ich wass goar ned, wies edz weidergäid. Is Hundsfudder is aa scho widder deierer worn."

„Und Ihr Sohn?", fragte Sonja mitfühlend nach.

„Naa. Um Godds willn, dem willi ned af der Daschn lieng."

„Wissen Sie, wer Maria Cortez ist?", wechselte Brechtl das Thema.

„Des is a junge Schdudendin. Vo derer hads in ledsder Zeid vill derzelld. Die schdudierd Medizin und machd ihrn Dogder ieber die Grangheid vo der Sophia."

„Wo sie wohnt, wissen Sie nicht zufällig?"

„In Laff, in aner vo der Luise ihre Wohnunger. Obber wo die genau is, wassi ned."

„Dangschenn, Frau Bauernfeind", wechselte Brechtl wieder ins Fränkische, „na baggmers scho widder." Er stand auf.

„Heinzi", nahm sie ihn zur Seite, „ich hob gheerd, die Luise is umbrachd worn. Schdimmd des?"

„Nach dem wos mer bis edzer wissn, schdimmd des. Ja."

Es wusste ja eh schon die halbe Welt.

„Allmächd na. Des derf doch ned saa." Sie faltete die Hände, ihre Augen wurden feucht. „A su a goude Seel. Wer doudn su wos?"

„Mir wissns nunned. Obber des find mer raus. Verschbrochn", tröstete Brechtl sie.

Der Hund fing wieder an zu kläffen, als sie in den Flur traten. Sie konnten ihn sogar noch unten auf der Straße hören.

„Was denkst du?", fragte Brechtl, als sie wieder im Auto saßen.

„Auf keinen Fall. Was hätte sie denn für ein Motiv?"

„Glaub ich auch. Aber diese Studentin sollten wir uns mal anschauen. Wenn jemand die Aufzeichnungen gebrauchen kann, dann sie."

„Ich lass uns von Jan schnell die Adresse heraussuchen.“ Sonja hatte ihr Smartphone schon in der Hand.

Maria Cortez wohnte tatsächlich in Lauf, in einem der Mietshäuser an der Briver Allee. Es dauerte keine zehn Minuten, bis sie vor dem Haus standen. Brechtl klingelte, aber niemand öffnete.

„Und jetzt?“

„Na, die wird an der Uni sein“, meinte Sonja mit einem Blick auf die Uhr.

„Soll ich ihr eine Visitenkarte in den Briefkasten werfen?“

„Find ich ein bisschen riskant, falls sie wirklich was damit zu tun hat. Schauen wir lieber heute Abend noch mal vorbei.“

„Von mir aus!“ Brechtl nickte, auch wenn „heute Abend“ schon wieder Überstunden bedeutete.

„Mittagessen?“, schlug er vor.

„Au ja! Ich weiß, wo wir hingehen, wenn wir schon mal hier sind.“

Sie parkten den Wagen auf den Pegnitzwiesen und Brechtl folgte Sonja über die Wasserbrücke zu einem Lokal, das gleich unterhalb des Marktplatzes lag. Der dazugehörige Biergarten sah zwar sehr einladend aus, aber bei diesem Wetter suchten sie sich lieber innen einen Platz. Ein Kellner brachte die Speisekarten.

„Was darf's zu trinken sein?“

„Ein Cola, bitte“, bestellte Brechtl.

„Für mich eine Holunderschorle, bitte“, ergänzte Sonja.

Ohne mit der Wimper zu zucken, nahm der Kellner die Bestellung entgegen und verschwand in Richtung Küche.

„So was kann man trinken?“ Brechtl zog die Nase hoch.

„Is lecker! ... Warum sagst du eigentlich immer ‚ein Cola‘?“

„Na, weil ich ein Cola will."

„Ich meine, es heißt doch ‚eine Cola'."

„Eine Cola? Und eine Bier und eine Rotwein, oder wie?"

„Es heißt DIE Cola und nicht DER Cola."

„Nein. DAS Cola."

„DIE! Du sagst doch auch: DIE Limonade." Sonja schüttelte den Kopf.

„Jou. DIE Limonade und DER Cola ergeben DAS Spezi."

Brechtl machte sich einen Spaß daraus, sie jetzt völlig zu verwirren.

„Was? Gerade hast du noch gesagt: DAS Cola."

„Aber nur, wenn's ohne Limo ist. Wie bei ‚der Saft, das Wasser, die Schorle'."

„Hää?"

Der Kellner brachte die Getränke.

„Für wen ist das Cola?"

Brechtl grinste zufrieden und hob den Zeigefinger. Zu gerne hätte er Sonjas Gesicht jetzt fotografiert.

„Haben Sie schon gewählt?"

„Nein, einen Moment noch." Brechtl griff nach der Speisekarte. Sie bestand aus einem Ledereinband und mehreren Seiten, die in Klarsichthüllen steckten. Brechtl schlug erwartungsvoll die erste Seite auf und konnte kein Wort erkennen. Es war aber auch eine komisch verschnörkselte Schrift und außerdem ziemlich dunkel hier drin. Er lehnte sich zurück, spitzte die Lippen und tat, als könne er sich nicht entscheiden, während er umblätterte. Auch mehr Abstand nutzte nichts. Er konnte gerade einmal die groß gedruckten Überschriften lesen. Mist!

„Was nimmst du?", fragte Sonja.

„Ich weiß nicht so recht. Pizza?"

„Haben die überhaupt Pizza?" Sie fing an zu blättern.

„Hätt ich halt gerade Lust drauf."

„Wenn ich hier bin, ess ich doch keine Pizza!“

„Sondern?“

„Also ich nehm entweder die einunddreißig oder die zweiundfünfzig.“

„Hmm.“ Brechtl starrte wieder auf die Karte.

Der Kellner kam zurück.

„Haben Sie schon gewählt?“

„Ich nehm die zweiundfünfzig“, antwortete Sonja.

„Dann nehm ich die vierzehn“, riet Brechtl ins Blaue hinein.

„Einmal das Rumpsteak und einmal den Krabbensalat“, bestätigte der Kellner und nahm die Karten wieder mit.

„Du isst Krabbensalat?“, fragte Sonja, als er um die Ecke verschwunden war.

Insgeheim hatte Brechtl gehofft, er hätte das Rumpsteak erwischt.

„Warum nicht? Ist mal was anderes.“

„Mit Cola?“

„Ja.“

Brechtl tat, als wäre es die normalste Zusammenstellung der Welt. Dabei mochte er das ganze Krabbelzeugs nicht. Muscheln und Krebse und alles, was man so unter „Meeresfrüchte“ verstand. Von wegen Früchte – für ihn waren das eher Meeresinsekten.

Aber er hielt eisern durch und zwang den Salat samt dem Fischkaugummi hinunter, schielte allerdings immer wieder sehnsüchtig auf Sonjas Steak.

Jetzt hätte er sogar ein Gläschen von dem österreichischen Kräutergeist seiner Mutter getrunken. Er hatte das Gefühl, als würden die Garnelen in seinem Magen wieder anfangen zu krabbeln. Während er noch überlegte, ob er sich einen Schnaps bestellen sollte, klingelte sein Handy.

„Brechtl.“

„Pfullendörfer. Servus. Wo dreibsd di denn rumm?"

„Pfulle, servus. Ich bin grod in Laff beim Essn."

„Wos gibds'n Gouds?"

„Grabbmsalod."

„O wäi. Hear mer aaf. Mid dem Zeich konni goar nix ofanger. Dou is mer a gscheids Scheiferla lieber."

Brechtl wollte das Thema lieber nicht vertiefen.

„Wos gibds ner?", lenkte er vom Essen ab.

„Mir homm aweng wos ieber dein Cornelius."

„Derzäll."

Brechtl fummelte sein Notizbuch aus der Jackentasche und schrieb eifrig mit.

„Alder, des is obber scho raffinierd", meinte er, als Pfulle mit seinem Bericht fertig war.

„Und dodal legal."

„Na ja, su sicher binni mer dou ned."

„Ix Anzeign und ka aanziche Verurdeilung."

„Dangscheen jednfalls. Hilfd mer weider. Wünsch der wos."

„Dir aa. An goudn Abbedidd no und scheene Grieß an die Sonja."

„Richdi aus."

Brechtl legte auf und schrieb noch ein paar Einzelheiten in sein Büchlein.

„Und?" Sonja wurde ungeduldig.

„Also: Das Ganze läuft so ab: Cornelius hat ein Busunternehmen, allerdings keinen einzigen Bus. Die mietet er nur, samt Fahrer, und veranstaltet damit Kaffeefahrten. Aber nicht so, wie man das kennt, dass den Omas irgendwelche Rheumadecken aufgeschwatzt werden. Bei billigem Kaffee und Kuchen führt er ein paar Zauberkunststückchen vor und verschenkt Probepackungen von einem Zeug, das sich ‚Perma-Fit' nennt. An der Firma ist er übrigens auch beteiligt. Perma-Fit ist ein Brausepulver. Wenn man es anrührt, bekommt man eine Art

Energy-Drink. Das Pulver wurde auch schon analysiert – das erzähl ich dir später – und ist absolut harmlos. Der Sinn der Sache ist, mit den alten Leuten ins Gespräch zu kommen. Er plaudert über dies und das und macht das recht geschickt. So erfährt er, wer ein geeigneter Kandidat für seine Stiftung wäre. Am liebsten einsam, reich und kinderlos. Die beliefert Cornelius später selbst mit diesem Perma-Fit, bleibt jedes Mal etwas bei den Leuten sitzen, unterhält sich mit ihnen und irgendwann hat er sie so weit, dass sie bei seiner Stiftung unterschreiben. Die uninteressanten Kunden überlässt er seinem Kompagnon bei der Brausefirma, einem gewissen Ingo Lenzheim."

„Und damit macht er dann richtig Reibach?"

„Offensichtlich. Der Pfulle sagt, der hat sogar einen Segelflieger in Lillinghof stehen."

„Und was war mit dem Pulver, warum ist das analysiert worden?"

„Das war die Geschichte 2010. Da ist er wegen Körperverletzung mit Todesfolge angezeigt worden. Der Sohn der Geschädigten hatte behauptet, Cornelius hätte seine Mutter mit dem Zeug vergiftet, um an ihr Erbe zu kommen. Die Staatsanwaltschaft hat daraufhin die Leiche obduzieren und das Pulver, das man bei ihr gefunden hat, analysieren lassen. Beides negativ. Die Frau ist eines natürlichen Todes gestorben. Das Pulver war, wie gesagt, vollkommen harmlos. Man könnte eine ganze Dose auf einmal essen, selbst das würde nicht schaden."

Der Kellner kam vorbei und räumte die Teller ab.

„Hat's geschmeckt?"

„Danke", antwortete Brechtl höflich. „Könnten Sie uns gleich die Rechnung bringen?"

„Zusammen oder getrennt?"

„Getrennt, bitte."

„Kommt sofort."

Kein billiges Vergnügen, stellte Brechtl fest, als der Kellner ihm drei Minuten später den Beleg reichte. Im Grunde gar keines.

„Also – nach Rückersdorf?“, fragte Sonja.

„Logisch. Wir müssen eh noch die Akte abholen.“

Im Kreisverkehr in der Altdorfer Straße nahm Brechtl die erste Ausfahrt und holperte beim Abbiegen prompt mit dem Hinterrad über den Randstein.

„Verdammt!“, fluchte er. „Das ist der dämlichste Kreisverkehr, den ich kenne. Da hab ich mir die Alufelgen von meinem Auto auch schon ruiniert. Es wäre doch echt genug Platz für eine vernünftige Ausfahrt. Ich frag mich, wer so einen Mist plant.“

„Hättest ja auch gleich geradeaus zur B 14 fahren können.“

„Ich fahr halt immer so rum. Macht der Gewohnheit.“

„Macht DIE Gewohnheit.“

Brechtl brauchte ein paar Sekunden, bis er die Wortspielerei verstanden hatte.

Kapitel 6

Alexander Cornelius trug offenbar nicht immer Frack und Zylinder. Diesmal empfing er sie in Jeans und Strickpullover.

„Kommen Sie nur herein. Katja hat die Akte schon herausgesucht. Bitte ..."

Er führte sie wieder in den ersten Stock, diesmal jedoch ein Zimmer weiter. Eine adrett gekleidete Frau mit frechem Kurzhaarschnitt saß hinter einem Schreibtisch und stand sofort auf, als sie den Raum betraten. Sie war deutlich jünger als Cornelius – das war das Erste, was Brechtl auffiel – und rein optisch ein guter Scheidungsgrund.

„Darf ich vorstellen: meine Lebensgefährtin, Buchhalterin und Sekretärin in einer Person, Katja Dallmayer."

„Wie der Kaffee, aber mit e vor dem r", lächelte sie.

Schwarz und süß, dachte Brechtl.

„Hauptkommissar Brechtl von der Kripo Schwabach und das ist meine Kollegin, Frau Nuschler. Wir bräuchten die Akte von Frau Schwemmer."

Frau Dallmayer nahm einen Aktenordner von ihrem Schreibtisch und drückte ihn Brechtl in die Hand.

„Das ist die komplette Akte. Alles, was ich noch auf dem PC hatte, habe ich ausgedruckt und auch mit eingeheftet."

„Darf ich?" Brechtl blickte fragend zu der Sitzgruppe.

„Aber bitte, gerne!" Sie rückte sogar noch einen Stuhl zurecht, damit Brechtl sich setzen konnte.

„Sie sind ja gut vorbereitet", merkte er an, während er den Aktenordner aufschlug.

„Ach, wissen Sie, es ist ja leider nicht das erste Mal, dass wir die Polizei zu Besuch haben. Man könnte meinen, wir wären irgendein Mafia-Kartell."

Sie machte keinen Hehl daraus, dass ihr das auf die Nerven ging.

„Kaum ist einer unserer Klienten verstorben, taucht jemand auf, der Anspruch auf das Erbe erhebt und uns irgendwelche Betrügereien unterstellt. Wer ist es denn diesmal, wenn ich fragen darf?"

Brechtl drehte sich etwas, um Herrn Cornelius und Frau Dallmayer beide beobachten zu können.

„Es geht nicht um Geld", sagte er. „Wir ermitteln wegen Totschlags an Frau Schwemmer."

Die beiden warfen sich einen Blick zu, den Brechtl nicht auf Anhieb deuten konnte. Mehr erstaunt als entsetzt, so als würden sie sich gegenseitig fragen: „Warst du das?" Aber das war Brechtls ganz persönliche Interpretation. Cornelius war der Erste, der wieder Worte fand.

„Sie meinen, Frau Schwemmer ist umgebracht worden?"

„Davon müssen wir nach dem derzeitigen Stand der Ermittlungen ausgehen."

„Auch das ist nicht das erste Mal", stellte Frau Dallmayer fest.

Sie rieb sich die Schläfen, schloss die Augen und fuhr sich mit der Hand durch die Haare.

„Vor vier Jahren hat uns jemand angezeigt, weil er überzeugt war, wir hätten seine Mutter vergiftet." Die Geschichte kannte Brechtl ja bereits.

„Da war natürlich überhaupt nichts dran, aber der Mann hat uns, auch nachdem das Verfahren eingestellt worden war, noch monatelang bedroht." Cornelius nahm seine Freundin in den Arm.

„Ach hör auf, Alex! Ich hab wirklich langsam die Nase voll von dem ganzen Mist!"

Sie löste sich aus der Umarmung.

„Wissen Sie, Herr Brechtl, alles was wir machen, ist der ausdrückliche Wunsch unserer Klienten. Wir tun nichts Illegales, im Gegenteil, meistens dient es sogar einem guten Zweck. Und trotzdem müssen wir uns dauernd rechtfertigen. Manchmal wünsch ich mir, wir hätten eine ganz normale Kanzlei und würden uns mit irgendwelchen Verkehrssündern beschäftigen." Sie warf Cornelius einen vorwurfsvollen Blick zu. „Aber daraus wird nichts, wenn Sie mit Albert Schweitzer zusammen sind."

Sie nahm eine Schachtel Zigaretten von ihrem Schreibtisch und wandte sich zur Tür.

„Entschuldigen Sie. Ich muss mal kurz an die frische Luft."

„Kann ich mitkommen?", fragte Sonja.

„Bitte."

„Es war nicht immer einfach", erklärte Cornelius, nachdem die beiden die Tür hinter sich geschlossen hatten. „Katja hat das damals sehr mitgenommen."

„Hmm", nickte Brechtl verständnisvoll. „Ich habe noch einige Fragen zu dem aktuellen Fall."

„Ja, sicher. Was möchten Sie wissen?"

„Sie hatten letzten Mittwoch einen Auftritt in Röthenbach."

„Bei der AWO, richtig."

„War Frau Schwemmer unter den Zuschauern?"

Cornelius überlegte kurz.

„Nein, die habe ich nicht gesehen."

„Und Sie waren den ganzen Nachmittag dort?"

„Ja, von ein bis vier Uhr ungefähr. Ich hab noch ein bisschen mit den Senioren Kaffee getrunken."

„Und Ihre Frau kann das bestätigen?"

„Wir sind nicht verheiratet. Aber ja, Katja war die ganze Zeit dabei. Und viele von den älteren Herrschaften natürlich auch."

„Sie haben da einen Zaubertrick präsentiert mit einem Regenschirm. Wie geht der?"

Cornelius war etwas verwundert über die Frage.

„Äh, soll ich Ihnen das vorführen?"

„Ich bitte darum."

„Moment."

Er ging aus dem Zimmer und kam kurz darauf im Frack zurück. In einer Hand hielt er einen grünen Regenschirm, in der anderen ein Päckchen Spielkarten. Er lehnte den Regenschirm an einen Schrank, nahm die Karten aus der Verpackung, mischte sie und fächerte sie mit der Bildseite nach unten auf.

„Bitte", forderte er Brechtl auf, „ziehen Sie eine Karte, merken Sie sich gut, welche es ist, und stecken Sie sie wieder zurück."

Brechtl zog die Kreuz Zehn und steckte sie wieder zurück. Der Zauberer schob die Karten zusammen und bat Brechtl, zusätzlich zu mischen und abzuheben. Dann nahm er den Stapel in die linke Hand und griff sich mit der rechten den Regenschirm. Er drückte auf den Knopf, der Schirm sprang auf und er hielt ihn Brechtl hin.

„Können Sie den mal so halten, bitte, an der Spitze."

Cornelius ließ die Karten ein paarmal geschickt von einer Hand in die andere wandern, fächerte sie auf und steckte sie wieder zusammen. Schließlich ließ er die einzelnen Karten aus einiger Entfernung in den Regenschirm fliegen.

„Konzentrieren Sie sich auf die Karte, die Sie vorhin ausgesucht haben!"

Brechtl entdeckte die Kreuz Zehn irgendwo in dem Kartenhaufen. Cornelius machte ein paar kreisende Handbewegungen.

„Gut festhalten!", sagte er und drückte schließlich wieder auf den Knopf des Regenschirms. Der Schirm klappte zusammen und nur eine einzige Karte flog in hohem Bogen heraus. Cornelius fing sie auf. Es war die Kreuz Zehn.

„Voilà! Das ist Ihre Karte."

„Stimmt. Wie haben Sie das gemacht?"

„Magie!"

Brechtl verdrehte die Augen. Der Zauberer setzte wieder sein gewinnendes Lächeln auf.

„Es gibt immer zwei Sorten von Zuschauern. Die einen lassen sich von der Magie mitreißen und genießen diesen Hauch des Mystischen. Die anderen versuchen den ganzen Abend herauszubekommen, was der Trick an der Sache ist. Damit versauen sie sich selbst die Stimmung. Glauben Sie mir."

„Es ist nun mal mein Beruf, den Sachen auf den Grund zu gehen. Also ..."

„Ich kann Ihnen den Trick natürlich nicht verraten. Das verstößt gegen unseren Ehrenkodex. Aber so viel kann ich Ihnen sagen: Sie schauen im entscheidenden Moment auf die falsche Stelle. Wie alle anderen auch."

„Haben Sie am Mittwoch diesen Regenschirm verwendet?"

„Nein, normalerweise habe ich einen schwarzen, der passt besser zu meinem Outfit und hat auch eine etwas kräftigere Feder."

„Und wo ist der?"

„Ich befürchte, ich habe ihn in der AWO vergessen. Mir ist das erst am Abend aufgefallen, als ich meine Requisiten aufgeräumt habe. Warum interessieren Sie sich gerade für diesen Zaubertrick?"

„Weniger für den Trick, mehr für den Schirm", gab Brechtl zu. „Wir haben einen schwarzen Schirm in der Nähe des Tatorts gefunden."

„Und Sie denken, das war meiner? Schwarze Schirme gibt es viele."

„Um das zu klären, möchte ich gerne eine Speichelprobe für einen DNA-Abgleich von Ihnen nehmen, mit Ihrem Einverständnis selbstverständlich."

„Sie glauben doch nicht etwa, ich hätte Frau Schwemmer umgebracht?"

In diesem Moment kamen Sonja und Frau Dallmayer zurück.

„Schatz, die glauben, ich hätte Frau Schwemmer umgebracht."

„Wundert dich das? Du hast das beste Motiv."

„Katja!"

„Herr Cornelius", unterbrach Brechtl, „es geht zunächst einmal nur darum, festzustellen, ob es sich um Ihren Regenschirm handelt. Wenn er Ihnen, wie Sie gesagt haben, bei dem Seniorennachmittag abhanden gekommen ist, kann ihn ja jeder mitgenommen haben."

„Dein Schirm ist weg?", fragte Frau Dallmayer verwundert.

„Herr Brechtl sagt, sie hätten ihn am Tatort gefunden."

Frau Dallmayer überlegte kurz.

„Den hab ich mitgenommen, als ich zum Rauchen rausgegangen bin. Es hat ja ziemlich geregnet."

„Wo haben Sie ihn danach hingestellt?", wollte Brechtl wissen.

Sie dachte angestrengt nach.

„Ich habe ihn gar nicht gebraucht. Vor der Eingangstür ist ein großes Vordach. Ich kann es nicht sicher sagen, aber es kann sein, dass ich ihn draußen stehen gelassen habe."

Cornelius warf ihr einen vorwurfsvollen Blick zu.

„Jedenfalls möchte ich gerne von Ihnen beiden eine Speichelprobe nehmen, um sicherzugehen, dass es sich um diesen Regenschirm handelt."

„Von mir aus." Cornelius ließ sich, ebenso wie seine Freundin, von Sonja ein Wattestäbchen in den Mund stecken.

„Ich hätte noch eine Frage", fuhr Brechtl danach fort.

„Was wissen Sie über das Buch, an dem Frau Schwemmer gearbeitet hat?"

Frau Dallmayer ergriff das Wort.

„Sie hat sich ihr Leben lang mit einer seltenen Krankheit beschäftigt. Mukopolysaccharidose. Ihre Tochter ist daran gestorben. Sie war inzwischen wirklich eine Expertin auf dem Gebiet. Jetzt, wo das Buch praktisch fertig war, hatte sie mich gebeten, einen Verlag dafür zu finden."

„Und? Haben Sie einen gefunden?"

„Noch nicht. Das ist gar nicht so einfach. Schließlich ist sie keine studierte Medizinerin."

„Was genau steht denn in diesem Buch?"

„Ich verstehe kein Wort davon, aber sie hat mir eine Inhaltsangabe gegeben, damit ich Kopien an die Verlage schicken kann. Die müsste auch in der Akte sein." Sie nahm den Aktenordner vom Tisch und nach kurzem Blättern hatte sie gefunden, was sie suchte: „Hier bitte."

Es waren ungefähr zehn Seiten, eine Gliederung und danach eine Zusammenfassung der Ergebnisse. Das musste er sich in Ruhe anschauen, aber nicht jetzt. Eines allerdings machte ihn stutzig.

„Sagen Sie, Frau Schwemmer hat doch immer alles mit einer alten Schreibmaschine geschrieben. Das hier ist doch ein Computerausdruck."

„Ich habe das alles noch einmal abgetippt. Fragen Sie mich nicht, was das für eine Arbeit war, mit den ganzen Fachausdrücken. Aber die Verlage wollen das elektronisch zugeschickt haben. Das Original hab ich ihr wieder gegeben."

„Und glauben Sie, man kann mit diesem Buch viel Geld verdienen?"

„Ach woher. Wer braucht denn so was? Eine Handvoll Ärzte vielleicht. Es ging ihr, glaube ich, vielmehr darum, ihr Lebenswerk für die Nachwelt zu erhalten. Ihr

Vermögen hat sie ja auch Krankenhäusern und Selbsthilfegruppen vermacht, die sich mit MPS beschäftigen. Steht alles in der Akte."

„Und das Buch selbst, wo ist das?", fragte Brechtl scheinheilig nach.

„Vermutlich in ihrem Zimmer im Altenheim. Sie hat es immer in eine Truhe eingesperrt. Ein bisschen paranoid war sie da schon, wenn ich das so sagen darf."

„Ah, gut. Da werden wir nachsehen."

Ein gewisses schauspielerisches Talent konnte man Brechtl nicht absprechen.

„Vielen Dank für Ihre Mühe. Sie hören von uns", verabschiedete er sich.

Cornelius begleitete die Kommissare nach unten. An der Haustür nahm er Brechtl kurz zur Seite.

„Herr Brechtl, können wir uns heute Abend treffen? Ich möchte Ihnen etwas zeigen, aber ich will nicht, dass Katja davon erfährt."

„Sicher. Wann und wo?"

„Sagen wir um acht im ‚Little Dream'? Kennen Sie das?"

„Ja, Kenn ich."

Cornelius gab ihm die Hand und beeilte sich, wieder ins Haus zurückzukehren.

„Glaubst du, das hat einen Sinn mit den DNA-Proben?", fragte Sonja skeptisch. „Rainer hat doch gesagt, dass man auf dem Schirm sowieso nichts Vernünftiges finden kann."

„Schon. Aber wer weiß, wozu wir die noch brauchen können. Wossi hobb, des hobbi!"

Brechtl ließ Sonja wieder ans Steuer und blätterte während der Fahrt die Akten durch, die er von Frau Dallmayer bekommen hatte. Darin war auch eine genaue Aufstellung aller Vermögenswerte von Frau Schwemmer. Man konnte neidisch werden. Dazu eine Liste von Organisationen und Personen, die nach ihrem Ableben profitieren sollten. Außerdem mehrere Dokumente, die die Verwendung des Geldes regelten. Alles notariell beglaubigt, mit Brief und Siegel im wahrsten Sinne des Wortes. Brechtl war kein Jurist, aber auf den ersten Blick wirkte das alles sehr seriös. Er machte sich die Mühe, einen der Verträge genauer zu studieren. Mit ausgestreckten Armen hielt er das Schriftstück ins Licht und las:

„Da steht: ‚Nach Abzug der entstehenden Unkosten ... bla bla bla ... fallen der Stiftung zwei Prozent der Gesamtsumme zu.' Zwei Prozent. Da hätte ich mehr geschätzt", wunderte er sich.

„Und wie viel hatte Frau Schwemmer?"

„Ja so genau kann ich dir das noch nicht sagen ...", Brechtl blätterte noch einmal zurück, „... aber wenn ich das so grob überschlage … rund eine Million."

„Eine Million?", fragte Sonja ungläubig. „Und da wohnt sie in einem Altenheim?"

„Ja, wenns hier steht ..."

„Dann sind das immerhin zwanzigtausend, die der Cornelius kassiert."

„Ja schon. Aber da könnte er als Anwalt mehr Kohle machen."

„Du weißt ja nicht, wie viele Klienten er in seiner Stiftung hat."

„Hmm. Aber so richtig nach Abzocke klingt das nicht. Da zahlst du an jeden Sachverständigen mehr. Weißt du noch, wie mir der Idiot in meinen Audi gefahren ist? Da hab ich bei meinem Händler zehn Prozent der Schadenssumme für den Kostenvoranschlag zahlen müssen. Zehn Prozent. Fast vierhundert Euro. Für ein paar Fotos und eine halbe Stunde Zusammenschreiben. Und die Versicherung hat den Schaden dann auf die Hälfte zusammengestrichen, weil die Reparaturkosten viel zu hoch angesetzt waren. Das nenn ich Abzocke!", regte sich Brechtl auf.

„Das hast du mir schon zum x-ten Mal erzählt", bemerkte Sonja gelangweilt. „Das war vor zwei Jahren. Hättest du dich halt gleich drum kümmern müssen, statt dich nur drüber aufzuregen."

Brechtl brummte vor sich hin.

„So was ärgert mich halt."

„Vorbei ist vorbei. Was steht sonst noch drin?"

„Lauter juristisches Gelaber. Da soll sich der Manne drum kümmern. Hat die Dallmayer was erzählt, als ihr Rauchen wart?"

„Die hat sich über den Mann ausgelassen, der sie damals angezeigt hat. Der muss die richtig gestalkt haben. Mit Anrufen und E-Mails. Sogar Zeitungsanzeigen hat er aufgegeben, die vor der Stiftung gewarnt haben."

„Der Cornelius sagt, er war am Mittwoch die ganze Zeit auf dieser Veranstaltung."

„Wie weit ist das vom Tatort weg?", erkundigte sich Sonja.

„Ein Katzensprung. Hundert Meter vielleicht."

„Wie lange braucht man, um zweihundert Meter zu laufen, der alten Frau Schwemmer eins überzubraten und sie in den Bach zu werfen?"

„Keine fünf Minuten, schätz ich."

„Und fällt es jemandem auf, wenn von sagen wir fünfzig Leuten einer für fünf Minuten fehlt?"

„Sicher nicht."

„Von Alibi kann man da auf jeden Fall nicht sprechen, würd ich sagen."

„Traust du ihm das zu?", fragte Brechtl.

„Der Mann verdient sein Geld damit, dass alte Leute sterben."

„Das machen sie früher oder später auch von allein. Da muss man nicht nachhelfen."

„Mich würde trotzdem interessieren, wie es um seine Finanzen steht."

„Das hat der Jan inzwischen sicher gecheckt."

Cornelius' Kontostand war wirklich nicht berauschend, wie Jans Recherchen ergeben hatten. Das Haus in Rückersdorf war tatsächlich das Geschenk einer Klientin gewesen, für die Renovierung hatte Cornelius aber einen stattlichen Kredit aufgenommen. Mehrfach hatte er sein Konto überzogen und dann mit größeren Bareinzahlungen wieder ausgeglichen. Auch das Segelflugzeug, von dem Pfulle gesprochen hatte, war inzwischen verkauft. Vor zwei Jahren musste er den Führerschein für sechs Monate abgeben und hatte sich freiwillig einer Alkoholentwöhnungstherapie unterzogen. Ein solider Lebenswandel sah anders aus.

Brechtl übergab Jan den Aktenordner, den er von Frau Dallmayer bekommen hatte. Er sollte die Verträge juristisch überprüfen lassen. Nur die Inhaltsangabe des Buches nahm Brechtl wieder mit in sein Büro, wo er als Erstes die Pinnwand auf den aktuellen Stand brachte. Das Muster der Verbindungspfeile wurde immer sternförmiger. Kein gutes Zeichen. Erfahrungsgemäß kam man der Aufklärung eines Falles erst näher, wenn sich Kreise bildeten. Im Mittelpunkt stand immer noch Cornelius, der jetzt von seiner Lebensgefährtin flankiert wurde. Bei ihm liefen die meisten Pfeile zusammen.

Brechtl breitete die Zusammenfassung von Frau Schwemmers Buch auf seinem Schreibtisch aus. Was war daran so wertvoll? Er schaute hinüber zu Sonja, die an ihrem PC saß.

„Kaffee?"

„Ach ja, gute Idee!"

Er ließ die Maschine laufen und brachte ihr ihre Tasse. Auf dem Rückweg schloss er wie zufällig die Verbindungstür. Dann holte er Thomas' Brille aus seiner Jacke und setzte sich an den Schreibtisch. Deprimierend, wie gut er damit lesen konnte.

Lesen war das eine, aber tatsächlich verstand Brechtl nur einen Bruchteil dessen, was Frau Schwemmer geschrieben hatte. Reihenweise medizinische Fachbegriffe, die er noch nie im Leben gehört hatte. Je mehr er blätterte, desto mehr wurde ihm klar, dass er einen Fachmann brauchte, der ihm das übersetzte. Oder eine Fachfrau. Er rief Regine an.

„Eckhard."

„Hallo Regine. Ich bin's, der Kalle. Ich hätte da noch eine Frage an dich."

„Deine DNA-Proben sind alle durch. Keine Übereinstimmungen, abgesehen von dem Hund."

„Danke. Zwei hab ich noch. Aber deswegen ruf ich eigentlich gar nicht an."

„Sondern?"

„Gibt es bei euch an der Uni eine Abteilung, die sich mit seltenen Krankheiten beschäftigt? Genauer gesagt mit seltenen Kinderkrankheiten."

„Ja, schon. Aber ich komm jetzt nicht drauf, wie der Professor heißt."

„Kannst du da mal nachschauen und mich zurückrufen, bitte?"

„Weil du's bist. Bis gleich."

„Danke!"

In dem Moment, als Brechtl auflegte, wurde hinter ihm die Verbindungstür geöffnet. Geistesgegenwärtig nahm er die Brille ab und versteckte sie zwischen seinen Oberschenkeln. Sonja spülte ihre Tasse aus und stellte sie zurück ins Regal.

„Hast du gar keinen getrunken?", fragte sie, als sie seine Tasse dort stehen sah.

„Nee, ich hab da jetzt grad ... Das Buch ist ganz interessant, aber ich brauch einen, der was von der Sache versteht. Die Regine schaut nach, wer sich mit so was auskennt."

„Prima. Mir ist noch was eingefallen."

Sie ging an die Pinnwand und tippte auf das Foto mit der aufgebrochenen Truhe. Brechtl blieb mit verschränkten Beinen auf seinem Stuhl sitzen.

„Wir gehen immer davon aus, dass der Mord mit dem Einbruch zusammenhängt."

„Ja, und?"

„Es könnte ja auch anders sein. Frau Schwemmer wird ermordet, jemand erfährt davon, dass sie tot ist, und bricht dann in ihr Zimmer ein. Schließlich ist einige Zeit zwischen den beiden Taten vergangen."

„Glaub ich nicht. Der Mörder hat ihr doch den Schlüssel abgenommen."

„Oder auch nicht. Der kann genauso gut noch irgendwo im Bach liegen. Den zweiten Schuh haben sie ja auch nicht mehr gefunden."

„Und wer war dann der Einbrecher?"

„Irgendjemand aus dem Altenheim, der einen Schlüssel hatte und bis zur Nacht gewartet hat. Es war ja bekannt, dass Frau Schwemmer eine Schatztruhe hatte. Und keiner wusste genau, was da alles drin war."

„Wenn jemand auf Wertsachen aus ist, warum räumt er dann die ganze Truhe aus?"

„Weil es schnell gehen muss. Es ist einfacher, erst einmal alles mitzunehmen und dann in Ruhe irgendwo auszusortieren."

Auszuschließen war das nicht. Alte Damen waren dafür bekannt, dass sie Bargeld zu Hause horteten. Bei der Auflösung der Wohnung seiner Großeltern hatten sie damals eher zufällig zweitausend Mark gefunden, die seine Oma in einer Bibel versteckt hatte.

„Was schlägst du vor?"

„Wir kümmern uns um den Mord und überlassen den Einbruch dem K2. Wenn es doch einen Zusammenhang gibt, kommt das schon ans Tageslicht."

Brechtl dachte kurz nach.

„Also gut. Aber erst will ich wissen, was es mit diesem Buch auf sich hat."

Er beugte sich vor und stapelte die einzelnen Blätter, die auf seinem Schreibtisch lagen. Fast unmerklich machte es Knack unter seinem linken Oberschenkel. Mist.

„Und wenn es wirklich nichts wert ist, konzentrieren wir uns wieder auf Cornelius oder wer sonst noch von dem Mord profitiert."

„Ich ruf im Altenheim an und sage, dass der Papiermüll nicht abgeholt werden darf. Wenn ich recht habe, hat der Einbrecher das, was er nicht brauchen konnte, sicher entsorgt."

„Na da werden die Jungs vom Rainer sich freuen, wenn sie die Container durchsuchen dürfen."

Brechtls Telefon klingelte. Regine hatte den Namen des Spezialisten für seltene Krankheiten herausgefunden. Professor Georg Fuhrmeister. Sogar die Durchwahl hatte sie schon parat.

Der Professor selbst war nicht mehr in seinem Büro, aber seine Mitarbeiterin teilte Brechtl mit, dass er ihn morgen früh ab halb sieben sicher dort antreffen würde. Halb sieben. Freilich. Brechtl bat sie, ihm die Nachricht zu hinterlassen, dass er gegen zehn Uhr vorbeikommen werde.

Nachdem Sonja wieder in ihrem Zimmer war, holte Brechtl die Brille unter seinem Bein hervor. Eines der Gläser war aus der Fassung gerutscht. Er konnte es selbst auf der Tischplatte wieder hineindrücken. Danach verstaute er die Sehhilfe vorsichtshalber in der obersten Schreibtischschublade.

„Ich pack's dann, ja?", rief Sonja durch die Verbindungstür.

„Jo. Bis morgen dann!"

Lange blieb er auch nicht mehr. Er wollte sich noch eine Pause gönnen, bevor er um acht den Termin mit Cornelius hatte.

Das „Little Dream" in Rückersdorf gab es schon zu Brechtls Jugendzeiten. In den Achtzigern, als die Unterteilung der jugendlichen Gruppen ganz grob in Popper und Punker erfolgte. In die braven Geschniegelten und die bösen Verwahrlosten. Damals war Rückersdorf eine Zeit lang bei der Röthenbacher Jugend angesagt. Die Popper gingen ins „Little Dream" und auch das Lokal, in dem sich die Punker trafen, existierte heute noch. Für Kalle Brechtl stellte sich die Frage damals nicht. Für einen Popper hatte er nicht genug Geld zur Verfügung und für einen Punker war er nicht cool genug. Außerdem hätte ihm seine Mutter die Ohren langgezogen, wenn er so rumgelaufen wäre. In Röthenbach gab es ja auch genug Lokalitäten, an denen man sich treffen konnte. Fast alle waren über die Jahre verschwunden. Das „Savoy" direkt an der Hauptstraße war irgendwann ausgebrannt, vom „La Bambola" – „der Bams" – zeugte heute nur noch das alte Schild über dem Kellereingang und der „French Club" im Keller der Forstersbergschule war auch längst Geschichte. Einzig verblieben waren das städtische JUZ beim Rathaus und das Haus der Jugend in der Parkstraße, in dem Brechtl viel Zeit verbracht hatte.

Von Cornelius war nichts zu sehen, also setzte sich Brechtl an einen freien Tisch. Er bestellte sich ein Bier und eine Pizza, um sich von dem kulinarischen Schock von heute Mittag zu erholen.

Eine Viertelstunde zu spät – Brechtl hatte gerade mit

dem Essen angefangen – kam endlich Cornelius mit einem Laptop unter dem Arm.

„Entschuldigung, Herr Brechtl. Ich bin ein bisschen zu spät."

„Hmhm", nahm Brechtl die Entschuldigung mit vollem Mund an und wies auf den freien Stuhl gegenüber.

„Ich wollte Ihnen etwas zeigen. Ich weiß nicht, ob es für den aktuellen Fall relevant ist, aber ich bekomme seit einiger Zeit wieder solche Mails ..."

Er klappte den Laptop auf. Während der Rechner hochfuhr, fragte Brechtl: „Worum geht's da?"

„Ich habe Ihnen doch erzählt, dass wir eine Zeit lang bedroht worden sind. Nach dem Gerichtsbeschluss war damit Ruhe, aber jetzt hat es wieder angefangen. Sekunde ..."

Er öffnete einen Ordner in seinem Mailprogramm und klickte auf eine Mail mit dem lateinischen Betreff „morituri te salutant".

„Das heißt ..."

„Die Todgeweihten grüßen dich. Hab auch Asterix gelesen", entgegnete Brechtl.

In der Mail waren sechs Fotos, die Cornelius mit verschiedenen älteren Herrschaften im Gespräch zeigten. Alle Bilder wirkten sehr unprofessionell, waren durch Fensterscheiben hindurch oder aus seltsamen Perspektiven aufgenommen. Eines davon zeigte Cornelius und Frau Dallmayer, wie sie mit Frau Schwemmer an einem Kaffeetisch saßen.

„Das ist in Röthenbach, in der Bäckeria, keine drei Wochen her", erklärte Cornelius.

Im Text dazu hieß es:

„Ich weiß, wo Sie sind. Ich weiß, was Sie tun. Ich kenne Ihre Opfer. Hören Sie auf! Sofort! Oder ich sorge dafür, daß Sie verschwinden."

„Da gibt sich einer aber Mühe", meinte Brechtl dazu. „Glauben Sie, das ist wieder derselbe wie damals?"

„Nein, ein ganz anderer Stil, ganz andere Methoden. Das ist schließlich eine offene Morddrohung."

„Wenn ich das mal kurz analysieren darf: Also der Stil ist doch ziemlich kindisch. Das ist so Alfred Hitchcock für Arme ... ‚Ich weiß, wer Sie sind' ... Dabei ist der Mann zumindest so alt, dass er das Schreiben noch vor der Rechtschreibreform gelernt hat, sonst würde er ‚dass' nicht mit scharfem S schreiben. Und dann will er ja auch nur dafür sorgen, dass Sie verschwinden. Er droht ja gar nicht damit, Sie umzubringen."

„Das ist doch wohl eindeutig, wie das gemeint ist."

„Glauben Sie mir, ich habe schon viele ernst zu nehmende Morddrohungen gelesen. Aber noch keine, in der das Opfer gesiezt wurde. Fehlt ja nur noch, dass er bitte sagt, der Herr bigbrother2014@t-online.de. Und mal ganz ehrlich: Wenn Ihnen das hier wirklich Angst macht, warum sind Sie dann nicht schon längst damit zur Polizei gegangen?"

Brechtl gönnte sich noch ein Stück Pizza. Er war sehr zufrieden mit seiner Analyse.

„Wegen Katja. Sie hat das damals schon so mitgenommen. Ich hab ihr nichts davon erzählt."

„Und warum kommen Sie jetzt zu mir?"

„Das ist doch eine völlig neue Situation. Eine meiner Klientinnen ist umgebracht worden. Das ist genau das, was mir der Kerl unterstellt. Aus seiner Sicht bin natürlich ich daran schuld."

„Und jetzt, glauben Sie, macht er seine Drohung wahr und sorgt dafür, dass Sie verschwinden."

„Ja logisch."

„Da würde ich mir keine Sorgen machen. Das ist ein Amateur."

„Warum?"

„Profis haben keine t-online-Adresse. Seien Sie so nett, ändern Sie das Administratorpasswort auf ‚Polizei' und geben Sie mir den Rechner mit. Wir kümmern uns drum."

Cornelius tippte auf der Tastatur herum, während Brechtl sich seine Pizza schmecken ließ.

„Wann kann ich den wieder haben?"

„Das geht normalerweise ziemlich schnell."

„Aber bitte, ich möchte, dass Katja nichts davon mitbekommt."

„Ja, ja. Ich weiß."

Cornelius wollte sich verabschieden, aber Brechtl hielt ihn auf.

„Ich habe auch noch ein paar Fragen an Sie, Herr Cornelius."

„Ja, bitte?"

„Wie sieht es denn so mit Ihrer finanziellen Gesamtsituation aus?"

„Warum fragen Sie? Sie haben das doch sicher längst überprüft."

„Wäre aber nett, wenn Sie es mir noch mal erklären."

„Da gibt es nicht viel zu erklären. Die Hütte frisst mir die Haare vom Kopf."

„Ich dachte, das Haus war ein Geschenk."

Cornelius lächelte gequält.

„Man sollte den Gäulen doch ins Maul schauen, bevor man sie sich schenken lässt. Ein einziger Sanierungsfall, das ganze Gebäude."

„Warum haben Sie es nicht verkauft? Das Grundstück ist doch eine Menge wert."

„Ich habe den Aufwand unterschätzt. Und Katja war ganz versessen auf das Haus. Sie hat Kunst studiert. Jugendstil ist ihr Steckenpferd."

„Das Haus ist doch nicht aus der Jugendstilzeit. Wenn Sie was über Kunst wissen wollen, fragen Sie bloß nicht mich, aber so viel weiß ich auch noch."

„Natürlich nicht. Aber es ist dem Stil eben nachempfunden. Der Mann der Vorbesitzerin war auch so ein Kunstliebhaber. Im Ernst, ich kann das Geschnörksel nicht mehr sehen."

„Kunstliebhaber sagen Sie? Auch Sammler?"

„Sie meinen, ob da was zu holen war?"

„Ich wollte es nicht so deutlich sagen."

„Durchaus. Aber das ging natürlich an den Bestimmungszweck, ein Kunstförderprojekt. Nur das Haus hat die Besitzerin der Stiftung selbst vermacht."

„Und die Bilder, die noch an den Wänden hängen?"

„Hat alle Katja gemalt. Nicht schlecht, oder?"

„Ja, nicht schlecht!", antwortete Brechtl höflichkeitshalber, er hatte sie sich gar nicht so genau angeschaut.

„Woher kommt das Geld, mit dem Sie Ihre Raten zahlen?"

Cornelius suchte nach den passenden Worten.

„Das sind Zuwendungen einiger weniger Klienten."

„Sie gehen betteln?"

Die Augen seines Gegenüber zuckten kurz, dann war sofort wieder das gewinnende Lächeln in seinem Gesicht. Aber Brechtl wusste, dass er Cornelius durch diese provokante Frage genau dort hatte, wo er ihn haben wollte.

„Ich bin kurzfristig auf die Unterstützung meiner Förderer angewiesen, würde ich sagen. Aber ich habe es nicht nötig, meine Klientinnen umzubringen, wenn Sie das meinen. Sie haben die Unterlagen. Sie wissen vermutlich, dass die Beträge, um die es hier geht, keinen Mord wert sind. Da sollte ich lieber eine Tankstelle überfallen."

„Was ist dieses Buch wert?"

„Das Buch. Das sind die Notizen von Luise Schwemmer aus Röthenbach und keine handschriftlichen Aufzeichnungen von Albert Einstein. Da kann man froh sein, wenn es überhaupt jemand druckt. Verstehen Sie nicht? Man will mir hier etwas in die Schuhe schieben. Finden Sie diesen Mann, Herr Kommissar ..." Er tippte mit dem

Zeigefinger auf den Laptop. „... DER will mir das in die Schuhe schieben. Kann ich gehen?“

„Sicher“, entgegnete Brechtl und nahm sein letztes Stück Pizza in die Hand, während Cornelius grußlos das „Little Dream“ verließ.

Auf dem Heimweg fuhr Brechtl noch bei Maria Cortez in Lauf vorbei. Bevor er klingelte, schaute er auf die Uhr – schon kurz vor zehn. Egal, ich bin die Polizei, dachte er und drückte auf den Knopf. Niemand öffnete und in der Wohnung im Erdgeschoss brannte auch kein Licht. Das war ihm eigentlich ganz recht, er wollte jetzt endlich Feierabend machen.

Kapitel 7

Martin Georgis war der Mann fürs Digitale bei der Kriminalpolizeiinspektion Schwabach. Wann immer es galt, Rechner zu knacken oder Daten aus Handys zu sichern, war man bei ihm an der richtigen Adresse. Am Dienstagmorgen führte Brechtls erster Weg deshalb nicht wie üblich in sein Büro, sondern in Martins Zimmer, eine Mischung aus Büro und Werkstatt, in dem es vor technischem Kram nur so wimmelte. Martin saß an einem der Tische, das Kinn in die linke Hand gestützt, während er mit der rechten lustlos die Maus über das Pad schob und in seinen riesigen Monitor starrte.

„Servus Maddin!" Brechtl legte den Laptop auf den Schreibtisch. „Ich hätt was für dich. Ich brauch den Inhaber von einer E-Mail-Adresse. Der Betreff ist ‚morituri te salutant' und die Adresse ‚bigbrother2014@t-online.de'." Er gab ihm einen Zettel, auf dem er die Stichworte notiert hatte. „Ist da drauf."

„Passwort?", fragte Martin, ohne aufzublicken.

„Ist auf ‚Polizei' geändert."

„Na dann is ja einfach", meinte er fast ein bisschen enttäuscht.

„Wie lang brauchst du da ungefähr?"

„T-online? Hast du in einer halben Stunde."

Noch immer klickte er konzentriert zwischen den Fenstern auf seinem Bildschirm hin und her.

„Super. Kannst du das gleich an den Manne weitergeben? Der soll alles über den Adressinhaber rausfinden."

„Mach ich ... Was ist das jetzt wieder für 'n Mist ...?"

Er stieß die Maus weg und blickte kopfschüttelnd zu Brechtl hoch.

„Weißt du, Kalle, manchmal möchte ich einfach im Regen an einer Kreuzung stehen und den Verkehr regeln", seufzte er.

„Was machst du da überhaupt?"

„Verstehst du eh nicht", winkte Martin ab. „Versteh's ja selber nicht. Brauchst du sonst noch was?"

„Na ja, in der Mail sind Fotos. Wäre vielleicht interessant, wann die gemacht wurden."

„JPEG?"

„Glaub schon."

„Wenn er die EXIF nicht gelöscht hat, kein Problem."

Brechtl hatte mit den ganzen Abkürzungen nichts am Hut. Aber Martin wusste sicher, wovon er sprach.

„Dank dir! Und sagst dann dem Manne Bescheid, gell", verabschiedete sich Brechtl.

„Ja, ja."

Martin schob seine Tastatur beiseite und klappte den Laptop auf. Offensichtlich war er ganz dankbar für die Abwechslung. Brechtl beneidete ihn nicht um seinen Job. Den ganzen Tag vor dem Rechner zu sitzen, wäre nichts für ihn gewesen. „IT-Sachbearbeiter" klang auch viel unspektakulärer als „Ermittler bei der Mordkommission". Die Bezeichnung gab es zwar in ihrer kleinen Inspektion gar nicht – es hieß „Verletzung höchstpersönlicher Rechtsgüter" – und eigentlich beschäftigte Brechtl sich die meiste Zeit mit irgendwelchen Verkehrsunfällen und ausufernden Familienstreitigkeiten. Aber immer noch besser, als sich vor dem Monitor den Hintern platt zu sitzen.

Als Brechtl sein Büro betrat, hörte er Sonja im Nachbarzimmer telefonierten.

„Und was macht der da genau?", fragte sie. „Und wie lange dauert das? ... Das ist jetzt schon sehr kurzfristig. Aber Samstagabend kann ich dann wieder rein? ... Ja gut, wenn's nicht anders geht ... Sie können ja auch nichts dafür ... Wiederhörn."

Sie klang ziemlich genervt.

„Was ist los?", erkundigte sich Brechtl, nachdem sie aufgelegt hatte.

„Das war mein Vermieter. Wir haben irgendwelche Käfer im Dachstuhl. Freitag kommt der Kammerjäger und streicht so 'n Zeugs auf die Balken. Danach darf ich vierundzwanzig Stunden nicht in meine Wohnung."

Sonja wohnte im Dachgeschoss eines Altbaus in der Schwabacher Innenstadt. Eine wirklich hübsche Single-Wohnung, die sie sich sehr gemütlich eingerichtet hatte und von der aus sie in wenigen Minuten mit dem Fahrrad in die Arbeit fahren konnte. Kein Vergleich zu Brechtls steriler 08/15-Mietswohnung im Röthenbacher Schumacherring. Dafür war es unter dem Dach im Sommer heiß und im Winter froren gelegentlich die Dachflächenfenster ein. Und jetzt auch noch Ungeziefer.

„Na klasse!", bemitleidete sie Brechtl. „Aber die Wand müssen sie nicht aufhauen oder so?"

„Eine Holzverkleidung in meinem Wohnzimmer müssen sie abschrauben, ansonsten kommen sie über den Dachboden hin, hat er gesagt. Und ein paar Ziegel decken sie ab."

„Da bin ich mal gespannt."

„Und ich erst. Ich ruf mal schnell meine Schwester an und frag, ob ich bei ihr übernachten kann. Warum kommst du eigentlich so spät?"

„Der Cornelius hat mir einen Laptop gegeben. Er fühlt sich von jemandem bedroht, der ihm E-Mails schreibt. Ich hab die Kiste gleich zu Martin gebracht."

„Mhm. Und deshalb wollte er dich gestern Abend treffen?"

„Er will nicht, dass es seine Freundin erfährt. Weil die sich sonst aufregt, meint er."

„Und – ist da was dran?"

„Mit seiner Masche hat er halt einige Freunde unter den Toten und einige Feinde unter den Lebendigen. Wenn du mich fragst, nichts Besorgniserregendes."

„Na gut." Sonja schaute auf die Uhr. „Um zehn müssen wir bei dem Professor sein. Ich telefonier noch schnell und dann fahrn wir los, o.k.?"

Brechtl streckte den Daumen nach oben und schloss die Verbindungstür. Das Gespräch musste er nicht mit anhören.

„Herr Kommissar Brechtl, nehme ich an."

Professor Georg Fuhrmeister kam Brechtl gleich bekannt vor. Und er musste auch nicht lange überlegen, an wen er ihn erinnerte. An seinen Großvater. Er war Ende sechzig, relativ groß, hatte eine sehr robuste Figur und einen wirklichen Quadratschädel. Das Gesicht mit den groben Falten und das volle, schneeweiße Haar mit der akkuraten Bürstenschnittfrisur – die Ähnlichkeit war wirklich verblüffend. Die beiden hätten Brüder sein können, wäre der Professor nicht über eine Generation jünger gewesen.

„Richtig. Und das ist meine Kollegin, Frau Nuschler."

„Wie kann ich Ihnen helfen?"

Brechtl redete nicht lange um den heißen Brei herum, sondern gab ihm die Unterlagen zu Frau Schwemmers Buch.

„Es geht um ein medizinisches Fachbuch, das sich mit Mukopolysaccharidose beschäftigt."

Inzwischen kam Brechtl der Name der Krankheit schon fehlerfrei über die Lippen.

„Ich habe hier eine Zusammenfassung und möchte Sie bitten, mir zu sagen, was Sie davon halten. Speziell interessiert mich, welchen Wert dieses Buch hat und für wen."

Professor Fuhrmeister warf einen kurzen Blick in den Ordner.

„Wer hat das geschrieben?"

„Eine ältere Dame, deren Tochter vor Jahrzehnten an der Krankheit gestorben ist."

Professor Fuhrmeister runzelte die Stirn.

„Ich habe bei mir eine Doktorandin, die sich mit genau dieser Krankheit befasst. Wahrscheinlich kann sie diese Unterlagen sogar besser bewerten als ich. Einen Moment bitte.“

Er ging zur Tür und wandte sich an seine Sekretärin.

„Könnten Sie bitte einmal nachschauen, ob Frau Cortez heute da ist? Und wenn ja, soll sie gleich zu mir kommen.“

„Maria Cortez?“, fragte Brechtl nach.

„Ja, richtig. Kennen Sie sie?“

„Noch nicht. Aber der Name ist in dem Zusammenhang schon einmal gefallen.“

„Frau Cortez ist seit ein paar Monaten bei uns. Eine Kooperation mit der University of Amazonas in Manaus. Sie macht hier ein Auslandssemester für ihre Promotion. Eine wirklich vielversprechende Medizinerin. Sehr engagiert.“

„Frau Cortez kennt die Autorin dieses Buches. Ich kann mir gut vorstellen, dass die beiden sich fachlich ausgetauscht haben. Deshalb wäre es mir sehr wichtig, mit Frau Cortez zu sprechen.“

„Wenn ich fragen darf, warum interessiert sich die Polizei dafür?“

„Luise Schwemmer, die das Buch geschrieben hat, ist letzte Woche ermordet worden.“

„Oh, das tut mir leid.“ Er setzte sich wieder an seinen Schreibtisch und nahm die Unterlagen in die Hand. „Und Sie glauben, das hat etwas mit dem Buch zu tun?“

„Wir ermitteln in verschiedene Richtungen und das ist ein Ansatz, den wir verfolgen.“

Die Tür öffnete sich und die Sekretärin schaute herein.

„Frau Cortez ist heute nicht da.“

„Dann rufen Sie sie bitte an und stellen Sie das Gespräch durch.“

Schweigend schauten alle drei auf das Telefon des Professors, aber es klingelte nicht. Stattdessen öffnete sich kurz darauf erneut die Bürotür.

„Tut mir leid, ich kann sie nicht erreichen. Zu Hause nicht und auch nicht auf dem Handy."

„Ist der Herr Hinterstätter da?"

„Ja, der ist im Labor."

„Dann soll der mal hochkommen." Professor Fuhrmeister wandte sich wieder an die Kommissare: „Das ist ein Kollege von Frau Cortez."

Während sie warteten, las er weiter in der Zusammenfassung.

„Ist diese Frau, die ermordet wurde, Medizinerin?"

„Nein", antwortete Brechtl.

„Dafür scheint mir diese Arbeit aber sehr fundiert."

„Es ist sozusagen ihr Lebenswerk."

„Ich musste einige Promotionen lesen, die bei weitem nicht so viel Tiefgang hatten, zumindest wenn man sich die Gliederung hier ansieht. Würde mich interessieren, einmal das ganze Buch zu lesen."

„Für wen könnte dieses Buch wertvoll sein?"

„Für die Menschheit", antwortete Professor Fuhrmeister tiefsinnig, „für alle Betroffenen natürlich. Für uns, die Forschung, die an Heilmethoden arbeitet, und für die Pharmaindustrie, die die Medikamente dafür produziert."

„Und für Frau Cortez und ihre Doktorarbeit?"

„Natürlich. So eine Quelle ist wie ein Sechser im Lotto, wenn sie noch nicht veröffentlicht ist."

Er überlegte kurz.

„Sie glauben doch nicht, dass Frau Cortez etwas mit dem Tod dieser Dame zu tun hat?"

„Wir möchten auf jeden Fall mit ihr sprechen. Können Sie uns die Telefonnummern geben?"

„Ja selbstverständlich."

„Und haben Sie vielleicht ein Foto von ihr?“

„In der Verwaltung haben wir sicher eines. Für den Zutrittsausweis wird jeder fotografiert.“

„Sehr gut, das hätte ich auch gerne.“

„Kann ich das behalten?“ Professor Fuhrmeister deutete auf den Ordner.

„Natürlich“, antwortete Brechtl. „Ich wäre sehr interessiert an Ihrer fachkundigen Meinung.“

Es klopfte an der Bürotür und die Sekretärin begleitete einen jungen Mann herein. Er war braungebrannt, wirkte sehr sportlich, hatte lange, dunkle Haare und einen Dreitagebart. Der Typ Skilehrer, dem die Frauen sicher scharenweise hinterherliefen.

„Ah, Herr Hinterstätter“, begrüßte ihn der Professor, „das hier sind zwei Kommissare von der Kripo, die gerne mit Frau Cortez sprechen würden. Wissen Sie, wo sie ist?“

„Grüß Gott!“, antwortete der junge Mann. „Ich dachte, sie wollte heim fliegen, nach Brasilien.“

Professor Fuhrmeister öffnete einen Terminkalender auf seinem PC.

„Ach ja, richtig. Das hatte ich ganz vergessen.“

„Kennen Sie Frau Cortez gut, sind Sie befreundet?“, wandte sich Brechtl an Herrn Hinterstätter.

„Also, wir sind kein Paar, wenn Sie das meinen. Aber wir gehen öfter mal zusammen abends weg.“

„Beschäftigen Sie sich auch mit MPS?“

„Nicht direkt. Das ist Marias Fachgebiet. Ich studiere Pharmazie.“

„Hat Frau Cortez Ihnen gegenüber einmal den Namen Luise Schwemmer erwähnt?“

„Die alte Frau, die sich so gut mit MPS auskennt? Ja, von der hat sie öfter geredet.“

„Und hat sie etwas von einem Buch erzählt?“

„Welches Buch?“

„Frau Schwemmer hat ein Buch über MPS geschrieben."

„Maria hat erzählt, dass die Frau auch Daten von Betroffenen gesammelt hat, aber von einem Buch weiß ich jetzt nichts."

„Wissen Sie, wann Frau Cortez nach Brasilien fliegen wollte?"

„Gestern, soweit ich weiß, Montag."

Brechtl warf Sonja einen enttäuschten Blick zu.

„Na gut, dann haben wir sie wohl verpasst. Danke für die Auskunft, Herr Hinterstätter. Das war's auch schon."

„Wieso, ist was mit Maria?", wollte der junge Mann wissen.

„Nein, nein, keine Sorge. Wir hätten nur gerne mit ihr gesprochen."

„Aha, ja dann ... Wiederschaun!" Er nickte Sonja und dem Professor kurz zu und ging hinaus.

„Tja, das ist jetzt ärgerlich", bedauerte Fuhrmeister, „kann ich Ihnen sonst noch irgendwie helfen?"

„Im Moment nicht."

„Ich schau mir das auf jeden Fall an und melde mich dann bei Ihnen", versprach er.

„Danke!"

Brechtl gab ihm seine Visitenkarte und sie verabschiedeten sich. Die Sekretärin organisierte das Foto von Frau Cortez und gab ihnen die Telefonnummern. Danach machten sich Brechtl und Sonja auf den Rückweg.

„Der sieht aus wie mein Großvater."

„Was?"

„Der Professor. Der hat eine unglaubliche Ähnlichkeit mit meinem Opa."

„Und was tut das zur Sache?"

„Nichts. Ist mir halt aufgefallen. Was denkst du? Hat diese Maria Cortez was mit dem Mord zu tun?"

Brechtl betrachtete das Bild der jungen Brasilianerin. Hübsch war sie. Er konnte sie sich eher in einer Sambagruppe als in einem medizinischen Labor vorstellen. Und schon gar nicht, wie sie eine alte Frau in den Bach warf und mit einem Regenschirm erschlug.

„Wenn jemand das Buch gebrauchen kann, dann sie. Wie ein Sechser im Lotto, hat der Professor gesagt", zitierte Sonja.

„Sie haben doch sowieso zusammengearbeitet. Also zumindest kann man davon ausgehen."

„Ja schon. Aber was ist, wenn Frau Schwemmer nicht mehr wollte? Wenn sie ihr das Buch nicht mehr zu Verfügung gestellt hat? Die beiden streiten sich, Cortez schlägt zu und holt sich später das Buch."

„Und dann? Schreibt sie gemütlich ihre Doktorarbeit fertig? Sie muss doch damit rechnen, das wir ihr auf die Spur kommen."

„Und wenn sie bis dahin schon in Brasilien ist?"

Mist. Da hatte Sonja natürlich recht. Brechtl fing an, schneller zu gehen. Als ob die paar Sekunden den Vorsprung wettmachen würden. Auf dem schnellsten Weg fuhr er nach Lauf in die Briver Allee und klingelte bei Maria Cortez. Niemand öffnete. Er drückte auf den Taster daneben.

„Ja bidde?", tönte es aus der Sprechanlage.

„Hauptkommissar Brechtl von der Kriminalpolizei Schwabach. Könnten Sie uns bitte kurz reinlassen?"

Der Türöffner summte. Eine der Wohnungstüren war einen Spaltbreit geöffnet und mit einer Kette gesichert. Dahinter lugte eine ältere Dame in den Flur.

„Bolizei?", fragte sie skeptisch.

Brechtl zeigte ihr seinen Dienstausweis.

„Ja. Entschuldigen Sie die Störung. Wir wollten eigentlich zu Frau Cortez."

„Ach so. Die wohnd aans weider." Sie zeigte auf die

Wohnungstür. „Obber die is ned derhamm. Wos wollns denn vo ihr?“

„Wir müssen sie nur was fragen. Sind Sie sicher, dass sie nicht da ist?“

„Freili. Die ist verreist.“

„Aha. Wissen Sie wohin?“

„Na ich denk, die werd hamm gflong sei. Die is aus Brasilien, wissns? Ich hobs nämli droffm, dou hads ihr Kannigl derbei ghabbd in su an Dransboddkäfich. Ich hobs gfroochd, obs gwiss zum Dierorzd mou. Obber sie had gmaand, sie douds ins Dierheim, walls verreisn mou. Su ä goldigs Häsler. Had mer richdich leid du. Obber ich konns ja aa ned nehmer. Ich hob a Kadz, wissns.“

„Ja, ja“, unterbrach Brechtl sie. „Wann war denn das?“

„Wann woar nern des? ... Am Freidooch in der Fräi. Genau.“

„Haben Sie einen Schlüssel zu der Wohnung?“

„Naa, woher denn. Wos wollns denn dou drinn. Is eh kanner dou.“

„Wann haben Sie sie denn das letzte Mal gesehen oder gehört?“

„An denn gleichn Dooch. Omds. Besuch hads ghabbd. Dou woar die Heude-Schou im Fernseeng. Mid dem Diggn. Wäi hassd edz der ...“

„Wissen Sie, wer da zu Besuch war?“

„Naa. Ich hob blous gheerd, dasser si underhaldn hom.“

„Worüber?“

„Des wassi ned. Ich hob in Fernseher oghabd.“

„War es ein Mann oder eine Frau?“, erkundigte sich Sonja.

„Des konni Ihner ned song.“

„Wissen Sie, ob Frau Cortez ein Auto hat?“

„Ja.“

„Was für eines?“

„A blaus."
„Und welche Marke?"
„Su a glaans hald. Die is ja Schdudendin, die had ned su vill Geld."
„Danke für die Auskunft. Rufen Sie mich bitte an, wenn Ihnen noch was einfällt."
Brechtl reichte ihr seine Visitenkarte durch den Spalt.
„Jo. Machi ... Grimminalbolizei ...", sagte sie noch kopfschüttelnd und schloss die Tür.
Brechtl lauschte nochmals an der Tür von Maria Cortez, aber es war nichts zu hören.
„Scheiße", meinte er, „wir brauchen einen Durchsuchungsbeschluss."
„Und eine Fahndung?"
„Meinst du, das hat noch einen Sinn?"
„Na ja, zumindest können wir mal bei den Fluggesellschaften nachfragen."
„Hm. Hast recht."
Brechtl rief gleich selbst bei der Staatsanwaltschaft an und erläuterte Hermann die Sachlage.
„Das ist mir zu dünn für einen Durchsuchungsbeschluss", war die Antwort. „Von einem konkreten Tatverdacht kann man da ja wohl nicht sprechen."
„Ja, aber das ist doch Gefahr im Verzug. Frau Cortez plant offensichtlich, sich ins Ausland abzusetzen."
„Haben Sie schon die Fluggesellschaften überprüft?"
„Noch nicht."
„Wie wär's dann damit?", fragte er mit diesem Unterton, als wollte er sagen: Was tun Sie eigentlich den ganzen Tag?
„Das hatten wir schon vor."
„Dann überprüfen Sie das und rufen Sie mich danach noch mal an."
Er legte auf, ohne sich zu verabschieden.
„Manchmal könnt ich den ...", fluchte Brechtl, wäh-

rend er schon Jans Nummer wählte. Ihm musste er nicht lange erklären, was er brauchte. Solche Überprüfungen machte Jan öfter.

„Komm mal mit, ich hab 'ne Idee!", forderte er Sonja auf, nachdem er aufgelegt hatte.

Rechts neben dem Haus führten ein paar Stufen hinunter zu einer kleinen Wiese, auf der zwei Bänke und ein Mülleimer standen. Der Blick in die Gärten hinter dem Haus war durch eine Sichtschutzwand und einige große Büsche verstellt. Ein langer Maschendrahtzaun trennte die Wiese und die Gärten von der Böschung, die hinunter zur Pegnitz führte. Brechtl stieg auf die Bank, die direkt am Zaun stand, und sprang auf die andere Seite.

„Na los!", ermunterte er Sonja, ihm zu folgen.

Das Gelände fiel so steil ab, dass sie sich festhalten mussten, um nicht abzurutschen.

Brechtl zählte die Terrassentüren ab.

„Da muss es sein."

Der Zaun machte nicht den stabilsten Eindruck. Er befürchtete, ihn komplett zu ruinieren, wenn er darüber klettern würde.

„Mach mal die Räuberleiter ..."

Sonja musterte ihn skeptisch.

„... Ja gut, dann kletterst du halt drüber."

Mit einem vielsagenden Grinsen zeigte Sonja den Zaun entlang. Fünf Meter weiter befand sich eine Gartentür, die nicht abgeschlossen war. Kurz darauf lugten die beiden durch die Glastür in Maria Cortez' Wohnzimmer.

„Nicht besonders aufgeräumt", stellte Sonja fest. „Auf dem Tisch stehen noch Gläser und eine Schüssel mit Chips. Also wenn ich wegfliege, räum ich vorher auf."

„Mach mal ein Foto!"

„Das wird nix. Die Scheibe spiegelt", meinte sie nach ein paar Versuchen.

„Ja so nicht. Du musst das Objektiv ganz hinhalten und den Blitz ausschalten!"

Er nahm ihr die kleine Digitalkamera ab und drückte auf den Menütasten herum.

„Wos dennern Sie dou?"

Die Frau, mit der sie eben im Treppenhaus gesprochen hatten, tauchte auf der Nachbarterrasse auf.

„Wir schauen nur nach, ob Frau Cortez zu Hause ist", erklärte Brechtl.

„Des hobbi Ihner doch scho gsachd, dass die fodd is. Sinn Sie wergli vo der Bolizei?"

„Ja, natürlich. Sie haben doch meine Visitenkarte." Noch einmal zeigte er seinen Ausweis.

„Su ä Kärdler konn jeder homm. Wos waas ich, wie a Bolizeiausweis ausschaud. Sie bleim edz amol dou!", befahl sie und zückte ihr schnurloses Telefon.

Brechtl verdrehte die Augen, während die Frau mit der Notrufzentrale sprach.

„Des wermer edz glei wissn. Die kummer vorbei."

„Wenn wir nicht von der Polizei wären, glauben Sie nicht, dass wir dann jetzt weglaufen würden?"

„Des nüdzd Ihner goar nix. Ich hob Sie ganz genau beschriebm."

Was blieb den Kommissaren übrig, als geduldig auf die Streife zu warten, die keine zehn Minuten später klingelte. Eilig lief die Nachbarin zur Tür, um sie hereinzulassen.

„Dou, des sinns. Die wolldn dou eibrechn. Sie song, sie wärn vo der Griminalbolizei", rief sie den uniformierten Beamten zu.

„Grüß Gott. Können Sie sich ausweisen?", fragte der Jüngere der beiden.

„Lass gut sein", unterbrach ihn sein älterer Kollege. „Servus Kalle!"

Er wandte sich an die Frau.

„Das ist schon in Ordnung, Frau Satzinger. Das sind wirklich Kollegen von uns. Aber es war trotzdem gut, dass Sie uns angerufen haben."

„Ja, dann is scho rechd. Ich hob hald gmaand, mer liesd ja su vill."

Der Polizist ging zu Brechtl und fragte leise:

„Was treibtn ihr da?"

„Wir suchen die Frau, die da wohnt. Aber die ist nicht daheim."

Die Kommissare folgten den Kollegen durch die Wohnung von Frau Satzinger, die sich noch einmal entschuldigte.

„Dou derfms mer edz ned bäis sei. Die Raiber wern ja immer raffinierder. Und wäi ich Sie zwa gseeng hob – a älderer Mo und a jungs Madler –, na hobbi dachd, villeichd is des der Enkeltrick, wo mer immer liesd."

Brechtl lächelte mild und gab ihr die Hand. Dass Sonja seine Tochter sein könnte – von ihm aus –, aber seine Enkelin, das war schon fast eine Frechheit. Sie sah zwar wirklich jünger aus, aber mit dreiunddreißig war sie auf jeden Fall kein junges Mädchen mehr.

„Wenn du mich fragst, die ist weg", unterbrach Sonja seine Gedanken, als sie ins Auto stiegen. „Hals über Kopf abgehauen."

„Mir kommt das trotzdem spanisch vor."

„Portugiesisch."

„Was?"

„In Brasilien sprechen sie Portugiesisch", klärte Sonja ihn auf.

Brechtl verdrehte die Augen.

„Mal ernsthaft. Wenn sie die Täterin ist, dann ist mir der Ablauf nicht klar."

„Wieso?"

„Na, angenommen, die zwei treffen sich auf der Brücke, fangen an zu streiten und die Cortez schlägt zu."

„Ja."

„Woher hat sie denn den Regenschirm?"

Die Frage war nicht schlecht. Jedenfalls brauchte Sonja eine Zeit lang, bis ihr eine Antwort einfiel.

„Vielleicht hat sie vor der AWO gewartet, weil sie wusste, dass Frau Schwemmer noch kommen wollte?"

„Und als sie dann gekommen ist, hat sie den Regenschirm geklaut und ist damit auf sie losgegangen?" Brechtl war skeptisch.

„Ich stell mir das so vor: Sie treffen sich vor der AWO und geraten in Streit. Irgendwann schiebt Frau Schwemmer ab und lässt die Cortez einfach stehn. Die ist furchtbar wütend, greift sich den Schirm und geht ihr hinterher. An der Brücke holt sie sie ein und alles Weitere ist klar."

„Hmm. Könnte so gewesen sein."

„Und mir ist noch was eingefallen."

„Und zwar?"

„Guttenberg."

Brechtl schaute sie nur fragend an.

„Na der von und zu, der Politiker, den sie abgesägt haben, weil seine Doktorarbeit getürkt war."

„Was hat der damit zu tun?"

„Die Cortez arbeitete an ihrer Promotion. Wenn Frau Schwemmer jetzt das Buch veröffentlicht hätte, wie Frau Dallmayer uns erzählt hat, dann hätte sie die Doktorarbeit erst gar nicht abzugeben brauchen. Sie war sehr ehrgeizig, meint der Professor. Diese Veröffentlichung hätte ihre ganze Zukunft zerstört."

„Jedenfalls ein gutes Motiv."

„Das mein ich aber auch. Und vor allem ein guter Grund, das Buch und die Briefe verschwinden zu lassen. Sie kannte sich im Altenheim aus und den Schlüssel hat sie wahrscheinlich in der Handtasche gefunden."

Das klang alles sehr schlüssig. Zurück in der Inspektion erkundigten sie sich gleich bei Jan nach den Ergebnissen seiner Recherche. Maria Cortez hatte tatsächlich einen Flug von München über Rio de Janeiro nach Manaus für Montag gebucht, ihn aber nicht angetreten.

„Bist du sicher?"

„Wenn ich es dir sage ..." Jan hielt Brechtl ein Schriftstück der Fluggesellschaft unter die Nase.

„Warum? Warum fliegt sie nicht einfach weg?"

„Vielleicht hat sie befürchtet, am Flughafen festgenommen zu werden?", mutmaßte Sonja.

„Das ist unsere Chance!"

Brechtl brachte die Sache ins Rollen und ließ Maria Cortez zur Fahndung ausschreiben. Rainer sollte die Handtasche auf DNA untersuchen, eine Zivilstreife wurde beauftragt, die Wohnung zu überwachen. Über einen deutschen Flughafen konnte Cortez das Land auf jeden Fall nicht mehr verlassen. Ihr Autokennzeichen wurde ermittelt und ebenfalls mit in die Fahndung aufgenommen. Manne wurde damit betraut, so viel wie möglich über die Frau herauszufinden.

Schon zehn Minuten später klingelte Brechtls Telefon. Die Nummer auf dem Display kannte er nicht.

„Brechtl, Kripo Schwabach."

„Guten Tag, Herr Kommissar. Kühnert hier."

Oh weh, das KSK, das hat mir gerade noch gefehlt, dachte Brechtl.

„Grüß Gott, Frau Kühnert."

„Folgendes: Wir haben recherchiert – also ich hauptsächlich – und ich habe einiges herausgefunden."

„Aha. Nämlich?"

„Luise Schwemmer war keineswegs so arm, wie sie vorzugeben pflegte, im Gegenteil."

„So, so."

„Tatsächlich wurde unmittelbar nach dem Mord in

ihrem Zimmer im Altenheim eingebrochen. Was schließen wir daraus?"

„Ja, was denn?"

„Natürlich, dass der Täter davon wusste. Er hat sie ermordet, um sie anschließend auszurauben. Ein typischer Fall von Raubmord. Wir müssen also nur noch herausfinden, wer der Einbrecher war, dann haben wir auch den Mörder. Wir führen diesbezüglich bereits Zeugenvernehmungen im Altenheim durch."

Brechtl raufte sich den Rest seiner verbliebenen Haare, aber er versuchte, höflich zu bleiben.

„Liebe Frau Kühnert. Ich bitte Sie eindringlich, das zu unterlassen. Zeugenbefragungen sind Sache der Polizei. Und alle anderen Ermittlungen auch."

„Offensichtlich ist die Polizei hier ja, wie so oft, auf die Mithilfe der Bevölkerung angewiesen."

„Frau Kühnert, Ihr Engagement in Ehren, aber mit Ihren sogenannten Ermittlungen kann es sein, dass Sie uns mehr schaden, als helfen."

„Wie soll ich das verstehen?", fragte sie beleidigt.

„Stellen Sie sich mal vor, Sie treffen tatsächlich zufällig auf den Täter ..."

„Sie denken, es war jemand aus dem Altenheim?"

„Ich denke gar nichts. Aber Sie könnten sich selbst in Gefahr bringen und das hilft uns nicht weiter."

„Sie denken also gar nichts. Offenbar haben Sie ja auch nicht erkannt, dass es sich hier um einen Raubmord handelt. Sie haben noch nicht einmal die Mitbewohner im Altenheim befragt."

Derselbe Unterton wie bei Staatsanwalt Hermann, dachte Brechtl – was machen Sie eigentlich den ganzen Tag? Er spürte, wie sein Blutdruck anstieg.

„Frau Hermann ... Frau Kühnert, mein ich ... glauben Sie mir. Ich habe schon einige Mordfälle aufgeklärt. Ich mache das seit fünfundzwanzig Jahren. Ich weiß, wie so was geht. Ein für alle Mal: Hören Sie auf mit Ihren Privatermittlungen! Haben Sie mich verstanden?"

Offenbar war der Ton, in dem er das gesagt hatte, ein bisschen zu scharf, denn jetzt war sie endgültig eingeschnappt.

„Und ich lese seit fünfundsechzig Jahren Kriminalromane. Ich weiß auch, wie so etwas geht. Wir werden schon sehen, wer von uns den Täter überführt."

Zwei Sekunden herrschte Stille, dann ertönte das Besetztzeichen. Einige Sekunden starrte er mit offenem Mund auf den Telefonhörer, bevor er auflegte.

„Warum immer ich?"

Müde ließ er seinen Kopf in die Hände sinken. In diesem Moment kam Sonja in sein Büro und sah ihn dort sitzen wie ein Häuflein Elend.

„Was ist los?"

Er erzählte ihr von dem Telefonat.

„Na, das hast du ordentlich verbockt", war ihr Kommentar.

„Ich? Warum bin ich jetzt wieder schuld?"

„Du hast einfach keine Ahnung, wie man mit alten Leuten zusammenarbeitet."

„Ach ja ... aber du?"

Statt zu antworten schaute sie ihn nur vielsagend an.

„Ja. Vielen Dank", bemerkte Brechtl sarkastisch. „Dann mach doch mal einen konstruktiven Vorschlag!

„Du darfst ihnen das Arbeiten nicht verbieten. Wenn sie unbedingt etwas beitragen wollen, dann gib ihnen eine Aufgabe. Irgendetwas, was nicht schadet, aber sie beschäftigt. Glaub mir, das funktioniert. Und als Erstes rufst du bei der Frau an und entschuldigst dich."

„Ja spinnst du? Das mach ich auf gar keinen Fall."

„Willst du, dass sie gegen uns arbeiten?"

„Was wollen die schon ausrichten."

„Unterschätz die Alten nicht. Die haben Menschenkenntnis, Erfahrung und Netzwerke, von denen du nur träumen kannst."

„Ich hab noch nicht mal eine Telefonnummer."

„Dann fährst du halt heute Abend vorbei."

„Heute ist Dienstag. Da mach ich abends schon mal gar nix extra!"

Dienstag war schließlich Männerabend in Thomas' Bastelkeller, das wusste Sonja doch genau.

„Dann von mir aus morgen. Aber glaub mir, da kommst du nicht drum rum."

Brechtl brummte vor sich hin. Die Sache gefiel ihm gar nicht.

„Aber deswegen bin ich gar nicht gekommen", unterbrach Sonja sein Gegrummel, „Ich hab noch mal mit dem Hermann telefoniert. Wir haben den Durchsuchungsbeschluss."

„Ja, sag das doch gleich!" Brechtl stand auf und griff sich seine Jacke. „Worauf warten wir noch?"

„Auf Rainer und seine Jungs. Die sind gleich soweit."

Mit drei Fahrzeugen machten sie sich auf den Weg nach Lauf. Brechtl und Sonja fuhren in ihrem Dienst-BMW, Rainer steuerte den VW-Bus des Erkennungsdienstes und drei seiner Kollegen folgten in einem Passat. Zur Unterstützung hatten sie noch eine Streife der Laufer Schutzpolizei angefordert. Deren Aufgabe war es, wie immer, Neugierige abzuhalten.

Wenn man Rainer dabei hatte, konnte man auf den Schlüsseldienst verzichten. In wenigen Sekunden hatte er das Wohnungsschloss geöffnet, ohne es zu beschädigen. Die Polizisten zogen weiße Einweg-Overalls über und machten sich an die Arbeit. In der Wohnung sah es genauso aus, wie Sonja es beim Blick durch die Balkontür beschrieben hatte. Unaufgeräumt. In der Küche stand schmutziges Geschirr, im Schlafzimmer war das

Bett nicht gemacht und auch sonst konnte man das kleine Apartment als durchaus bewohnt bezeichnen.

Den wichtigsten Fund machten sie schon in der ersten Minute. Im Wohnzimmer lag auf einem einfachen Sekretär, der offenbar als Schreibtisch diente, ein handgeschriebener Zettel. Darauf stand:

Vergebt mir.
Ich habe Luise Schwemmer getötet.
Ich wollte es nicht. Sie hat es nicht verdient.
Aber ich kann es nicht ungeschehen machen.
Ich kann so nicht mehr weiterleben.
Meine Schuld ist zu groß.
Bitte vergebt mir.

Maria

„Verdammt!", fluchte Brechtl, nachdem er den Abschiedsbrief gelesen hatte. „Verdammt, verdammt, verdammt!" Deprimiert ging er hinaus ins Treppenhaus, setzte sich auf die Stufen und ließ die Erkennungsdienstler ihre Arbeit machen. Nach und nach kamen neue Informationen dazu. Das Auto hatte Maria Cortez schon letzte Woche an einen Gebrauchtwagenhändler verkauft. Eine entsprechende Quittung hatten Rainers Jungs im Schreibtisch gefunden und auch einige Seiten, die mit Schreibmaschine beschrieben waren. Offensichtlich Teile des Buches von Frau Schwemmer. Außerdem ein Netzteil für einen Laptop, der allerdings fehlte. Die Kleidung in den Schränken und die zwei leeren Koffer ließen darauf schließen, dass Maria Cortez nicht mehr vorhatte, nach Brasilien zu fliegen. Im Nachtkästchen fanden die Beamten auch das Flugticket.

Sonja setzte sich wortlos neben ihn.

„Scheiße", sagte er nach einiger Zeit. „Zwei Menschenleben für nix und wider nix." Er hätte sich gerne eine Zigarette angezündet. Manchmal bereute er wirklich, dass er das Rauchen aufgegeben hatte. „Eines hätten wir noch retten können. Am Freitag hat sie noch gelebt."

„Es ist nicht deine Schuld", beruhigte ihn Sonja. „Das hat sie ganz alleine zu verantworten."

„Weiß ich selber. Ich bin jetzt so lange im Geschäft und trotzdem geht mir so was noch nach. So ein dummes, junges Ding."

Er schnaufte tief durch, dann beschloss er, die Sache wieder professionell anzupacken. Die beste Möglichkeit, um seine persönlichen Gefühle auszuschalten.

„Sie hat kein Auto mehr, sie kann also nicht weit sein. Was haben wir? Die Bahnstrecke, die Pegnitz, das Wäldchen drüben auf der anderen Seite. Also: Suchen", raffte er sich auf.

Er unterrichtete Staatsanwalt Hermann über den neuen Stand der Dinge. Danach telefonierte er mit dem Chef, um den Einsatz der Bereitschaftspolizei genehmigen zu lassen. Er wusste, dass die Chance, Maria Cortez noch lebend zu finden, klein war, aber sie bestand immerhin. Schon nach zehn Minuten kam die Bestätigung, dass ein Hubschrauber mit Wärmebildkamera und eine Suchmannschaft der Bepo unterwegs nach Lauf waren. Brechtl setzte sich wieder auf seine Treppe.

„Du kannst hier nichts mehr machen", versuchte Sonja ihn zu trösten. „Fahr nach Hause. Ich kann bei den Jungs mitfahren."

Brechtl nickte.

„Ruf mich an. O.k.?"

„Mach ich. Bis morgen."

Brechtl ließ sein Auto in Schwabach und fuhr mit dem Dienstwagen direkt zu seiner Wohnung. Er fühlte sich unglaublich müde. Seinen Wecker stellte er auf acht

Uhr, um die Männerrunde nicht zu verschlafen, und ließ sich in sein Bett fallen.

Ein nerviges Piepen weckte ihn. Er schaute auf den Wecker und brauchte einen Moment, bis er begriff, dass es acht Uhr abends war und nicht morgens. Zeit, um sich mit Thomas und Markus zu treffen, die ihn hoffentlich etwas aufheitern würden. Also kroch er aus dem Bett, fuhr ans andere Ende der Stadt und betrat den Keller des Modellbauladens durch die Hintertür. Seine Freunde erwarteten ihn bereits.

„Alles klar, Herr Kommissar?", begrüßte ihn Thomas wie üblich.

Normalerweise antwortete Brechtl mit „Wie läffd is Gschäffd?", aber heute brummte er nur: „Naa, nix is klar."

„Wossn lous?", erkundigte sich Markus besorgt.

„Ach ... gib mer erschd amol a Seidler."

Nachdem er den ersten Schluck aus der Bierflasche genommen hatte, fing er an zu erzählen.

Brechtl machte sich nicht viel aus der Geheimhaltungspflicht. Zumindest nicht gegenüber seinen Freunden, und schon gar nicht, wenn die Sache sowieso geklärt war.

„Die ald Schwemmeri, des woar a Bekannde vo meiner Mudder. Des hads mer scho derzälld, dass die umbrachd worn is", war Thomas' Kommentar dazu.

„Und die Junge, wos woar des fier anne?", interessierte sich Markus.

„A hübsche Brasilianerin. Medizinschdudendin. Schood drum."

Brechtls Magen knurrte und erinnerte ihn daran, dass er gar nichts zu Abend gegessen hatte.

„Sooch amol, Domas, hasd du ircherdwos zum Essn dou?"

„A Schdiggerler Abflkoung häddi no. Der is vo meiner Frau. Schdäid drom im Lodn af am Babberdeggldellerler. A Gobl mäisd a doddn lieng, obber die hobbi scho ogschnulld. Mousd ders hald abschbüln."

Brechtl ging die Treppe hoch und fand den Apfelkuchen auf dem Pappteller. Der hintere Kuchenrand fehlte.

„Des werri aa nie verschdäi, dass du in Koung immer vo der falschn Seidn aus issd", schüttelte Brechtl den Kopf, als er wieder im Keller war.

„Ich heb mer hald is Besde zum Schluss af. Obber des hobbi nimmer gschaffd."

„Und dei Zigareddn zündsd dann aa am Filder o, odder wos?", witzelte Markus.

„Mir solls rechd sei", meinte Brechtl und ließ sich den Kuchen schmecken.

„Wie had ser si na eigndlich umbrachd?", wollte Markus wissen.

„Wissmer nunned. Mir homms nunned gfundn."

„Wie mechersdn du amol schderm?", wandte er sich an Thomas.

„Gsund. Schee ald wern, gsund bleim und ircherdwann eischlofm und nimmer aafwachn."

„Gsund schderm is Scheiße", meinte Brechtl dazu. „Wenni gsund bin, na schdingds mer doch, wenni schderb. Na häddi doch no wos homm kenner vom Lebm. Lieber ‚nach kurzer schwerer Krankheit', wies immer hassd. Dann bisd froh, dass rumm is und die Ongehörichn kenner song: Besser is, dass er ned so lang leidn had missn."

„Und du?", wollte Thomas von Markus wissen.

„Mir is des woschd. Haubdsach, es dauerd nu aweng bis doddhie. Blous bläid mechdi ned wern, wenni ald bin."

„Dou moumer ned ald wern derzou. Ich kenn Leid, die sinn scho bläid affd Weld kummer", winkte Thomas ab.

„Dou kenni aa a boar. Aner dervo is mei neier Schdifd."

Markus war Installateurmeister und erzählte oft von den Missgeschicken seiner Auszubildenden.

„Wassd du ieberhabbds, woher der Ausdruck Schdifd kummd?"

„Naa."

„Mousd amol im Mechanig-Handbouch nochschlong. Dou schdäid als Beschreibung fier ‚Stift': ‚Kopflose Niete'", erklärte Markus. „Und wennsd mein Azubi kennsd, wassd, warum ich Schdifd sooch."

Er hatte noch mehr Anekdoten auf Lager, über die sie herzhaft lachen konnten. So ein Abend im Bastelkeller schaffte es eigentlich immer, Brechtl wieder aufzumuntern. Wie meistens am Dienstag wurde es auch diesmal wieder ziemlich spät, bis er nach Hause kam.

Kapitel 8

Recht unsanft wurde Brechtl vom Klingelton seines Handys geweckt. Verschlafen schaute er auf den Wecker. Dreiviertel acht. Verdammt, warum hatte der nicht geklingelt?

„Brechtl."

„Moin, Kalle", meldete sich Sonja. „Du brauchst gar nicht erst nach Schwabach zu kommen. Fahr gleich nach Lauf an die Pegnitzwiesen. Sie haben sie gefunden."

Brechtl brauchte einen Moment, bevor ihm klar wurde, worum es ging.

„Scheiße. Wo?"

„In der Pegnitz, beim Wenzelschloss. Regine ist schon auf dem Weg, Rainer auch. Ich fahr jetzt gleich los."

„Gut. Ich komm."

Noch einmal schaute Brechtl auf seinen Wecker. Die Weckzeit stand immer noch auf acht Uhr. Mist, er hatte vergessen, sie zurückzustellen. Konnte ein Tag noch schlechter anfangen? Er stapfte ins Bad. Duschen oder Kaffee? Beides machte wach, aber Kaffee ging schneller. Also begnügte er sich mit einer Katzenwäsche, schaltete die Kaffeemaschine ein und zog sich an. Für ein richtiges Frühstück fehlte die Zeit und was er gleich zu sehen bekommen würde, war eh nichts für einen vollen Magen.

Auf dem großen Parkplatz an der Pegnitzwiese blitzten bereits zahllose Blaulichter. Er stellte den Dienstwagen etwas abseits auf einen der wenigen freien Plätze und bahnte sich einen Weg durch die Schaulustigen. Es war erstaunlich, wie viele Leute an einem ganz normalen Mittwochvormittag anscheinend Zeit hatten, sich hier in die Kälte zu stellen, um nichts als ein paar Einsatzfahrzeuge zu sehen. Er war schon fast bei den Feuerwehrautos angekommen, die wie eine Wagenburg im Halbkreis aufgestellt waren, als ihm jemand von hinten auf die Schulter tippte.

„Herr Kommissar Brechtl ..."

Es war der Reporter von der Pegnitz-Zeitung.

„... können Sie schon etwas zur Sache sagen?"

„Lieber Herr ..." Der Name fiel ihm gerade nicht ein.

„Andreas Kirchner."

„Lieber Herr Kirchner", antwortete er mit Blick auf seine Armbanduhr, „es ist Mittwoch, acht Uhr neunzehn, und ich komme gerade erst an. Was soll ich Ihnen denn da schon sagen können?"

„Um wen handelt es sich bei der Leiche?"

Das wusste er also schon.

„Ich kann es Ihnen erst sagen, wenn sie identifiziert ist."

„Sie? Also eine Frau? War es ein Gewaltverbrechen?"

„Sie, die Leiche. Oder er, der Leichnam."

„Aber Sie können bestätigen, dass eine Leiche geborgen wurde."

Er hatte es also doch nicht gewusst. Raffiniert, diese Journalisten.

„Wie wär's denn, Herr Kirchner, wenn Sie mich erst mal meine Arbeit machen lassen? Wenn ich mehr weiß, kann ich Ihnen eventuell auch mehr sagen."

Brechtl drehte sich um und ging einfach weiter, doch der Reporter wich nicht von seiner Seite. Erst am Absperrband wurde er von Kollegen aufgehalten. Er zückte seine Kamera und versuchte zu fotografieren. Allerdings ohne großen Erfolg, denn am Ufer waren bereits Sichtschutzwände aufgebaut worden. Dahinter legten die Taucher gerade ihre Ausrüstung ab. Zwei Sanitäter, ein uniformierter Polizist und ein Feuerwehrmann standen neben der zugedeckten Leiche.

„Brechtl von der Kripo Schwabach. Kann ich mal sehen?"

Einer der Sanitäter hob das Tuch an. Ein grusliger Anblick, nichts für schwache Nerven. Das Gesicht war aufgedunsen und an ein paar Stellen hatten anscheinend Fische bereits angefangen zu knabbern. Trotzdem war eindeutig zu erkennen, dass es sich um Maria Cortez handelte. Brechtl ließ die Leiche wieder zudecken. Sollte sich Regine das genauer anschauen. Er ging zu den beiden Tauchern.

„Guten Morgen."

„Morgen."

„Wo haben Sie sie gefunden?"

„Da vorn, wo sich die Pegnitz um die Schlossinsel herum teilt. Sie hatte sich in den Ästen verfangen."

„Was denken Sie, wie lange lag sie schon im Wasser?"

„Sicher ein paar Tage. Sie haben ja gesehen, wie sie aussieht."

„Haben Sie sonst noch was gefunden?"

„Bis jetzt nicht. Die Kollegen sind noch drin."

„Danke."

Das war ehrlich gemeint. Kein angenehmer Job, bei solchen Wassertemperaturen im Trüben nach einer Leiche oder irgendwelchen Indizien zu fischen. Der Wasserstand der Pegnitz war etwas höher als normal, aber noch weit davon entfernt, den Parkplatz zu überfluten, was nach heftigen Regenfällen durchaus passieren konnte.

Ein paar Minuten später traf der Rest der Mannschaft fast gleichzeitig ein.

„Und?", war das einzige Wort, das Sonja sagte.

Brechtl nickte nur.

Während der Erkennungsdienst damit begann, alle Gegenstände in Augenschein zu nehmen, die der Suchtrupp entlang des Ufers sichergestellt hatte, ging Regine zusammen mit einem bestimmt zwei Meter großen, jungen Mann schnurstracks auf die Leiche zu. Brechtl winkte ihr nur kurz zu – er konnte genauso gut aus einiger Entfernung auf das Ergebnis warten.

Zehn Minuten später lieferte sie eine erste Einschätzung. „Weibliche Leiche, zirka fünfundzwanzig bis dreißig Jahre alt, vollständig bekleidet. Ein paar Hämatome, aber keine Anzeichen für letale Gewalteinwirkung. Vermutliche Todesursache Ertrinken. Aber das ist in dem Zustand schwer zu beurteilen. Todeszeitpunkt irgendwann zwischen Freitag und Sonntag, schätze ich. Ich nehm sie gleich mit nach Erlangen. Welche Ausrede hast du?"

Brechtl war überhaupt nicht zum Scherzen aufgelegt.

„Wenn du tatsächlich Wert darauf legst, dass ich dir dein Labor vollkotze, kann ich mich gerne daneben stellen."

„Hoppla, da ist aber einer mit dem falschen Fuß aufgestanden", bemerkte Regine.

Er konnte sie ja eigentlich recht gut leiden – wenn sie nur nicht diesen ekelhaften Beruf ausüben würde.

„Sei mir nicht böse, aber ich pack das heute nicht. Kannst du mir nicht einfach deinen Bericht zuschicken?"

„Ich glaube, du wärst uns wirklich keine große Hilfe. Stichwort Hilfe: Darf ich dir meinen neuen Assistenten vorstellen? Sunny, kommst du mal!"

Der junge Mann kam eilig angelaufen. Trotz der niedrigen Temperaturen trug er nur eine Bermuda-Short und ein T-Shirt. Auf der Brust stand „Ich bin schizophren.".

„Sunny, das ist Hauptkommissar Brechtl von der Kripo Schwabach und das ist Oberkommissarin Nuschler."

Er reichte den beiden die Hand.

„Sunny", stellte er sich kurz vor. „Eigentlich Dominik Sonneberg, aber alle sagen Sunny zu mir. Brauchen Sie mich oder kann ich wieder zurück? Ist meine erste Wasserleiche."

Er strahlte übers ganze Gesicht, als hätte er gerade bei der Tombola gewonnen.

„Nein, nein. Gehen Sie ruhig", antwortete Brechtl.

Sunny machte auf dem Absatz kehrt und lief zurück. Auf der Rückseite des T-Shirts stand: „Ich auch."

„Der passt ja gut in euren Club", war Brechtls Kommentar.

„Jo. Ich mag ihn", lächelte Regine. „In zwei bis drei Stunden weiß ich mehr. Dann melde ich mich bei dir."

„Danke."

„Kalle, Sonja! Geht amol her!", rief Rainer, der wieder seinen Overall und Handschuhe trug.

In der einen Hand hielt er eine schwarze Windjacke, in der anderen einen Geldbeutel.

„Des had der Suchdrubb a Schdigg flussaufwärds gfundn."

Brechtl griff nach dem Geldbeutel.

„Ned odadschn. Wie ofd sollidern des edz nu song?"

Rainer klappte den Geldbeutel auf. Darin befanden sich außer ein bisschen Bargeld ein ausländischer Pass und ein Studentenausweis, ausgestellt auf Maria Cortez.

„Wo hobdern die genau gfundn?", wollte Brechtl wissen.

„Weider drom, hinderm EWS-Margd, gäid a glaane Fußgängerbriggn iber die Bengerz. Dou woars an an Asd ghängd."

„Kemmer dou hie laffm?"

„Weid is des ned. Und aweng a Bewechung schadder aa nix."

Zusammen mit dem Polizisten, der die Jacke gefunden hatte, gingen sie den Fußweg am Fluss entlang. Auf halber Strecke befand sich auf der anderen Uferseite das Haus, in dem Maria Cortez gewohnt hatte. „Nicht weit" war ein dehnbarer Begriff. Immerhin brauchten sie fast eine Viertelstunde, bis sie an der Stelle ankamen, an der die schmale Holzbrücke über die Pegnitz führte.

„Hier, genau an dem Ast, hat die Jacke gehangen." Der Polizist zeigte auf einen Baum, der direkt am Ufer stand. Der Fluss führte so viel Wasser, dass der Weg, der kurz hinter der Brücke in eine asphaltierte Straße überging, beinahe überschwemmt wurde. Brechtl fiel ein Blatt Papier im Gestrüpp auf.

„Rainer, geh mol her! Dou mer des amol sichersdelln!"

Rainer zog eine Klarsichthülle aus seiner Umhängetasche und steckte das Papier vorsichtig hinein. Es war ziemlich durchweicht, aber man konnte erkennen, dass es mit Schreibmaschine beschrieben war.

„Das könnte eine Seite aus dem Buch von Frau Schwemmer sein", überlegte Sonja.

Brechtl nickte.

„Das ist die Stelle", war er sich sicher. „Hier ist sie ins Wasser gegangen. Furchtbare Vorstellung. Wie kann man sich selbst ertränken? Wie geht das überhaupt?"

„Früher hat man das öfter gehört, aber heutzutage ist das eher unüblich. Vielleicht wollte sie genauso sterben wie ihr Opfer, und das Buch hat sie dabei mitgenommen. Der Rest wird wahrscheinlich die Pegnitz hinuntergetrieben sein", mutmaßte Sonja.

„Des mousd scho wolln", gab Rainer sein Fachwissen zum Besten, „eimfach underdaung nüdsd nix. Du mousd wergli absichdli is Wasser eischnaufm. Dou gheerd scho wos derzou. Die massdn hänger sie an Schdaa rum odder su, dermids glabbd."

„Kann man da noch vernünftige Spuren sichern?" Brechtl betrachtete den schlammigen Boden rund um die Fundstelle.

„Des maani, konnsd vergessn. Des had der Reeng alles fodd gwaschn. Ober die Daucher werri amol herzidiern."

Es dauerte nicht lange und zwei Taucher erschienen am anderen Ufer. Rainer zeigte ihnen die Stelle, an der sie suchen sollten. Einer der beiden ging mit einem Scheinwerfer ins Wasser, während der andere ihn mit einem Seil sicherte. Er ließ sich stromabwärts treiben und verschwand in der dunklen Brühe, sodass man nur noch das Licht der Lampe und gelegentlich ein paar Luftblasen aufsteigen sah. Nach etwa zehn Minuten tauchte er direkt vor Brechtl wieder auf. Er warf ihm ein Seil zu. Brechtl gab sein Bestes, aber was immer an dem Seil hing, war ziemlich schwer. Erst mit Rainers Hilfe konnte er schließlich eine gelbe IKEA-Tüte ans Ufer ziehen. Sie war voll mit Steinen, wie sie hier überall am Ufer herumlagen. Außerdem fanden sie die Überreste einiger Seiten Papier, die sich allerdings fast vollständig aufgelöst hatten. Das Gewicht der Tasche mit Inhalt schätzte Brechtl auf dreißig bis vierzig Kilogramm. Genug jedenfalls, um den Körper von Maria Cortez in die Tiefe zu ziehen.

„Das könnte es gewesen sein. Und wie hat sie es gemacht? Das schwere Ding kann ich ja kaum hochheben."

Brechtl fischte sein Handy aus der Jackentasche, um Regine anzurufen.

„Was gibt's, Kalle?"

„Wo bist du?"

„Schon unterwegs."

„Du hast vorhin was von Hämatomen gesagt. Hatte sie auch eines im Nacken?"

„Am Hals habe ich nichts gesehen. Aber in einer halben Stunde habe ich sie auf dem Tisch, dann kann ich es dir genau sagen."

„Okay, Danke." Brechtl wandte sich wieder an Sonja und Rainer.

„Um den Hals hatte sie die Tasche anscheinend nicht."

„Midnehmer mäimers drodsdem. Des is a boddenziells Beweismiddl."

Zu zweit trugen sie die Tasche zurück zum Parkplatz und verstauten sie dort in Rainers VW-Bus.

Brechtl überlegte die ganze Zeit, wie er die Tasche am Körper befestigt hätte. Einfach festhalten? Nein. Man würde sie bestimmt im Todeskampf loslassen. Brechtl grübelte noch, als der Zeitungsreporter erneut auf ihn zukam.

„Können Sie mir jetzt etwas sagen, Herr Brechtl?"

„Können vielleicht. Aber wollen nicht."

„War es Mord?"

Brechtl winkte nur ab.

„Nun kommen Sie schon. Ich habe Ihnen auch geholfen."

Brechtl schaute ihn fragend an.

„Bei der alten Frau Schwemmer, die im Röthenbach ertrunken ist. Das war doch Mord, oder? Wozu haben Sie die Bilder aus der AWO denn gebraucht? Gegen wen ermitteln Sie? Die beiden Fälle haben doch miteinander zu tun, oder? Sonst wären Sie doch nicht hier. Ist es ein Serientäter?"

„Lieber Herr ... Dings ... ich weiß nicht, was Sie sich da so zusammenreimen oder woher Sie Ihre fragwürdigen Informationen beziehen."

„Ich habe meine Quellen."

„Wie auch immer. Wenn Sie irgendetwas von dem, was Sie da gerade zusammengefaselt haben, in Ihrer Zeitung veröffentlichen, müssen Sie sich ernsthaft fragen lassen, ob das nun noch Qualitätsjournalismus ist oder ob Sie sich nicht besser eine Stelle bei der BILD suchen sollten."

„Herr Brechtl. Zwei Wasserleichen innerhalb einer Woche im Umkreis von fünf Kilometern. Erzählen Sie mir nicht, dass das Zufall ist."

„Ich erzähle Ihnen genau das, was Sie darüber schreiben können. Nämlich nichts. Jeder nicht natürliche Todesfall wird von der Kripo untersucht. Und bevor keine abschließenden Ergebnisse vorliegen, werde ich den Teufel tun und Ihnen irgendetwas in die Feder diktieren."

„O.k. Wir machen einen Deal", schlug der Reporter vor, „Ich schreibe nichts, was ich nicht mit eigenen Augen gesehen habe, dafür bin ich der Erste, den Sie informieren, wenn Sie Beweise haben."

Er streckte Brechtl seine Visitenkarte entgegen.

„Beweise wofür?"

„Für einen Serienmord."

Brechtl setzte ihm den Zeigefinger auf die Brust.

„Wenn ich dieses Wort auch nur andeutungsweise in der Zeitung lese, können Sie sich darauf gefasst machen, dass ich Ihrem Chef die Hölle heiß mache."

Der Reporter überlegte kurz.

„Wie wär's mit ‚Hochwasser fordert zweites Todesopfer'?", schlug er vor.

„Ich sehe, wir verstehn uns." Brechtl nahm die Karte. „Herr Kirchner."

Brechtl machte sich allein auf den Weg nach Schwabach. Unterwegs hielt er schnell bei einem Bäcker und besorgte sich ein kleines Frühstück. Krapfen. Die gingen immer, selbst zwei Stunden nach dem Anblick einer Wasserleiche. Sie waren nicht gut für seinen Bauch, das wusste er. Aber für die Seele. Um keinen Puderzucker auf den Sitzen zu verteilen, lehnte er sich zum Essen an den Kotflügel. Wie alt war sie wohl, sinnierte er. Fünfundzwanzig vielleicht, höchstens dreißig. Sie hätte ihr ganzes Leben noch vor sich gehabt. Er stellte sie sich Samba tanzend auf dem Karneval in Rio vor und als Ärztin im Operationssaal. Familie, Kinder, alles hätte sie noch haben können. Dummes Ding! Er stieg kopfschüttelnd ins Auto und fuhr zur Inspektion. Bis zu seinem Büro kam er allerdings nicht. Der Chef fing ihn direkt vor dem großen Besprechungszimmer ab.

„Da sind Sie ja endlich, Brechtl! Wir warten schon alle auf Sie."

Von dem freundlichen Ton, den er von seinem Seminar mitgebracht hatte, war ja nicht mehr viel übrig geblieben.

Im Besprechungszimmer hatte sich bereits das komplette K1 versammelt, außerdem waren Martin Georgis, Rainer Zettner und Staatsanwalt Hermann anwesend. Alle schauten sie Brechtl erwartungsvoll an, es war mucksmäuschenstill.

„Also", begann er zu improvisieren, „die Beweislage ist noch sehr dünn. Wir haben noch keinen abschließenden Bericht von der Gerichtsmedizin und auch noch nicht die Auswertung aller Spuren. Aber nach der derzeitigen Indizienlage sieht es so aus, als habe Frau Cortez den Totschlag an Frau Schwemmer verübt und sich kurz darauf das Leben genommen. Als Motiv kommt ein Buch in Betracht, dass Frau Schwemmer geschrieben hat und das kurz nach ihrem Tod aus ihrem Zimmer entwendet wurde. Teile davon wurden in der Wohnung von Frau Cortez und am Ort ihres Suizids gefunden." Brechtl erläuterte ihre bisherigen Überlegungen zum möglichen Ablauf. Anschließend wandte er sich an den Chef und an Staatsanwalt Hermann. „Natürlich müssen wir noch alle Einzelheiten aufarbeiten, um einen abschließenden Bericht abliefern zu können."

Hermann ergriff zuerst das Wort.

„Gut. Ich erwarte eine lückenlose Indizienkette oder handfeste Beweise. Gibt es irgendetwas, was gegen diese Theorie spricht?"

Er schaute in die Runde, niemand meldete sich.

„Ich höre von Ihnen. Zeitnah", verabschiedete er sich.

Zeitnah. Auch eines der Wörter, die Brechtl nicht leiden konnte. Aber typisch für den Staatsanwalt.

„Hätten wir den Selbstmord nicht verhindern können?“

Der Chef sprach aus, worüber sich Brechtl schon die ganze Zeit Gedanken gemacht hatte. Am Freitag hatte Maria Cortez noch gelebt. Aber da waren sie mit den Ermittlungen noch lange nicht so weit gewesen, um sie als Verdächtige festzunehmen, und jetzt war es zu spät. Es blieb ihnen nichts mehr übrig, als den genauen Ablauf der Tat mit Beweismaterial zu untermauern. Davon hatten sie mehr als genug.

Direkt nach der Besprechung kam Martin auf ihn zu. Er hatte herausgefunden, wer sich hinter ‚bigbrother2014‘ verbarg, und zusammen mit Manne recherchiert, welchen Hintergrund der vermeintliche Drohbrief hatte. Der Verfasser, ein gewisser Bernhard von Lindenbach, betrieb eine Galerie in Nürnberg. Bereits sein Vater war Kunsthändler und seine Mutter hatte, nach dessen Tod, der Stiftung von Doktor Cornelius die Villa in Rückersdorf überschrieben. Darüber war von Lindenbach offensichtlich nicht besonders erfreut, denn er hatte nichts Besseres zu tun, als Cornelius ständig hinterher zu schnüffeln. Bei den Bildern aus der E-Mail handelte es sich ausnahmslos um Standbilder aus Videoaufzeichnungen. Martin hatte auch ein Foto des Mannes im Internet gefunden und es gleich für Brechtl ausgedruckt. Offenbar eine Werbung für seine Galerie, denn auf dem Foto stand von Lindenbach mit Anzug und Krawatte vor einigen Bildern, bei denen es sich wohl um Kunst handeln musste. Ein hageres Männchen um die sechzig mit hoher Stirn und großen Tränensäcken, das aussah wie der dünne Bruder von Hans-Dietrich Genscher. Jedenfalls niemand, von dem er eine Morddrohung ernst nehmen würde. Brechtl nahm den Ausdruck mit in sein Büro, setzte sich an seinen Schreibtisch und starrte die Pinnwand an.

„Kaffee?" Sonja kam wie gerufen.

„Unbedingt!"

Sie kochte zwei Tassen Kaffee und setzte sich neben ihn.

„Wie weiter?"

„Wir brauchen erst einmal die Bestätigung von Regine. Dann müssen wir die Angehörigen in Brasilien ausfindig machen."

„Da ist Manne schon dran."

„Gut. Und ich will noch mal zu dem Professor."

„Mhm."

„Was meinst du – war die Geschichte wirklich so?"

„Was spricht dagegen?"

„Ach, ich hab mich mit einem Zeitungsreporter unterhalten. Der meint, wir könnten es mit einem Serienmörder zu tun haben."

„Woher weiß der, dass es bei Frau Schwemmer Mord war?"

„Vermutlich kennt seine Oma meine Mutter ..."

Sonja verdrehte die Augen.

„... Er hat seine Quellen, hat er gesagt. Also, was denkst du?"

„Halte ich für unwahrscheinlich. Unterschiedliche Opfertypen, die eine alt, die andere jung. Dann die Sache mit dem Einbruch und der Abschiedsbrief. Das würde doch alles keinen Sinn ergeben. Für die Zeitung wär's natürlich toll."

Es war auch wirklich zu weit hergeholt. Serientäter hatten normalerweise ganz andere Motive. Sie suchten ihre Opfer zufällig aus. Die meisten waren psychisch krank, empfanden eine Art sexueller Befriedigung beim Töten oder vergingen sich vorher oder nachher an ihren Opfern. Oder sie ergötzten sich am Anblick der Leichen.

Wer wollte so was schon sehen? Sunny, der Assistent von Regine, fiel ihm ein. Der hatte ja schon auf dem T-Shirt stehen, dass er schizophren war. Nein. Sonja hatte recht. Alle Umstände der Taten passten einfach nicht dazu. Warum sollte sich ein Serientäter ausgerechnet zwei Frauen aussuchen, die miteinander in Verbindung standen.

Brechtls Handy klingelte. Es war die Optikerin, die ihm mitteilte, dass seine Lesebrille fertig war.

„Sehr schön, dann komm ich heute noch vorbei. Wie lange haben Sie offen?"

„Bis achtzehn Uhr."

„Ja, das schaff ich. Bis später."

„Wer war das?", fragte Sonja.

„Ach, ich hab mir was bestellt. Das muss ich nach Feierabend abholen."

„Da fällt mir was ein."

„Was?"

„Ich hab gestern schon den ganzen Tag versucht, meine Schwester zu erreichen. Aber sie geht einfach nicht ran."

Sie tippte auf ihrem Smartphone herum und wartete ab, bis sich die Mailbox meldete.

„Hi, ich bin's, Sonja. Kannst du mich bitte zurückrufen?"

„Was brauchst du denn von ihr?", erkundigte sich Brechtl.

„Wegen Freitag. Wenn der Kammerjäger kommt."

„Ach ja, hab ich ganz vergessen. Also …", Brechtl raffte sich auf und ging zur Pinnwand, „... was haben wir an Beweisen und was brauchen wir noch? Der Reihe nach: Was wissen wir über Maria Cortez und ihr Motiv?"

„Macht auch Manne."

„Gut. War sie zur Tatzeit am Tatort? Gibt es dafür Zeugen?"

„Da müssten wir die Leute fragen, die in der AWO

waren. Auf jeden Fall hat sie ja von dort den Schirm mitgenommen."

Brechtl nahm einen Filzstift und schrieb Stichpunkte an den Rand der Pinnwand.

„War der Schirm sicher die Tatwaffe?"

„Liest du keine E-Mails?"

„Warum?"

„Der Rainer hat uns doch geschrieben, dass seine Versuche ergeben haben, dass der Regenschirm mit höchster Wahrscheinlichkeit die Tatwaffe war. Die kleinen Hämatome auf der Stirn stammen von den Ösen am Ende der Kiele und der Abstand zur Fraktur passt genau. Also praktisch kein Zweifel."

„Muss ich irgendwie übersehen haben." Tatsächlich hatte er die letzten beiden Tage überhaupt nicht in sein Postfach geschaut. „Weiter: Sind Spuren von Maria Cortez auf dem Schirm?"

„Haben wir noch nicht. Ist aber wahrscheinlich nicht nachweisbar."

Brechtl setzte Klammern um den Stichpunkt „Spuren am Schirm".

„Die Schlüssel fürs Altenheim fehlen, also nehme ich mal an, sie hat sie mitgenommen. Wo könnten sie sein?"

„Vielleicht in ihrer Wohnung. Dann haben sie die Jungs vom ED sicher eingepackt."

„Nachschaun." Er schrieb den nächsten Punkt auf. „Sie bricht im Altenheim die Truhe auf und nimmt alles mit."

„Den Beweis haben wir. Zumindest teilweise."

Endlich mal ein Haken neben einem Stichpunkt.

„Wann beschließt sie, sich umzubringen?"

„Noch vor Freitagmittag jedenfalls. Sie hat ja ihr Kaninchen noch ins Tierheim gebracht."

„Sie verfasst den Brief und irgendwann nach dreiundzwanzig Uhr geht sie zur Pegnitz hinunter."

„Woher weißt du das so genau?"

„Als die Heute-Show lief, war sie ja noch in der Wohnung. Und sie hatte Besuch."

„Wen?"

Brechtl schrieb in großen Lettern „BESUCH" auf die Pinnwand.

„Das genau ist die Frage. Wer hat sie besucht?"

„Die zwei Gläser auf dem Tisch. Da finden wir sicher DNA."

„Gute Idee. Wie weit ist der Rainer eigentlich damit?"

„Keine Ahnung."

Er tippte Rainers Nummer in sein Telefon.

„Zeddner."

„Rainer, servus. Sooch amol, wie weid seidern eigndlich mid der Wohnung in Laff?"

„Na, du bisd mer ja a Herzler. Maansd du, mir homm goar nix anders zum dou? Jedn Dooch derfi naus foarn weecher dir und der Werner nervd mi aa nu mid seine Einbrich."

„Ich will ja eigndlich bloß zwaa Sachn vo dir wissn. Hobd ihr in derer Laffer Wohnung Schlüssl sichergschdelld?"

„Ganz an Haffm. Konnsd alle homm, wennsders willsd."

„Und die zwaa Gläser vom Wohnzimmerdisch, dou breicherdi die DNA."

„Na kummsd runder und sugsders selber aus der Kisdn raus."

„Ja, machi. Ich kumm glei."

Brechtl legte auf.

„Ist ein bisschen im Stress, der Gute. Also – weiter. Der Besuch ist weg. Sie nimmt das Buch und geht runter an die Pegnitz. Dabei verliert sie ein paar Blätter. Aber wie bringt sie sich um? Irgendwie muss sie die Tasche mit den Steinen doch an sich befestigt haben."

„Da würd ich mal Regine fragen. Vielleicht hat sie was herausgefunden."

„Hmm. Haben wir was vergessen?"

„Was ist mit dem Flugticket? Warum bucht sie einen Flug, wenn sie sich umbringen will?"

„Ich denk mal, den hat sie schon viel früher gebucht. Andersrum gefragt: Warum bringt sie sich um und fliegt nicht einfach nach Brasilien?"

Sonja überlegte eine ganze Zeit lang.

„Ich glaube, sie wollte fliegen. Deshalb hat sie das Kaninchen weggebracht. Und erst nach dem Besuch hat sie beschlossen, sich umzubringen."

„Ein Zeuge", murmelte Brechtl vor sich hin.

„Was?"

„Ein Zeuge. Was ist, wenn ihr Besucher Zeuge des Mordes war und sie damit konfrontiert hat. Oder sogar erpresst. Sie sieht keinen Ausweg mehr und beschließt, sich umzubringen."

„Klingt plausibel. Auf jeden Fall müssen wir diesen Besucher finden."

„Ich hol mal seine DNA aus dem Keller."

Er musste vier große Kunststoffboxen, vollgestopft mit Asservatentüten, durchsuchen, bis er endlich die zwei Gläser und die Schlüssel gefunden hatte. Es waren wirklich jede Menge Schlüssel. Zwei moderne Bohrmuldenschlüssel hingen an einem Mäppchen aus schwarzem Kunstkrokodilleder. Das mussten sie sein. Erfahrungsgemäß konnte man an einem Schlüssel keine brauchbaren Fingerabdrücke sicherstellen. Deshalb sicherte Rainer eventuell vorhandene DNA mithilfe eines Tupfers, den er danach wieder in das dazugehörige Kunststoffröhrchen steckte. Brechtl verstaute alles in einem Karton und ging damit zurück ins Büro.

„Wie sieht's aus – fahrn wir gleich nach Erlangen?"

Sonja hatte ihre Jacke schon an. Auf dem Weg nach

draußen machten sie noch kurz im Büro von Manne und Jan Halt.

„Jungs, die Sonja und ich fahren noch mal nach Erlangen. Um drei machen wir eine Lagebesprechung bei mir im Büro. Ohne Chef."

„Jou. Besser ist das!", antwortete Jan in seiner friesischen Art und Manne nickte zustimmend.

In Erlangen angekommen führte sie ihr erster Weg zu Regine ins Gerichtsmedizinische Institut.

„Kommst ja doch noch. Du hast aber das Beste schon verpasst. Ich wollte gerade mit meinem Bericht anfangen."

„Zu schade", witzelte Brechtl, „ich wär so gern dabei gewesen."

Regine führte die Kommissare in ihr Büro. Es war vermutlich das einzige Zimmer in diesem Haus, das lebendig und freundlich wirkte. Überall standen Pflanzen und an den Wänden hingen Urlaubsfotos. Nur die Uhr im Regal wirkte etwas befremdlich. Ein menschlicher Schädel – allerdings aus Plastik, so hoffte Brechtl jedenfalls –, in dessen Augenhöhlen Stunde und Minute mit roten Leuchtziffern angezeigt wurden. Auf dem Sockel stand „Die Zeit läuft!".

„Wollt ihr was Bestimmtes wissen?", erkundigte sich Regine.

„Ja, aber fang du erst mal an."

„Gut. Also, es handelt sich mit höchster Wahrscheinlichkeit um Maria Cortez. Das hat der DNA-Abgleich mit Hygieneartikeln aus ihrer Wohnung ergeben ..."

Brechtl wollte erst gar nicht wissen, um welche Hygieneartikel es sich dabei handelte.

„... Die Leiche lag ungefähr fünf Tage im Wasser, wie wir anhand des Verwesungszustandes und entomologischer Untersuchungen feststellen konnten. Blutegel und Köcherfliegenlarven bieten da wertvolle Hinweise ..."

Die Bilder, die sich in seinen Kopf drängten, versuchte Brechtl mit dem Gedanken an Hundewelpen zu übermalen.

„Todeszeitpunkt war also Freitag oder Samstag, Todesursache eindeutig Ertrinken."

Ihre erste Prognose hatte sich zu hundert Prozent bestätigt.

„Was wollt ihr sonst noch wissen?"

„Wir vermuten, dass Frau Cortez eine Tüte voller Steine als Gewicht an ihrem Körper befestigt hat, um unterzugehen. Hast du da irgendwelche Anhaltspunkte?"

„Eine Tüte?"

„Ja, so eine stabile Tasche von der IKEA. Mit mindestens einem halben Zentner Steinen drin."

Regine dachte eine Zeit lang nach.

„Ja, das könnte sein. Moment."

Sie klickte auf ihrer Maus herum und drehte dann den Bildschirm ein Stück. Auf einem Foto war der Oberkörper der Frau zu sehen. An der Hüfte befanden sich auf beiden Seiten Hämatome. Brechtl hatte weiß Gott schon schönere Bilder von weiblichen Oberkörpern gesehen. Auch hier hatten sich schon die Fische bedient. Er merkte, wie sich sein Magen spürbar zusammenzog.

„Auf dem Rücken sieht man es noch deutlicher." Sie klickte die Fotos durch. Brechtl schaute weg.

„Erzähl's mir einfach. Ich muss es nicht sehen."

„Auf dem Rücken befindet sich auch ein etwa vier Zentimeter breites Hämatom. Es passt zu dem Gürtel, den wir an der Leiche gefunden haben. Die Schnalle war kaputt. Jetzt ergibt das alles einen Sinn. Ich vermute, die Tasche war am Gürtel befestigt, deshalb hat er so eingeschnitten. Irgendwann hat die Schnalle aufgegeben, der Körper ist aufgestiegen und von der Strömung dorthin getrieben worden, wo ihr ihn gefunden habt."

„Es ist also sicher, dass es Selbstmord war?", fragte Brechtl noch einmal nach.

„Ausschließen kann ich nichts, aber ich kann mir nicht vorstellen, dass sich jemand einen Sack voll Steine um den Bauch binden und sich dann ins Wasser werfen lässt. Zumindest nicht, ohne sich zu wehren. Aber Kampf- oder Fesselspuren haben wir nicht gefunden. Auch keinen Alkohol oder Drogen im Blut. Nur die üblichen Verletzungen, die entstehen, wenn der Körper immer wieder hängen bleibt."

„Na gut. Ich hab noch was für dich." Er überreichte ihr den Karton mit den Asservaten. „Kannst du mir von den beiden Gläsern einen DNA-Abstrich machen? Einer davon dürfte zu Frau Cortez passen. Der andere ist interessanter für mich. Und das ist die DNA von einem Schlüssel, vermutlich auch Cortez."

Er drückte ihr die Sachen in die Hand.

„Das kann der Sunny machen. Ich schreib inzwischen deinen Bericht fertig."

„Danke."

Brechtl war froh, als er wieder im Freien war. Die paar Meter zur Medizinischen Fakultät lief er gerne zu Fuß. Außerdem brauchte er so keinen neuen Parkplatz zu suchen.

„Passt alles wie die Faust aufs Auge", stellte Sonja unterwegs fest.

„Trotzdem will ich wissen, wer da zu Besuch war."

Kapitel 9

Professor Fuhrmeister war fassungslos, als er vom Freitod seiner Doktorandin erfuhr.

„Ich kann das nicht glauben. Sie war jung, gesund, immer gut gelaunt und zum Scherzen aufgelegt. Und sie war eine unglaublich begabte Medizinerin. Ich kann mir das beim besten Willen nicht vorstellen. Und schon gar nicht, dass sie einen Mord begangen haben soll. Als Ärztin. Sie hatte nie etwas anderes im Sinn, als Menschen zu helfen. Ich möchte Ihre Ermittlungen nicht in Zweifel ziehen, aber das ... Ich glaube es einfach nicht."

Brechtl zeigte ihm eine Kopie des Abschiedsbriefes.

„Ist das die Handschrift von Frau Cortez?"

Der Professor las den Brief kopfschüttelnd durch.

„Das kann ich Ihnen nicht sagen. Aber Herr Hinterstätter bestimmt."

„Wie weit sind Sie mit dem Buch von Frau Schwemmer?"

„Die Zusammenfassung bietet nicht viel Neues. Das ist mehr oder weniger das, was man in Wikipedia auch nachlesen kann. Aber die Gliederung ist sehr vielversprechend. Ich würde das Buch kaufen."

„Genügt das für eine Promotion?"

„Natürlich nicht in dieser Form, aber wenn der Inhalt mit Testergebnissen und Statistiken hinterlegt wird, auf jeden Fall."

Brechtl nickte.

„Können wir dann vielleicht noch einmal mit Herrn Hinterstätter sprechen?"

„Sicher." Fuhrmeister griff zum Telefon und wenige Minuten später kam der junge Mann durch die Tür.

„Grüß Gott, Herr Hinterstätter. Können Sie sich bitte einmal diesen Brief ansehen und mir sagen, ob das die Handschrift von Frau Cortez ist?"

„Ja, das ist sie", stammelte er, nachdem er den Brief gelesen hatte, „aber was heißt das? Ist sie ... ich meine ... hat sie sich umgebracht?"

„Sie ist tot, ja", bestätigte Brechtl.

„Oh Gott", Hinterstätter hielt sich die Hände vor den Mund. „Und stimmt das, hat sie wirklich Frau Schwemmer ...?"

„Wir sind noch bei den Ermittlungen. Kann ich Ihnen ein paar Fragen stellen? Wann haben Sie sie das letzte Mal gesehen?"

Hinterstätter setzte sich auf einen Stuhl. Er brauchte einen Moment, bis er antwortete.

„Am Freitag. Ich war Freitagabend bei ihr. Sie wollte doch am Montag nach Brasilien fliegen und da haben wir noch Abschied gefeiert."

„Haben Sie etwas getrunken?"

„Alkohol meinen Sie? Nein. Maria hat keinen Alkohol getrunken. Sie hatte auch nie welchen zu Hause."

„Und andere Getränke?"

„Ich hab Cola getrunken, glaub ich."

„Wo?"

„Wir waren im Wohnzimmer."

„Können wir bitte einen DNA-Abstrich von Ihnen machen?"

„Weshalb?"

„Wir haben die leeren Gläser in der Wohnung gefunden. Nur um sicherzugehen, dass das Glas von Ihnen benutzt wurde."

„Wenn's sein muss."

Sonja holte ein Wattestäbchen aus ihrer Handtasche und machte einen Abstrich.

„Waren Sie alleine mit Frau Cortez?"

„Ja."

„Hat sie später noch jemanden erwartet?"

„Nein. Nicht, dass ich wüsste."

„Wie würden Sie den Gemütszustand von Frau Cortez an diesem Freitagabend beschreiben?"

„Wenn Sie mich so fragen ... sie war irgendwie nervös, nicht so lustig wie sonst. Aber es war ja auch ein Abschied für längere Zeit und eine weite Reise. Sie war ein bisschen durch den Wind."

„Wann sind Sie gegangen?"

„Um halb zwölf ungefähr."

„Und welchen Eindruck hat sie da auf Sie gemacht."

„Sie sagte, sie sei müde und wolle gleich ins Bett, weil sie am Wochenende ihre Siebensachen packen müsste."

Brechtl fiel noch etwas ein.

„Stand ein Laptop im Wohnzimmer auf dem Sekretär?"

„Das kann ich Ihnen jetzt nicht sagen. Aber sie hatte einen, auf jeden Fall."

„Haben Sie hier am Institut eine Datensicherung?"

Der Professor beantwortete Brechtls Frage.

„Ja sicher. Wir haben einen extra Server für die Studenten, auf dem jeder sein Laufwerk hat. Einen Moment ..."

Er tippte auf seiner Tastatur herum und schaute dann ungläubig auf den Bildschirm.

„Es ist leer. Das Verzeichnis von Frau Cortez ist komplett gelöscht."

„Wer hat darauf Zugriff?"

„Die Studentenverzeichnisse sind nicht besonders geschützt. Die Betreuer können darauf zugreifen, auch die anderen Studenten. Ich auch. Das ist wichtig, weil viele von ihnen ja nur tageweise da sind und die Kollegen oft irgendwelche Daten brauchen."

„Der Laptop von Frau Cortez war nicht in ihrer Wohnung. Kann es sein, dass er hier irgendwo ist? Können wir mal ihren Arbeitsplatz sehen?"

„Selbstverständlich. Herr Hinterstätter, führen Sie Herrn Brechtl und Frau Nuschler doch bitte ins Labor."

Die Labore und Büros der studentischen Hilfskräfte und Doktoranden befanden sich ein Stockwerk tiefer.

„Normalerweise sieht es hier nicht so ordentlich aus, aber sie hat erst letzte Woche aufgeräumt, bevor sie nach Brasilien wollte."

Er zeigte auf den Schreibtisch von Frau Cortez. Von einem Laptop war nichts zu sehen.

„Und das Labor?", fragte Brechtl.

„Bitte."

Nur zwei Türen weiter befand sich ein großer Raum, in dem ein halbes Dutzend Studenten an improvisierten Versuchsaufbauten herumbastelten, müde an ihren PCs saßen oder in Mikroskope starrten. Es sah ganz und gar nicht aus wie die Labore in der Zahnpastawerbung. Hinterstätter deutete auf ein Gerät, in dem einige Reagenzgläser steckten und das an einen PC angeschlossen war.

„Hier hat Maria hauptsächlich gearbeitet."

„Was ist das?"

„Ein GCMS."

„Ein was?"

„Ein Gaschromatograph mit Massenspektrometer."

„Wozu braucht man das?"

„Um die Inhaltsstoffe eines Stoffgemisches zu ermitteln. Ganz grob gesagt schüttet man vorne etwas rein und am Ende wird angezeigt, woraus sich das Gemisch zusammensetzt."

„Was wird da analysiert?"

„Medikamente, Blutproben oder Urinproben zum Beispiel."

„Und Frau Cortez brauchte das Gerät für ihre Forschungen?"

„Ja. Sie hat untersucht, wie sich die Inhaltsstoffe von Medikamenten im Körper verteilen. Was davon geht ins Blut, was wird wieder ausgeschieden und so weiter."

„Kennen Sie sich mit dem Gerät aus?"

„Ja, sicher. Ich arbeite auch öfter damit. Aber meistens bin ich am HPLC und am ToF-SIMS."

„Aha." Brechtl verstand nur Bahnhof. „Was genau machen Sie hier?"

„Ich analysiere Medikamente und prüfe die Dosierung der Wirkstoffe. Das ist praktisch die erste Phase, bevor ein neues Medikament in die Produktion geht."

„Die Analyseergebnisse, wo werden die gespeichert?", wollte Sonja wissen.

„Normalerweise ziehen wir sie auf einen USB-Stick und dann speichern wir die Daten auf unseren Laptops."

„Aber hier ist der Laptop von Frau Cortez auch nicht. Oder sehen Sie ihn irgendwo?"

„Man erkennt ihn ganz leicht. Er hat eine brasilianische Flagge auf dem Deckel. Ich schau mich mal um."

Hinterstätter verschwand zwischen den Reihen der Tische und Gerätschaften.

Währenddessen fiel Brechtls Blick auf eine Gasflasche, an der ein Notizzettel klebte.

Hi Peter,
ich habe die Argonflasche gewechselt, war fast leer.
Das war die Letzte aus dem Lager.
Bitte bestell was nach. Danke!
Liebe Grüße
Maria

Es war eindeutig die selbe markante Schrift mit den hohen, schmalen Buchstaben wie auf dem Abschiedsbrief. Brechtl zeigte den Zettel Sonja, die ihn kurzerhand in eine Asservatentüte packte und einsteckte.

„Also hier finde ich ihn nicht", bedauerte Hinterstätter, als er wieder zu ihnen zurückkam.

„Na gut. Ich danke Ihnen für Ihre Hilfe."

„Keine Ursache. Wenn ich sonst noch was ...", er brach

mitten im Satz ab und starrte auf einen weißen Kittel, der an einem Haken an der Wand hing. Darauf war das Namensschild „Maria Cortez“ aufgenäht. „... Sie hat sich wirklich umgebracht?“

„Davon gehen wir aus.“

Hinterstätter schüttelte den Kopf. Dann führte er Brechtl und Sonja schweigend wieder zurück. „Vielen Dank einstweilen“, bedankte sich Brechtl bei Fuhrmeister. „Wir melden uns, wenn wir noch weitere Informationen brauchen.“

„Ich bitte darum. Ich habe neben Medizin auch Psychologie studiert. Und ich sage Ihnen: Frau Cortez war keine Suizidkandidatin.“ Der Professor war nach wie vor nicht überzeugt.

„Wir können leider nicht in die Menschen hineinschauen, Herr Professor. Das würde vieles einfacher machen. Vor allem in meinem Beruf.“

„Wo ist der Laptop, denkst du?“, überlegte Sonja auf dem Weg zurück zur Gerichtsmedizin.

„Irgendwo in der Pegnitz vermutlich. Und wenn er da seit Freitag liegt, wird nicht mehr viel zu retten sein, befürchte ich.“

Sonja lieferte die Speichelprobe von Hinterstätter gleich bei Regine ab und bat sie, diese mit der DNA auf den Gläsern zu vergleichen.

„Und weißt du, was wir jetzt machen?“, fragte sie Brechtl, als die beiden wieder im Auto saßen.

„Was?“

„Wir fahren nach Röthenbach und probieren die Schlüssel aus.“

Sie hielt ihm den Schlüsselbund vor die Nase und klapperte damit herum.

„Muss das sein? Ich hab keine Lust, auf Frau Kühnert zu treffen.“

„Ja, das muss sein", bestimmte Sonja. „Es ist ein wichtiges Indiz."

„Also gut, von mir aus", gab sich Brechtl geschlagen und fuhr los.

Tatsächlich passte einer der beiden Schlüssel am Haupteingang des Altenheims, der andere an Frau Schwemmers Zimmertür.

„So. Jetzt wissen wir das auch. Können wir gehen?"

„Noch nicht ganz, Kalle. Wir besuchen jetzt noch Frau Kühnert."

„Ach Sonja. Komm schon – wir haben doch echt genug zu tun. In einer Stunde ist Lagebesprechung."

„Das ist genug Zeit ... Entschuldigung!", rief sie einer Angestellten des Heims zu. „Können Sie mir sagen, wo ich Frau Kühnert finde?"

„Zweiter Stock, Zimmer zweihundertvier."

„Danke!" Sie wandte sich wieder an Brechtl: „Auf geht's!"

Widerwillig folgte er ihr in den zweiten Stock. Sonja klopfte schnurstracks an die Tür von Zimmer zweihundertvier.

„Herein!"

„Na los!", flüsterte sie und gab Brechtl einen kleinen Schups.

Frau Kühnert saß in einem Sessel vor dem Fernseher und schaute eine dieser unglaublich realistischen Gerichtssendungen. Sie schaltete sofort aus, als die beiden das Zimmer betraten.

„Grüß Gott, Frau Kühnert."

„Ach, der Herr Kommissar. Haben Sie es sich doch anders überlegt? Wollen Sie mich nicht vorstellen?"

„Frau Kühnert, das ist meine Kollegin Sonja Nuschler. Sonja – Frau Kühnert."

„Angenehm." Frau Kühnert reichte Sonja die Hand.

Dann verschränkte sie die Arme und schaute Brechtl erwartungsvoll an.

„Ja, also", begann er vorsichtig, „es tut mir leid, wenn ich am Telefon etwas gereizt reagiert habe. Aber es ist nun einmal gesetzlich geregelt, dass die Polizei für die Aufklärung von Verbrechen zuständig ist ..."

„Dann frage ich mich, warum sie das nicht tut", unterbrach sie ihn.

Brechtl wollte etwas erwidern, kam aber nicht dazu.

„Über achtzig Prozent der Mörder kommen aus dem persönlichen Umfeld des Opfers. Und das befindet sich genau hier. Ein Raubmord in unserem Haus. Jede von uns könnte die Nächste sein, aber kein einziger Heimbewohner ist je von der Polizei befragt worden. Jetzt, nach einer Woche, tauchen Sie hier auf. Und warum?"

Wieder wollte Brechtl zu einer Antwort ansetzen, aber sie ließ ihn nicht zu Wort kommen.

„Weil Sie immer noch nicht weitergekommen sind. Ich habe hier die ganze Arbeit für Sie erledigt."

Sie zog eine Schublade ihres Nachtkästchens auf und holte einen Stapel Papier heraus.

„Vierzig Zeugenaussagen habe ich hier. Und wie viele haben Sie?"

Brechtl blickte hilfesuchend zu Sonja, die sich das Grinsen kaum verkneifen konnte, aber demonstrativ schwieg.

„Wir ..."

Es war sinnlos. Frau Kühnert war in ihrem Redeschwall nicht zu bremsen.

„Sie sind noch nicht einmal selber darauf gekommen, dass es sich um einen Raubmord handelt. Sie haben das Zimmer versiegelt und sonst nichts. Keine Überwachungskameras, kein Polizeischutz für die Heimbewohner, nichts. Und dann wollen Sie mir vorschreiben, dass ich mich nicht darum kümmern soll?"

Jetzt platzte Brechtl der Kragen.

„Wir sind hier nicht in einem Ihrer Krimis, Frau Kühnert. Es geht einfach nicht, dass Sie hier herumlaufen wie Miss Marple und ihre Mitbewohner belästigen. Sie werden das unterlassen, und zwar ab sofort."

„Ach ja? Und wenn nicht, wollen Sie mich dann verhaften?"

Endlich mischte sich Sonja ein.

„So kommen wir doch nicht weiter. Kalle, wärst du so nett und wartest mal kurz draußen, damit ich mich mit Frau Kühnert unterhalten kann?"

Jetzt fiel sie ihm auch noch in den Rücken. Tolle Kollegin. Aber ihr Blick überzeugte Brechtl, dass es klüger war, die Situation nicht weiter eskalieren zu lassen. Also drehte er sich um und verließ grußlos das Zimmer. Er wollte gerade das Ohr an die Tür halten, um zu lauschen, als er am Ende des Flurs eine alte Frau auf sich zukommen sah. In der rechten Hand hielt sie eine Krücke, auf der linken Seite wurde sie von einem Pfleger gestützt.

„Grüß Gott!", grüßte der junge Mann. „Kann ich Ihnen helfen?"

„Nein, nein. Ich warte nur auf jemand", gab Brechtl freundlich zurück und machte Platz.

Noch nie hatte er jemanden gesehen, der sich so unendlich langsam fortbewegte wie diese alte Frau. Mit einer Engelsgeduld tappte der Pfleger nebenher und ermunterte sie: „Na, das geht ja schon richtig flott heute, prima! Bis zu den Stühlen noch, dann machen wir eine Pause."

Als sie bei Brechtl angekommen waren, blieb die Frau stehen und schaute ihn an.

„Klausi?"

„Nein, das ist nicht der Klausi. Der Klausi kommt nicht mehr", erklärte der Pfleger liebevoll.

Sie musterte Brechtl von oben bis unten, dann blickte

sie enttäuscht zu Boden und konzentrierte sich wieder auf ihre Tippelschritte. Der Pfleger entschuldigte sich mit einem kurzen Schulterzucken. Brechtl lächelte verständnisvoll, obwohl ihm gar nicht zum Lächeln zumute war. Gedankenversunken schaute er den beiden hinterher. Wie lange würde es noch dauern, bis er selbst in dieser Lage war, und wer würde ihn dann besuchen? Markus und Thomas vielleicht? Die waren ja noch älter als er selbst!

Die Tür von Frau Kühnerts Zimmer öffnete sich.

„Auf Wiedersehn, Frau Kühnert und vielen Dank. Frau Mildner bringt Ihnen dann das Foto, wie ausgemacht."

Sonja winkte noch einmal freundlich in das Zimmer, bevor sie die Tür hinter sich schloss. In der Hand hielt sie den Stapel „Zeugenaussagen".

„Du lernst es auch nicht mehr", meinte sie vorwurfsvoll und ging den Flur entlang.

„Können Sie mir sagen, wo ich Frau Mildner finde?", fragte sie den Pfleger.

„In ihrem Büro, nehme ich an."

„Danke!"

„Klausi?", fragte die alte Frau.

Brechtl lief Sonja hinterher.

„Was hast du mit ihr ausgemacht?"

„Ich hab mich bedankt und ihr was zu tun gegeben."

„Was zu tun? Was?"

„Ich schicke Frau Mildner das Foto von Maria Cortez und Frau Kühnert fragt die Besucher von dem Seniorennachmittag, ob sie diese Frau dort gesehen haben."

„Sag mal, spinnst du?"

„Willst du es selber machen? Na, da wünsch ich viel Spaß bei deinem Einfühlungsvermögen."

„Die kann doch nicht ..."

„Warum nicht? Wenn sie eine vernünftige Aussage bekommt, gehen wir hin und befragen den Zeugen noch mal. Sie macht sozusagen das Casting."

Brechtl blies die Backen auf.

„Ich lass mir doch von so einer nicht meine Arbeit madig machen."

„Das ist genau dein Problem, Kalle. Sie nimmt dich nicht ernst, weil du sie nicht ernst nimmst. Ich mach das jetzt mit Frau Mildner aus."

Schon war sie im Büro der Heimleiterin verschwunden. Brechtl nutzte die fünf Minuten, um seinen Blutdruck wieder auf Normalwert zu senken. Gut, wenn sie meinte – aber wenn was schiefgehen sollte, würde er nicht den Kopf dafür hinhalten.

„Was hat sie da eigentlich alles aufgeschrieben?", wollte er von Sonja wissen, als sie wieder im Büro waren. Sie drückte ihm den Papierstapel in die Hand. Auf der ersten Seite waren die Fragen vermerkt, die Frau Kühnert offenbar allen mutmaßlichen Zeugen gestellt hatte. Auf den weiteren Blättern hatte sie oben den Namen des Befragten notiert und darunter die Antworten. Alles in sauberer Schreibschrift. Es sah aus wie eine eingesammelte Stegreifaufgabe.

„War die Lehrerin?"

„Deutsch und Geschichte", bestätigte Sonja.

Brechtl ging die Fragen durch.

1. *Wie heißen Sie?*
2. *Kennen Sie Frau Schwemmer?*
3. *Wissen Sie, wo das Zimmer von Frau Schwemme ist?*
4. *Wo waren Sie zwischen Mittwochmittag und Donnerstagmittag?*
5. *Haben Sie jemanden in der Nähe des Zimmers von Frau Schwemmer gesehen?*

6. *Sind Ihnen Personen im Haus aufgefallen, die Sie nicht kennen?*
7. *Können Sie sie beschreiben?*
8. *Haben Sie mit jemandem darüber gesprochen?*

Er überflog die Antworten, die sehr unterschiedlich ausgefallen waren. Manchmal waren es halbe Romane, manchmal stand fast nichts auf den Zetteln. Über einen musste Brechtl heimlich grinsen. „Erwin Keller" stand ganz oben und darunter „Keine Angaben, Aussage verweigert".

„Und was machen wir jetzt damit?"

„Na, auswerten natürlich."

Dafür war ihm seine Zeit nun wirklich zu kostbar. Brechtl beschloss, diese Aufgabe auf Jan abzuwälzen.

„Also, Leute ...", eröffnete er kurz nach drei Uhr die Lagebesprechung. Jan, Manne und, wenn auch ziemlich widerwillig, Rainer waren dazu in Brechtls Büro erschienen.

„... Wir haben noch einiges zu klären, um die Sache in trockene Tücher zu bringen. Ich habe die offenen Punkte auf die Pinnwand geschrieben. Erstens: Was wissen wir über Maria Cortez und welches Motiv hatte sie? Manne ..."

„Tschuldichung", mischte sich Rainer ein, „kemmer villeichd des zuerschd machn, wos mich bedriffd? Wall ich will nämli aa amol Feieromd machn und ich hob nu an ganzn Oarsch vull Erberd im Keller lieng."

Brechtl nickte und ging die Liste nach den entsprechenden Punkten durch. Der erste war: *Schirm=Tatwaffe?*

„Des hobbi der doch gschriem"

„Ja, ja. Des had si erledichd." Brechtl machte einen Haken dahinter und sprang eine Zeile nach unten.

(Spuren am Schirm)

„Wos fier Spurn"

„DNA von Maria Cortez zum Beispiel."

„Des wassd doch, dass des nix werd."

„Ich hobs ja aa in Glammern gschriem."

„Des konnst wegwischn aa glei."

Brechtl wischte die Zeile weg und ging die Liste weiter durch.

Schlüssel stand noch da und *Gläser.*

„Die hasd der doch scho ghulld, odder? Die wolldsd doch selber mid af Erlangen nehmer."

Es blieb de facto nichts übrig, was Rainer betraf.

„Na ja, des woars dann eigndlich scho fier dich, Rainer."

„Und zu wos woari edz dou? Zu nix und widder nix!", erwiderte der grantig und stand auf. „Also Kalle, manchmol froochi mi scho, ob du no durchbliggsd, bei dem, wos du do maggsd."

Er zeigte ihm den Vogel und verließ Brechtls Büro.

„Also gut. Zurück zu dir Manne. Was hast du rausgefunden?"

Manne rückte seine Krawatte zurecht und trug vor, was er sich auf einem Zettel notiert hatte.

Maria Cortez wurde 1988 in Santa Maria do Herval, einer Kleinstadt im Bundesstaat Rio Grande du Sol, im tiefsten Süden Brasiliens geboren. Inzwischen wohnte sie mit ihren Eltern aber in der „Cidade Nova", dem größten Arbeiterviertel von Manaus. Großer Reichtum war nicht zu erwarten. Aus ihrem Bewerbungsschreiben hatte er den Lebenslauf der Brasilianerin aufgetrieben. Eine lupenreine Musterstudentin. Ihre Promotionsarbeit hatte den Titel „Ursachen und Symptome der Mukopolysaccharidose sowie Therapieansätze und -methoden".

Offenbar stand sie in sehr engem Kontakt zu Frau Schwemmer. Wie die Telefondaten ergaben, telefonierten sie vor dem Mord sogar oft mehrmals täglich miteinander. Auch am Tag der Tat versuchte Cortez mehrmals vergeblich, Frau Schwemmer anzurufen.

„Ich habe die Kollegen in Manaus informiert, damit sie den Eltern die Nachricht vom Tod ihrer Tochter überbringen. Ich wollte da jetzt nicht einfach anrufen und als Dienstreise wäre es wohl nicht durchgegangen."

Brechtl war sich nicht sicher, ob Manne einen Spaß machen wollte, was ein- bis zweimal im Jahr vorkam, oder ob er das wirklich ernst meinte. Er wechselte lieber das Thema.

„Und was gibt's bei dir Neues, Jan?"

„Ich habe die Bilder von dem Zeitungsreporter durchgesehen. Es ist eigentlich nichts drauf, was uns wirklich weiterhelfen würde. Zusammen mit der Leiterin der AWO und einer Ordensschwester, die dich anscheinend auch kennt, haben wir praktisch alle Besucher identifiziert."

„Wo habt ihr das gemacht?"

„Na, bei mir im Büro."

„Schwester Reinhilde war hier in der Inspektion?"

„Jo. Die ist nett. Hat auch ein paar schöne Geschichten von dir erzählt."

Jan grinste, aber Brechtl ließ sich nicht dazu hinreißen, weiter nachzufragen.

„Der Einzige, von dem wir nicht wissen, wer er ist, ist dieser Mann. Auf den meisten Bildern dreht er sich weg, aber hier ist er mal von vorne drauf."

Er reichte Brechtl eine Ausschnittvergrößerung. Genschers dünner Bruder.

„Ich weiß, wer das ist. Dem werden wir morgen mal einen Besuch abstatten." Er gab das Bild an Sonja weiter und holte das Foto, das er von Martin bekommen hatte, heraus. „Das ist ein gewisser Bernhard von Lindenbach. Ein Stalker, der hinter Cornelius her ist."

„Der mit der E-Mail?", fragte Sonja.

„Genau der."

„Was macht der da?"

„Was er dauernd macht, vermutlich. Er sammelt Informationen über die Geschäfte unseres Zaubermeisters."

Brechtl warf einen Blick auf die Pinnwand. Alle Punkte, die er dort notiert hatte, waren geklärt. Vorausgesetzt, die DNA-Proben brachten das gewünschte Ergebnis. Aber davon war auszugehen. Sicherheitshalber fragte er bei Regine nach.

„Ja, alles, wie du gesagt hast. Ein Glas von Frau Cortez und eines von Herrn Hinterstätter. Und auf dem Teststäbchen hat Sunny auch die DNA von Frau Cortez gefunden", bestätigte sie.

Alles passte. Ein klares Motiv, Beweisstücke in der Wohnung der Täterin, ein schriftliches Geständnis, was wollte man mehr!

„Gibt es noch irgendetwas, was gegen den Tathergang spricht?", fragte Brechtl in die Runde.

„Nein. Aber ich sag dir gleich, dem Hermann ist das zu dünn", mäkelte Manne.

„Wieso zu dünn?"

„Na ja: kein Beweis, dass die Cortez am Tatort war, zum Beispiel."

„Da sind wir dran", erwiderte Sonja und warf Brechtl einen Blick zu.

„Kein Beweis, dass sie eingebrochen ist", machte Manne weiter.

„Dazu haben wir ein paar Zeugenaussagen, die sind aber noch nicht ausgewertet. Machst du das, Jan?"

Brechtl drückte ihm Frau Kühnerts Aufzeichnungen in die Hand.

„Was soll das denn sein?"

„Freundliche Mithilfe aus der Bevölkerung", erklärte Brechtl. „Noch irgendwas?"

„Was ist mit diesem Stalker, diesem von Dingsbums?“

„Das ist ein ganz anderes Thema. Um den kümmern Sonja und ich uns morgen. Schreibst du das Ganze zusammen, Manne?“

„Wie immer halt.“

„Keiner kann das so gut wie du“, schmeichelte Brechtl.

„Warst du auch auf dem Seminar vom Chef, oder was? Ja, mach ich.“

„Danke. Das war's dann, oder? Noch jemand Kaffee?“

„Ich sowieso nicht.“ Jan war überzeugter Teetrinker, und auch Manne winkte ab.

„Und du?“

„Später vielleicht. Ich muss Frau Mildner noch das Foto schicken.“ Sonja verschwand durch die Verbindungstür.

Brechtl hatte sich gerade mit einer Tasse Kaffee an den Schreibtisch gesetzt, als ihm Dagmar ein Auslandsgespräch durchstellte. Es knackte in der Leitung.

„Kriminalpolizei Schwabach, Hauptkommissar Brechtl“, meldete er sich.

„Sie sind comissário Brechtel?“

„Ja, richtig.“

Ohne E vor dem L, war Brechtls Standardantwort, wenn jemand seinen Namen falsch aussprach. Aber er verzichtete diesmal darauf, der Anrufer war ja offensichtlich kein Deutscher.

„Sie sind zuständig für Maria Cortez?“

„Ja, mit wem spreche ich denn?“

„Mein Name ist David Cortez. Ich bin der Vater von Maria.“

Der Mann am Telefon wirkte sehr sachlich und unaufgeregt und sprach ausgezeichnet Deutsch, wenn auch mit einem ungewöhnlichen Akzent. Brechtl war überrascht und wusste nicht sofort, was er sagen sollte. Routinemäßig drückte er die Taste, die die Aufzeichnung des Gesprächs startete.

„Mein aufrichtiges Beileid, Herr Cortez."

„Sie sind sicher, dass meine Tochter tot ist?"

„Leider ja, Herr Cortez."

Stille. Nicht einmal ein Rauschen war zu hören. Die Verbindung nach Manaus war besser als die nach Fürth, dachte sich Brechtl. Nach einer kleinen Ewigkeit sagte Cortez:

„Ich habe diesen Brief, die Polizei hat ihn gebracht. Dieser Brief ist nicht von meiner Tochter."

„Wir haben ihn in ihrer Wohnung gefunden. Es ist offensichtlich ihre Handschrift."

„Meine Tochter ist Christin, Brechtel. Sie tötet nicht. Keine andere Frau und auch nicht sich selbst."

Was sollte Brechtl darauf sagen? Natürlich konnte man sich das als Vater nicht vorstellen. Schlimm genug, dass die eigene Tochter tot war. Was konnte es Schlimmeres für Eltern geben? Und dann soll sie auch noch eine Mörderin sein. Niemand würde das seinem Kind zutrauen. Brechtl hatte in Gerichtsverhandlungen schon Eltern erlebt, die selbst nach einem Geständnis noch lieber an wilde Verschwörungstheorien glaubten als an die Schuld ihres Kindes.

„Warum denken Sie, dass der Brief nicht von Maria ist?"

„Ich habe ihn gelesen. Hundert Mal heute Nacht. Das ist ihre Schrift. Aber das ist nicht ihre Sprache."

„Sie glauben, sie hätte einen solchen Brief in Portugiesisch geschrieben?"

Das war naheliegend, daran hatte Brechtl noch gar keinen Gedanken verschwendet.

„Nein. Wir sprechen Deutsch zu Hause. Wir kommen

von Santa Maria do Herval. Wir sind Deutschbrasilianer und sprechen aus Tradition in der Familie Deutsch. Aber in unserem Dialekt gibt das einige Worte nicht."

„Zum Beispiel?"

„In diesem Brief steht dreimal das Wort ‚es'. Ich kenne das Wort, natürlich, aber niemand sagt das in Riograndeser Hunsrückisch."

„Wo?", rutschte es Brechtl heraus, der sich eigentlich Mühe gegeben hatte, so einfühlsam wie möglich mit David Cortez zu sprechen.

„Das ist unsere Sprache, unser Dialekt. Niemand benutzt das Wort ‚es'. Wir sagen ‚das'. Das tut mir leid und sie hat das nicht verdient. Der ganze Brief ist nicht so, wie Maria spricht. Sie hat das nicht geschrieben, glauben Sie mir."

„Sind Sie da sicher?"

„Wie lange kennen Sie meine Tochter?"

„Ich habe sie nie kennengelernt", gab Brechtl zu.

„Ich kenne sie ein Leben. Sie hat das nicht geschrieben. Und sie hat nicht getötet."

Wieder herrschte eine Zeit lang Funkstille. Dass Brechtl nachdenklich nickte und versuchte, den Fall in seinem Kopf neu zu ordnen, konnte Cortez natürlich nicht sehen.

„Glauben Sie mir, comissário Brechtel? Ich möchte, dass Sie mir glauben!", beschwor er ihn.

„Ich glaube Ihnen."

„Sie müssen den finden, der meine Tochter getötet hat und der Frau Schwemmer getötet hat. Ich weiß, das macht Maria nicht wieder lebendig. Aber sie hat ihre Ehre wieder. Ich kann nicht am Grab einer Mörderin stehen. Verstehen Sie mich?"

Brechtl hatte einen dicken Kloß im Hals. Das war ihm schon lange nicht mehr passiert.

„Ja", antwortete er nur kurz.

„Wann kommt sie nach Hause?"
„Bald. So bald wie möglich."
„Gott sei mit Ihnen, comissário."
Und mit deinem Geiste, hätte Brechtl fast reflexartig geantwortet.
„Danke. Sie hören von uns."
Er schnaufte tief durch, während er den Hörer behutsam auf die Gabel legte. Dann ging er zur Pinnwand und las den Abschiedsbrief durch. Tatsächlich kam dreimal das Wort „es" darin vor. Brechtl stand noch immer grübelnd mitten im Zimmer, als Sonja hereinkam.
„Was ist los? Du schaust so skeptisch."
„Hör dir das mal an!" Er spielte die Aufzeichnung ab.
„Meinst du, da ist was dran?"
„Wäre möglich." Er griff zum Telefon.
„Manne, kennst du einen Graphologen."
„Wozu?"
„Es gibt berechtigte Zweifel, dass Maria Cortez diesen Abschiedsbrief selbst geschrieben hat. Ich brauche einen Schriftvergleich."
„Eine Schriftvergleichung, meinst du?"
„Ja, sag ich doch."
„Das ist nicht dasselbe."
Manchmal konnte einem Manne auf die Nerven gehen mit seinen Spitzfindigkeiten.
„Du weißt schon, was ich meine."
„Macht das LKA."
„Dann schick den Brief da hin. Ich hab auch noch einen Zettel mit ihrer Handschrift. Bring ich dir alles gleich vorbei. Und die sollen sich bitte beeilen."
„Okay, mach ich."
Brechtl legte auf.
„Den Zettel hast du, oder?", fragte er Sonja.
„Der ist bei Rainer in der Asservatenkammer. Ich hol ihn schnell."

Auf den ersten Blick war die Handschrift auf dem Zettel nicht von der auf dem Abschiedsbrief zu unterscheiden. Brechtl überließ die genaue Untersuchung gerne den Experten, er machte sich aber seine Gedanken. Was wäre, wenn Maria Cortez den Abschiedsbrief wirklich selbst, vielleicht unter Zwang, geschrieben hätte?

Noch komplizierter wurde es, wenn sie ihn nicht selbst geschrieben hatte. Wer dann? Ihr Mörder? Der Mörder von Frau Schwemmer? Ein Serienmörder? War es doch nicht so ein Unfug, was der Zeitungsreporter sich zusammengereimt hatte?

Nach einem Blick auf die Uhr beschloss Brechtl, darüber lieber bei einer Flasche Bier daheim in seinem Wohnzimmersessel nachzugrübeln. Er musste ja auch noch seine Brille beim Optiker abholen.

Zu Hause angekommen machte er sich nur schnell eine Tiefkühlpizza, öffnete eine Flasche Leinburger Hell und setzte sich ins Wohnzimmer. Wieder und wieder ging er in Gedanken die verschiedensten Szenarien durch. Dazu lief Queen mit Freddie Mercurys unverwechselbarer Stimme in seiner Stereoanlage. „Don't Try Suicide". Irgendwie passend.

Kapitel 10

Am Donnerstagmorgen trommelte Brechtl seine Mannschaft noch einmal in seinem Büro zusammen.

„Haltet mich meinetwegen für bescheuert, aber der Anruf von Maria Cortez' Vater gestern hat mir keine Ruhe gelassen. Auch wenn ich nicht immer der Meinung vom jüngsten Gericht bin, in diesem Fall geb ich dem Hermann Recht. Es ist wirklich dünn, was wir haben. Die ganze Geschichte ist oberflächlich betrachtet schlüssig, aber das reicht nicht. Denn wenn man mal länger drüber nachdenkt – und das habe ich gestern Abend ausführlich getan –, haben wir nur diesen Abschiedsbrief, der alles erklärt. Sollte der gefälscht sein, können wir ganz von vorne anfangen."

„Die Auswertung bekommen wir frühestens am Montag", warf Manne ein.

„Montag? Geht das nicht schneller?"

„Nein. Die beim LKA haben da auch nur einen Experten und der hat reichlich zu tun, haben sie gesagt."

„Dann erklär ihnen, dass es hier um Mord geht und nicht um irgendeinen Betrugsfirlefanz. Der Kerl kann auch mal am Wochenende arbeiten, verdammt."

„Was pflaumst du jetzt mich so an?"

„Sorry", entschuldigte sich Brechtl, „ruf bitte noch mal an. Okay?"

„Von mir aus. Und was machen wir bis dahin?"

Brechtl ging vor der Pinnwand auf und ab.

„Nach außen möglichst wenig", sagte er schließlich. „Wenn der Brief echt ist, machen wir uns sonst zum Deppen. Und falls nicht, fühlt sich der Täter sicher, das gibt uns Zeit."

„Und nach innen?"

„Gehen wir alles der Reihe nach noch mal durch."

Besonders begeistert wirkten seine Kollegen nicht.

„Was meinst du mit ‚alles'?", wollte Jan wissen.

Brechtl nahm alle Papiere von der Magnetpinnwand und löschte sämtliche Pfeile.

„Alles eben. Wir fangen ganz von vorne an."

Manne blies die Backen auf.

„Na super."

Sonja stand auf und ging an die Pinnwand.

„Wenn es kein Suizid war, haben wir es mit zwei Morden zu tun."

Sie heftete das Bild von Frau Schwemmer links und das von Frau Cortez rechts an die Wand.

Dazwischen befestigte sie die Kopie einer der Buchseiten, die sie gefunden hatten, und malte zwei Pfeile nach links und rechts.

„Die Verbindung zwischen den beiden Opfern ist klar", stellte sie dazu fest.

Dann schrieb sie ganz oben das Wort „Täter" an die Tafel und darunter „Motiv".

„Welche Motive kommen infrage?"

„Leidenschaft und Liebeskummer schließe ich mal aus", meinte Jan, „bleiben Rache und Geld."

„Ja, bei Frau Schwemmer", meldete sich Manne zu Wort, „die hatte ja Geld. Aber die Studentin?"

„Vertuschung. Wenn Maria Cortez umgebracht worden ist, dann nur, um ihr den Mord an Frau Schwemmer in die Schuhe zu schieben. Dafür auch der ganze Aufwand mit dem Brief und dem Szenario, das aussehen sollte wie Selbstmord."

Jan erntete allgemeine Zustimmung für seine These. Sonja notierte sie gleich über dem Bild von Frau Cortez.

„Und der Täter wusste von der Verbindung zwischen den beiden Opfern, sonst hätte er nicht Frau Cortez als Sündenbock ausgewählt", ergänzte Manne, stand auf und malte eine Verbindungslinie zwischen „Täter" und der Buchseite, „bekannt" schrieb er daneben.

„Das Buch ist sowieso ein Knackpunkt bei der Sache. Wenn wir es nicht bei Maria Cortez gefunden hätten, hätten wir keinen Beweis für ihren Einbruch. Dann ginge die Rechnung Einbrecher gleich Mörder gleich Cortez gar nicht auf", war Brechtls Überlegung.

„Eines ist mir ehrlich gesagt schon die ganze Zeit komisch vorgekommen: Wenn Frau Cortez das Buch mit in den Tod nehmen will, dann lässt sie doch nicht überall einzelne Seiten davon rumliegen. Das sieht doch so aus, als wollte uns der Täter das Motiv für den Suizid auf dem silbernen Tablett servieren", gab Sonja zu bedenken.

Brechtl lief wieder vor der Wand auf und ab. Der Bodenbelag zeigte an dieser Stelle schon Abnutzungserscheinungen.

„Der Täter will uns was vorgaukeln. Er will, dass wir nur das sehen, was wir sehen sollen, und was tatsächlich passiert ist, bekommt keiner mit. Wir schauen im entscheidenden Moment an die falsche Stelle", zitierte er Alexander Cornelius und heftete dessen Bild an die Stelle der Pinnwand, an der das Wort „Täter" stand. „Das ist hier der Obergaukler. Er profitiert vom Tod von Frau Schwemmer, er bekommt ihr Geld. Er weiß von dem Buch, er war in der Nähe des Tatorts und er hat alles getan, um uns von ihm abzulenken. Er wusste genau seit Freitag, dass er auf unserer Liste steht. Seine Frau war nicht da, er konnte machen, was er wollte, ohne Zeugen zu haben."

Brechtl war sehr zufrieden mit seiner Analyse. Und auch mit seinem Team, das mit Ausnahme von Jan inzwischen um die Pinnwand herumstand und zustimmend nickte. Der allerdings schaute noch ziemlich skeptisch.

„Alles schön und gut. Aber du hast keine Beweise. Cornelius war zur Tatzeit in der AWO. Du kannst nicht nachweisen, dass er Frau Schwemmer getroffen hat. Geschweige denn, dass er sie ermordet hat."

„Das dauert keine fünf Minuten bis zur Röthenbachbrücke und wieder zurück. Das fällt doch gar nicht auf. Alte Schule: Er hatte Motiv, Mittel und Möglichkeit", schmetterte Brechtl seinen Einwand ab.

„Beweise, Kalle. Mit deinen paar Indizien kommst du beim jüngsten Gericht nicht durch."

Der sture Ostfriese konnte einem echt die Laune vermiesen.

„Ach, der Hermann, der kann mich mal gern haben. Dem sag ich Bescheid, wenn ich ein Geständnis habe, vorher jammert der eh nur rum."

„Und wie willst du das aus dem Herrn Doktor jur. Cornelius rausquetschen?"

Brechtl hatte schnell eine Lösung parat.

„Ich weiß, wer uns den Beweis liefern kann." Er nahm das Bild von Genschers dünnem Bruder in die Hand. „Unser Paparazzo hier. Der verfolgt Cornelius auf Schritt und Tritt. Und dem werden wir jetzt mal einen Besuch abstatten."

Die Galerie von Bernhard von Lindenbach befand sich im Nürnberger Stadtteil Johannis, der nicht nur für seinen Friedhof bekannt war, auf dem unter anderem Albrecht Dürer begraben lag, sondern auch für seine wunderschönen Gärten. Eine Ecke Nürnbergs, in der die Zeit stehen geblieben zu sein schien. Ein verarmter, adeliger Kunstliebhaber passte hierhin wie das Tüpfelchen aufs i.

Ein helles Glockenspiel erklang, als Brechtl und Sonja die Tür zur Galerie öffneten. Die Wände waren in strahlendem Weiß gestrichen und hingen übervoll mit Bildern. Manche von ihnen fand Brechtl, der eigentlich keinen Sinn für Kunst hatte, gar nicht schlecht. Er betrachtete eine Holzskulptur in der Ecke genauer, die offenbar aus einem Stück geschnitzt war und einen Mann darstellte, der seine Hände in die Höhe streckte. „Anbetung“ stand auf einem Schildchen darunter. Zumindest handwerklich eine anerkennenswerte Leistung.

„Ein gutes Auge“, hörte er eine Stimme hinter sich. „Sie interessieren sich für dieses Meisterstück?“

Hinter ihm stand von Lindenbach mit einer Nickelbrille auf der Nase und in einem Anzug, der aussah, als wäre er beim Waschen eingelaufen. „Ich kenne den Künstler persönlich. Begnadet, aber völlig unterschätzt. Er hat sich leider schon zur Ruhe gesetzt, ist jetzt an die achtzig. Es gibt nur noch wenige Werke von ihm, die zum Verkauf stehen. Die meisten befinden sich bereits in den Sammlungen internationaler Kunstliebhaber, die wissen, wie sich der Wert in absehbarer Zeit steigern wird.“

„Sie meinen, wenn der Künstler verstorben ist?“

Von Lindenbach lächelte verschämt und zeichnete die Konturen der Skulptur mit den Händen nach.

„Diese Proportionen, der Ausdruck, diese minimalistische Eleganz“, schwärmte er.

„Was kostet so was?“, fragte Brechtl, der vor allem die Preisschildchen an den Kunstwerken vermisste, und erntete einen verächtlichen Blick dafür.

„Der Wert eines Kunstwerkes ist keine Frage des Preises. Wenn Sie sich für ‚so was‘ ...“, er malte Anführungszeichen in die Luft, „... interessieren, sind Sie hier an der falschen Adresse, befürchte ich.“

„Ich glaube schon, dass ich hier an der richtigen Adresse bin, Herr von Lindenbach. Aber ich möchte mich mit Ihnen über ein ganz anderes Thema unterhalten.“ Er zeigte seinen Dienstausweis. „Hauptkommissar Brechtl von der Kripo Schwabach. Das ist meine Kollegin, Frau Nuschler.“

Schlagartig änderte sich der Gesichtsausdruck des Kunsthändlers.

„Was wollen Sie von mir?“

„Es geht um Alexander Cornelius und seine Stiftung. Der Name ist Ihnen ein Begriff, denke ich."

Von Lindenbach schaute unsicher zwischen Brechtl und Sonja hin und her.

„Ja, natürlich."

„Trifft es zu, dass ein Großteil des Vermögens Ihrer Eltern der Stiftung zugute gekommen ist?"

„Der Stiftung zugute gekommen ...", wiederholte er höhnisch. „Man könnte auch sagen, Cornelius hat es sich unter den Nagel gerissen. Kennen Sie ihn?"

„Ja."

„Dann wissen Sie ja, wie er Geschäfte macht. Er verdient am Tod der Menschen, die ihm vertrauen."

„Tun Sie das nicht auch? Wenn ich an die Skulptur da denke ..."

Brechtl wusste genau, dass diese Antwort den Kunsthändler provozieren würde. Genau das war auch seine Absicht.

„Ich bringe niemanden um. Ich mache keine falschen Versprechungen. Ich lebe für die Kunst, nicht für das Geld. Geld – das ist alles, was diesen Mann interessiert. Er hat meine Mutter ermordet und jetzt sitzt er in meinem Haus, hat meine Bilder verkauft und lacht mich aus, weil mir dieser ... dieser Staatsanwalt nicht einmal zugehört hat."

Er fuchtelte mit dem Zeigefinger. Um die Situation nicht eskalieren zu lassen, schlug Brechtl vor:

„Können wir uns nicht irgendwo setzen und Sie erzählen mir die Geschichte von Anfang an?"

Von Lindenbach schnaubte immer noch und seine Backenzähne malten aufeinander. Er drehte sich wortlos um und ging den Kommissaren voraus in sein Büro, das genauso minimalistisch ausgestattet war wie der Rest der Galerie. Brechtl nahm ungefragt auf einem der Stühle Platz und sagte betont ruhig: „Bitte – ich höre Ihnen zu."

Es dauerte einen Moment, bis von Lindenbach sich schließlich auf die Schreibtischkante setzte und anfing zu erzählen.

„Mein Vater war ein sehr erfolgreicher Kunsthändler. Er hat nach dem Krieg viel dafür getan, dass wahre Schätze nicht in die falschen Hände gerieten. Er war ein Idealist. Es ging ihm nicht um Geld, sondern um die Kunst. Nach seinem Tod tauchte auf einmal dieser Cornelius auf. Meine Mutter war naiv, sie hat sich von ihm einwickeln lassen. Ich habe zu der Zeit in Kiew gelebt und von dem Ganzen nichts mitbekommen. Als ich schließlich davon erfahren habe, war es zu spät. Sie hatte ihm unser Haus geschenkt, die Bilder meines Vaters vermacht – alles. Und dann hat er sie vergiftet. Es war so offensichtlich, jeder Idiot hätte das durchschaut. Aber die Staatsanwaltschaft hat das Verfahren eingestellt. Aus Mangel an Beweisen."

„Haben Sie Herrn Cornelius persönlich kennengelernt?"

„Nein."

„Sie sind ihm nie begegnet?"

„Nein."

„Wollten Sie ihn nicht zur Rede stellen?"

„Was hätte das gebracht? Offenbar hat er gute Beziehungen. Sonst hätte man ihn ja wohl kaum laufen lassen."

„Sie bleiben dabei, dass Sie nie Kontakt zu ihm aufgenommen haben?"

„Was soll die Frage?"

Brechtl ließ sich die Dokumentenmappe geben, die Sonja für die Befragung vorbereitet hatte, und zeigte von Lindenbach eines der Fotos aus der E-Mail.

„bigbrother2014. Nicht besonders originell."

„Ich weiß nicht, was Sie meinen", stellte der Kunsthändler sich dumm.

„Herr von Lindenbach, Sie verstehen mit Sicherheit viel von moderner Kunst, aber wenig von modernen Medien. Es ist nicht besonders schwierig, den Absender einer E-Mail zu ermitteln."

Unwillkürlich warf von Lindenbach einen kurzen Blick auf seinen Computer, der auf dem Schreibtisch stand.

„Was werden wir alles finden, wenn wir diesen Rechner beschlagnahmen?", fragte Brechtl weiter. „Und das werden wir tun."

Von Lindenbach gab sich geschlagen.

„Dieser Cornelius hat immer noch nicht genug. Er holt sich ein Opfer nach dem anderen. Und niemand unternimmt etwas dagegen."

„Außer Ihnen. Die Drohungen sind ja offensichtlich." Brechtl legte ihm den Text der E-Mail vor.

„Was wollen Sie jetzt tun? Mich verhaften und ihn wieder laufen lassen?" Er streckte Brechtl seine überkreuzten Handgelenke entgegen. „Das ist die deutsche Justiz. Bravo."

Brechtl lehnte sich gelassen zurück.

„Noch sehe ich keinen Grund dazu. Aber ich habe ein paar Fragen an Sie."

Von Lindenbach nahm die Arme wieder herunter und verschränkte sie vor seiner Brust.

„Und zwar?"

„Was sagt Ihnen der Name Luise Schwemmer?"

Brechtl beobachtete das Gesicht seines Gegenübers genau, aber er konnte keine Regung feststellen.

„Nichts."

„Das ist die Frau auf diesem Bild. Sie haben sie und Herrn Cornelius gefilmt, in einem Café in Röthenbach."

„Ich kenne die Frau nicht."

„Aber Sie bestreiten nicht, sie gefilmt zu haben."

„Nein. Aber ich kenne sie nicht. Wieso?"

„Frau Schwemmer ist letzte Woche ermordet worden."

Von Lindenbach fasste sich an den Kopf.

„Und warum sitzen Sie dann bei mir und nicht bei Cornelius? Ich verstehe das nicht. Die Polizei kann doch nicht so blind sein. Das ist doch dieselbe Masche. Ich verwette die Holzskulptur, dass Cornelius sie beerbt. Richtig?"

Brechtl nickte.

„Worauf warten Sie dann noch? Man muss doch nur eins und eins zusammenzählen", regte sich von Lindenbach auf.

„Wir brauchen Beweise."

„Beweise ...", wiederholte er verächtlich.

„Das müsste gerade Ihnen doch genauso wichtig sein."

„Wie soll ich Ihnen denn dabei helfen? Ich kenne die Frau nicht. Das habe ich Ihnen doch schon gesagt."

„Aber Sie beobachten Cornelius."

„Und?"

„Sie waren kurz vor der Tat in der Nähe des Tatorts."

„Ich?"

„Ja, Sie."

Brechtl zeigte ihm das Foto von der AWO-Veranstaltung.

„Das sind doch zweifelsfrei Sie, oder etwa nicht?"

„Natürlich. Aber dann war Cornelius genauso weit vom Tatort entfernt wie ich. Der war nämlich auch auf diesem Seniorennachmittag."

„Richtig. Und Sie haben ihn dabei gefilmt, nehme ich an." Brechtl deutete auf den Computer. „Überlassen Sie uns das Material freiwillig?"

Von Lindenbach machte eine hilflose Geste.

„Bitte. Ich habe mir nichts vorzuwerfen."

„Na ja. Nichts finde ich untertrieben. Wie machen Sie diese Aufnahmen eigentlich?"

Der Kunsthändler öffnete eine Schreibtischschublade und holte einige Gegenstände heraus: einen Kugelschreiber, ein Feuerzeug und eine Kaffeetasse.

„Kann man im Internet kaufen. Ganz legal."

Er zeigte auf einen kaum sichtbaren Punkt neben der Halteklammer des Kugelschreibers. Die Linse einer winzigen Kamera. Auch in dem Feuerzeug und im Boden der Tasse waren Kameras verbaut.

„Die Qualität ist nicht berauschend, aber gut genug. Und der Ton wird auch mit aufgezeichnet."

Brechtl ließ sich den Kugelschreiber geben.

„Und die Dateien?"

Von Lindenbach deutete auf seinen PC.

„Alles hier drauf."

„Sie werden verstehen, dass wir den Rechner mitnehmen müssen."

„Ich werde nichts dagegen tun können, oder?"

„Ich befürchte, nein."

„Na, dann ..."

„Ist er passwortgeschützt?" Brechtl fing an, sämtliche Kabel abzustecken.

„Nein. Wann bekomme ich ihn wieder?"

„Das kommt auf die Auswertung an. Und ich muss Sie bitten, sich zu unserer Verfügung zu halten."

Brechtl gab ihm seine Visitenkarte.

„Passen Sie lieber auf, dass Ihnen Cornelius nicht wegläuft."

„Keine Sorge!" Brechtl verabschiedete sich.

Wie fast immer hatte Sonja Brechtl die Befragung überlassen, aber alles Wichtige notiert.

Im Auto saß sie jetzt still neben ihm und las ihre Notizen durch.

„Man kann dein Hirn rattern hören", bemerkte Brechtl.

„Was ist, wenn das alles nur Show ist? Wenn nichts von dem stimmt, was wir bis jetzt herausgefunden haben."

„Wie meinst du das?"

„Bis jetzt haben wir nur Geld als Motiv in Betracht gezogen. Was ist mit Rache? Stell dir mal vor, dieser von Lindenbach ist einfach nur auf Rache aus und versucht jetzt, Cornelius einen Mord anzuhängen."

Brechtl fand das zwar etwas weit hergeholt, aber er ließ sie weiterreden.

„Er hat herausgefunden, dass Frau Schwemmer eine Klientin von Cornelius ist. Er bringt sie um und lässt alles so aussehen, dass der Verdacht auf Cornelius fällt. Das Motiv ist klar, dazu kommen die Nähe zum Tatort und die Tatwaffe natürlich."

„Was hat er davon?"

„Die Polizei deckt die Machenschaften von Cornelius auf und dann wird vielleicht auch der Fall seiner Mutter noch mal aufgerollt und er bekommt sein Vermögen zurück."

„Alles schön und gut. Aber warum wird das Buch gestohlen und warum bringt er auch noch Maria Cortez um?"

„Ich war ja noch nicht fertig mit Nachdenken. Du hast mich unterbrochen."

„Tschuldigung."

Sonja verfiel wieder in nachdenkliches Schweigen, bis sie von der Autobahnausfahrt Richtung Schwabach abbogen.

„Bin fertig", sagte sie schließlich.

„Womit?"

„Na mit Nachdenken. Von Lindenbach war's nicht. Wenn er überhaupt was von dem Buch wusste, warum sollte er Cortez den Mord in die Schuhe schieben, wo doch Cornelius sein Ziel ist. Und ganz ehrlich: Ich traue es ihm nicht zu. Er hat weder den Mut noch die Raffinesse für so was."

„Bin gespannt, was bei den Filmaufnahmen rauskommt."

„Ich auch."

Brechtl brachte von Lindenbachs PC gleich zu Martin und stellte ihn auf die letzte freie Ecke des Arbeitstisches.

„Servus Martin. Hast du kurz Zeit?"

„Sicher. Ich hab praktisch überhaupt nichts zu tun."

Er zeigte auf das Chaos von Papieren, Festplatten und anderen Computerteilen auf seinem Tisch.

„Es wär halt wirklich dringend."

„Was denn?", stöhnte Martin.

„Ich hab hier einen PC, auf dem ein Haufen Filmaufnahmen sind. Ich brauche die vom letzten Mittwoch."

„Jetzt gleich?"

„Ja, schon", sagte Brechtl kleinlaut. „Ist auch nicht passwortgeschützt."

Martin drehte die Rückseite des PCs zu sich und begann leicht genervt, Kabel anzuschließen. Kurz darauf hatte er den Verzeichnisbaum vor sich auf dem Monitor.

„Stichwort?"

Brechtl überflog die Ordnernamen.

„Der da. Cornelius"

Der Ordner enthielt Dutzende Filmdateien.

„Was für ein Datum?"

„Der neunundzwanzigste Oktober", rechnete Brechtl aus.

„AWO_Roethenbach hab ich da. Drei Dateien"

„Genau die brauch ich. Kannst du mir die kopieren und mitgeben?"

„Sonst noch was?"

„Erst mal nicht."

Martin zog die Dateien auf einen USB-Stick und ließ

einen Virenscanner darüberlaufen, bevor er ihn Brechtl gab. Dann steckte er die Kabel wieder ab.

„Spitze. Danke!“ Brechtl hob den PC vom Tisch.

„Weil du's bist. Was ist mit dem Laptop von vorgestern? Nimmst den auch wieder mit?“

„Von mir aus.“

Er klemmte sich den USB-Stick zwischen die Zähne und ließ sich Cornelius' Laptop von Martin in die andere Hand drückten. So schleppte er das Ganze durch den Flur und klopfte mit dem Fuß an Sonjas Tür.

„Herein!“

„Mach ma auf!“ Gar nicht so einfach, sich mit einem USB-Stick zwischen den Zähnen zu artikulieren.

Sonja öffnete die Tür und musterte Brechtl.

„Na ja ... Andere sammeln Pfandflaschen.“

„Fehr wipfich.“

Er stellte die Rechner auf dem Sideboard ab, nahm den USB-Stick aus dem Mund und brachte ihn ins Nachbarbüro.

„Moin Jan. Da drauf sind Filmdateien von der AWO-Veranstaltung. Kannst du die bitte auswerten?“

Jan brütete gerade über Frau Kühnerts Aufzeichnungen.

„Ich mach grad deine komischen Zeugenaussagen da.“

„Die kannst du mir geben. Das hier ist jetzt wichtiger. Wo ist eigentlich der Manne?“

„Bei Rainer unten.“

Brechtl griff sich den Papierstapel und ging zurück in sein Büro. Er überzeugte sich erst noch, dass die Verbindungstür geschlossen war, dann setzte er seine Brille auf und fing an, die Aussagen zu studieren.

In Grunde war er ganz froh darüber, dass er diese Befragungen nicht selbst durchführen musste. Die meisten der sogenannten Zeugen hatten nichts gesehen oder gehört. Und diejenigen, die verdächtige Beobachtungen zu Protokoll gegeben hatten, waren sich auch nicht einig. Die einen wollten einen fremden Mann gesehen haben, die anderen eine Frau. Aber immer waren die Verdächtigen junge Leute – wahrscheinlich eine Frage der Perspektive. Wirklich verwertbar waren die Aussagen nicht, vor Gericht schon gar nicht. Was hatte sich Sonja nur dabei gedacht, Frau Kühnert mit einer weiteren Fragerunde zu beauftragen?

„Kalle, ich hab was!“ Manne stürmte in sein Büro.

„Musst du mich so erschrecken?“

„Seit wann hast du 'ne Brille?“

Ohne die Antwort abzuwarten, riss er die Tür zu Sonjas Büro auf. Brechtl konnte gerade noch schnell die Brille in der Schreibtischschublade verschwinden lassen.

„Sonja, komm mal, ich hab was rausgefunden!“

„Was gibt's denn?“

„Kalle hat gesagt, wir sollen ganz von vorne anfangen. Also hab ich mir die Sachen noch mal vorgenommen, die wir bei Frau Schwemmer gefunden haben.“

„Und ...?“

„In ihrem Geldbeutel war eine VGN-Streifenkarte.“

„Ja und?“

„Sie ist an dem Tag nach Nürnberg gefahren. Um zehn Uhr acht hat sie in Röthenbach Hauptbahnhof gestempelt. Zurückgefahren ist sie um zwölf Uhr einundzwanzig ab Bärenschanze.“

„Was sagt uns das?“, fragte Brechtl nach.

„Wer nach Nürnberg zum Shoppen geht, fährt in die Innenstadt und nicht zur Bärenschanze.“

„Keine Ahnung, was in der Gegend ist.“

„Aber ich weiß, wo sie war. In ihrem Geldbeutel war nämlich auch eine Adresse in der Preißlerstraße, die liegt gleich daneben. Und unter der Adresse gibt es einen Notar. Genau den, bei dem auch ihr Testament hinterlegt ist.

Ich wette, sie war bei ihm. Wiesner heißt er. Das ist die Telefonnummer."

Er klebte einen Notizzettel auf Brechtls Schreibtisch.

„Und – willst du nicht anrufen?", forderte er ihn auf.

„Ich glaube, das hat keinen Zweck."

„Warum?"

„Weil Notare der Verschwiegenheitspflicht unterliegen, auch nach dem Tod ihrer Mandanten. Das geht nur mit richterlichem Beschluss. Sonja, kümmerst du dich drum?"

Dafür brauchten sie wieder Staatsanwalt Hermann und Sonja konnte einfach am besten mit ihm.

„Und was soll ich ihm erzählen, wofür wir das brauchen?"

„Lass dir was einfallen."

Sonja rollte mit den Augen und ging zurück in ihr Büro.

Eine halbe Stunde später klingelte Brechtls Telefon.

„Notariat Wiesner, Grüß Gott, Herr Brechtl. Ich habe hier einen richterlichen Beschluss meine Klientin Luise Schwemmer betreffend. Und ich soll mich an Sie wenden, hieß es."

„Das ging aber schnell. Vielen Dank für Ihren Anruf. Die Umstände sind Ihnen bekannt?"

„Ja, Herr Hermann hat mich angerufen."

„Sehr gut. Meine Frage ist: War Frau Schwemmer letzten Mittwoch bei Ihnen? Das war der neunundzwanzigste Zehnte."

„Moment ... Ja, da hatten wir einen Termin. Um elf."

„Worum ging es dabei?"

„Frau Schwemmer hat mit mir eine Änderung ihres Testaments besprochen. Bisher war als Alleinerbe eine Stiftung eingesetzt."

„Efficere post mortem. Ist mir bekannt. Und das wollte sie ändern?" Brechtl jubilierte innerlich. Damit war das Motiv von Cornelius klar.

„Nicht ganz. Sie wollte nur die Rechte an einem Buch herausnehmen, das sie geschrieben hat."

„Aha. Aber ihr Vermögen sollte weiterhin an die Stiftung gehen?"

„Ja, es ging ihr nur um das Buch."

„Wem wollte sie es vermachen?"

„Einer gewissen ... Maria Cortez."

„Ist dieses geänderte Testament jetzt schon gültig?"

„Das könnte eine Streitfrage werden. Ich habe zwar ihre mündliche Willensbekundung, aber wir müssen das natürlich erst formulieren und zu Papier bringen. Wir hatten eigentlich für nächste Woche einen Termin zur Unterzeichnung vereinbart."

„Herzlichen Dank, Herr Wiesner. Damit haben Sie mir sehr weitergeholfen."

„Gerne."

„Weitergeholfen" war eigentlich nicht richtig. Tatsächlich hatte er nur noch mehr Fragen aufgeworfen. Brechtl ging hinüber zu Sonja, um ihr von dem Telefonat zu berichten.

„Das ändert natürlich einiges. Damit hat Frau Cortez kein Motiv mehr", meinte sie dazu.

„Warum? Sie bekommt das Buch doch erst nach dem Tod von Frau Schwemmer. Wäre doch sogar ein Grund für sie, den zu beschleunigen."

„Quatsch!", befand Sonja. „Wenn Frau Schwemmer ihr das Buch sogar vererben will, wieso sollte sie es ihr nicht schon jetzt zur Verfügung stellen? Ich glaube was ganz anderes. Wir sind die ganze Zeit von völlig falschen Tatsachen ausgegangen."

„Nämlich?"

„Das Buch wurde gar nicht aus Frau Schwemmers Zimmer entwendet. Der Täter hat nur versucht, es zu stehlen. Tatsächlich war es die ganze Zeit bei Maria Cortez. Und deswegen musste auch sie sterben."

„Zwei Morde wegen eines Buchs? Und dann nimmt es der Täter nicht mit, sondern versenkt es in der Pegnitz?"

„Was haben wir denn gefunden? Fünf Seiten vielleicht oder sechs. Schön hindrapiert, damit wir auch an die Selbstmordgeschichte glauben. Wir sind nur davon ausgegangen, dass der Rest die Pegnitz hinuntergetrieben ist."

„Das hieße, das Buch war für Cornelius wertvoller als das ganze restliche Vermögen, warum auch immer. Er hat erfahren, dass sie es aus der Erbmasse nimmt, und deshalb musste er es kriegen, bevor das Testament unterzeichnet wird."

„Möglich. Sie hat ihm das an dem Seniorennachmittag erzählt – und der Streit ging los."

„Ich will jetzt wissen, ob die zwei sich dort begegnet sind."

Er ging hinüber in Jans Büro.

„Wie sieht's aus? Was ist drauf auf dem Film?"

„Schau selber."

Die Bildaufnahmen waren fürchterlich verwackelt. Manchmal sah man nur Kaffeetassen, zwischendurch Cornelius, seine Gesprächspartner und wieder nur Gewackel. Der Ton war ein einziger dumpfer Mischmasch aus Stimmen, die man nicht zuordnen konnte, und klapperndem Geschirr.

„Da wird's einem ja schwindlig", stellte Brechtl fest.

„Und so geht das über zweieinhalb Stunden."

Jan war um seine Aufgabe wirklich nicht zu beneiden.

„Sagst gleich Bescheid, wenn du was gefunden hast."

„Ja, logisch."

Er stützte sich auf seine Ellenbogen und starrte weiter auf den Bildschirm.

Bis zum Feierabend hatte Jan sich nicht gemeldet und

Brechtl suchte immer noch nach einer Möglichkeit, Cornelius die Tat nachzuweisen.

Noch nicht einmal der Wohnzimmersessel, eine Flasche Bier und gute Musik taten ihre Wirkung. Brechtl wollte gerade anfangen, auf dem Wohnzimmertisch ein bisschen an seinem neuesten Flugzeugmodell zu basteln, um auf andere Gedanken zu kommen, als es an seiner Haustür klingelte.

„Ja?", meldete er sich über die Sprechanlage.

„Erwin Keller."

Verwundert drückte Brechtl auf den Türöffner. Der konnte ja doch sprechen.

Der alte Mann schleppte sich mit einer offensichtlich ziemlich schweren Stofftasche die Treppe hoch. Wortlos ging er an Brechtl vorbei in die Wohnung und setzte sich keuchend in den Wohnzimmersessel.

„Guten Abend, Herr Keller. Kann ich Ihnen etwas anbieten, ein Glas Wasser vielleicht oder was anderes?"

„A Seidler villeichd."

Dem alten Mann Alkohol zu geben, war vermutlich keine so gute Idee. Andererseits – es würde ihn schon nicht umbringen. Brechtl schenkte ihm ein Leinburger ein, holte sich einen Stuhl aus der Küche und setzte sich neben ihn.

„Was führt Sie zu mir?"

Nach dem ersten Schluck Bier schien Keller endlich genug Luft zu bekommen, denn er fing an zu erzählen:

„Ich bin vieraneinzg Joar ald. Als junger Mo woari im Griech bei der Lufdwaffe als Fluchzeichmechaniger. Däi dou kenni in- und auswendich." Er zeigte auf Brechtls Modell. „Bis die Ammi kummer sinn. Dann woari in Gfangerschafd, achzehr Monad. Ich hob goud Englisch kennd, drumm hommi die Ammi braung kenner. Ich hob iebersedzn mäin, Babiere vo der Wehrmachd. Ich bin nach Amerika ganger, hob Fluchzeichbau schdudierd und dernooch bei Douglas ogfanger, ich hob in Sbanien gerberd bei CASA, in Frangreich bei Dassault, af der ganzn Weld. Zum Schluss widder derhamm beim Diehl."

Dafür, dass er sonst keinen Ton herausbrachte, redete er jetzt wie ein Wörterbuch. Allerdings war Brechtl nicht klar, warum er ihm seine ganze Lebensgeschichte erzählte. Vielleicht hatte er sich durch das Flugzeugmodell ermuntert gefühlt. Noch einmal nahm Herr Keller einen kräftigen Zug aus seinem Bierglas.

„Des doud goud! Den Blemmbl im Aldnheim konnsd ned saufm", freute er sich, wischte sich den Schaum vom Mund und fuhr dann fort:

„Sie frong si beschdimmd, warum ich Ihner des alles derzähl."

Ja, genau, dachte sich Brechtl und nickte.

„Ich hob in meim Lebm mehr geheime Babiere gseeng wie der Goering und der Babsd midnander. Alles, wossi glernd hob, woar: Hald dei Babbm. Des hobbi gmachd. Ich hob kanne Freind ghabbd und ka Fraa. Bissi die Luise kennerglernd hob. Zwaadausndzehn woar des, dou hads mi gfroochd, obbi ihr an Brief iebersedzn kennd. Und dann had si des hald su ergehm. Inzwischn werns woll ieber hunderd Brief gwesn sei. Vur drei Wochn ungefähr is dann zu mir kummer und had mer die Sachn brachd ..."

Er legte die Hand auf die Stofftasche.

„Hebs goud aaf und derzäll kamm wos dervo, hads gsachd. Des hobbi gmachd."

„Und edz?", fragte Brechtl.

„Wissns, ich hob neinzg Joar ald wern missn, bissi amol a Freindin ghabd hob. Und edz is doud. Ich mooch die Babbm nimmer haldn. Wos sollnern mir nu bassiern?"

Er zog einen Aktenordner aus der Tasche und überreichte ihn Brechtl.

„Die Luise had Angsd ghabd. Sie hads ned gsachd, obber ich hobs gschbierd."

„Angsd vur wem?", Brechtl klappte den Ordner auf.

„Des wassi ned. Obber es woar weecher dem, wos dou gschriebm had."

In dem Aktenordner befand sich eine Kopie von Frau Schwemmers Buch.

„Und des sinn die ganzn Brief auf Deidsch, woi fier sie iebersedzd hob."

Er gab ihm noch einen zweiten Ordner.

„Ich verschdäi nix dervoo. Ich kenn mi bloß mid Fluchzeiche aus. Obber villeichd kenner Sie wos dermid ofanger."

„Ganz bestimmd. Dange, dass zu mir kummer sinn, Herr Keller."

„Is goar ned schlechd, wemmer amol redn doud."

Keller trank sein Glas leer, stand auf und verabschiedete sich.

„Konn ich Sie hamm bringer?", fragte Brechtl.

„Naa. Ich laff gern. Obber wenns nu su a Seidler homm ..."

Brechtl brachte ihm noch eine Flasche Bier, die er in seine Stofftasche steckte.

„Solli Sie wergli ned schnell foarn? Ned, dass Ihner nu wos bassierd."

„Wos sollnern mir bassiern? Je schneller, dassi widder bei meiner Luise bin, desdo besser."

Mit einem Lächeln verließ der alte Mann die Wohnung und stapfte die Treppe hinunter.

Kapitel 11

Bis in die Nacht hatte Brechtl Briefe gelesen und in dem Buch geblättert. Alles drehte sich um diese Krankheit, um Medikamente und Behandlungsmethoden. Vielen Angehörigen schrieb Frau Schwemmer sogar noch nach dem Tod der Patienten. Keine angenehme Nachtlektüre und Brechtl verstand auch nur einen Bruchteil dessen, was er da gelesen hatte. Mit all den medizinischen Fachbegriffen konnte er nichts anfangen. Er brauchte Professor Fuhrmeister, um beurteilen zu können, weshalb dieses Buch offenbar wertvoller war als das ganze restliche Vermögen von Frau Schwemmer. Zusammen mit Sonja fuhr er deshalb gleich am nächsten Morgen nach Erlangen.

„Weißt du", philosophierte er, während sie unterwegs waren, „als der Herr Keller gestern bei mir war, hab ich mir schon so meine Gedanken gemacht."

„Worüber?"

„Na ja, übers Altwerden. Ich bin ja auch nicht mehr der Jüngste. Ich hab keine Frau, keine Kinder, eigentlich könnte ich machen, was ich will. Stattdessen hock ich jeden Abend in meiner Wohnung und langweile mich. Ruck zuck bin ich Rentner, dann schieb ich meinen Rollator durch die Gegend und frag mich, was ich die letzten siebzig Jahre eigentlich gemacht hab."

„Oh weia. Ist es jetzt soweit, ja? Kriegst du die Midlife-Crisis? Zieh los, kauf dir 'ne Harley und 'ne Fransenlederjacke und mach dich genauso lächerlich wie all die anderen dicken Fünfzigjährigen."

„Haha. Ich find das gar nicht so komisch. Irgendwann kommt eben der Punkt, an dem man sich entscheiden muss."

„Zwischen was entscheiden?"

„Na, wie man den Rest seines Lebens verbringen will. Es ist so, wie wenn du auf eine gelbe Ampel zufährst. Du hast zwei Möglichkeiten. Entweder du bremst oder du gibst Gas. Das eine ist sicher, aber langweilig, das andere ist riskant, aber macht mehr Spaß. Mit anderen Worten: Willst du anfangen, gesund zu leben, dich zu schonen und vorsichtig zu sein, damit dein Leben möglichst lange dauert, oder kaufst du dir die Harley, scheißt auf deine Leberwerte und trinkst noch eins."

„Bisschen weniger Bier könnte dir nicht schaden", meinte sie mit einem Blick auf seinen Bauch. „Den kenn ich auch noch kleiner."

„Genau das ist der Punkt. Soll ich jetzt eine Diät machen? Wozu? Find ja eh keine Frau mehr."

„Ooch, der arme Kalle." Sie bemitleidete ihn wie ein kleines Kind, dem das Eis heruntergefallen war.

„Echt – mit dir kann man überhaupt nicht ernsthaft über was reden", maulte Brechtl.

„Ich sag dir was: Wenn du die ganze Zeit bloß grantig bist, weil du dir den Kopf darüber zerbrichst, ob das Leben mit Lesebrille noch lebenswert ist, dann kriegst du mit Sicherheit keine Frau mehr. Dann will auch sonst keiner mehr was mit dir zu tun haben. In dem Fall würd ich sagen: Wart, bist die Ampel eine Zeit lang rot ist, und gib dann Gas."

„Danke für den Tipp. Soll ich jetzt gleich gegen den Brückenpfeiler fahren, oder was?"

„Logisch. Das Einzige, was gegen das Altwerden hilft, ist, jung zu sterben. Aber sei so nett und lass mich vorher aussteigen ... Mein Gott ... Sei doch lieber froh, dass du noch ganz passabel beieinander bist. Gibt welche, denen geht es deutlich schlechter als dir."

„Klar. So kann man immer argumentieren. Woher weißt du das mit der Brille eigentlich?"

„Brauchst sie nicht mehr in der Schreibtischschublade zu verstecken. Hab dich neulich schon damit gesehen.

Steht dir doch gar nicht schlecht."

Brechtl fühlte sich ertappt.

„Aber sie ist ein Zeichen. Ein Zeichen dafür, dass es abwärts geht."

„Joh", meinte sie genervt, „und du bist der Einzige, der mit zweiundfünfzig nicht mehr so fit ist wie mit fünfundzwanzig."

„Freilich bin ich nicht der Einzige, das weiß ich auch. Aber man wird sich doch mal Gedanken machen dürfen, wie es weitergehen soll. In der zweiundfünfzigsten Spielminute sollte man eine Strategie haben für den Rest des Spiels."

„Ist heute Tag der Metapher oder was?"

„Na ja, ist doch so, oder?"

„Um mal dein Bild aufzugreifen: Die Strategie hängt vom Spielstand ab. Wenn's fünf zu null steht, was brauchst du dir dann Sorgen zu machen, ob noch ein, zwei Gegentreffer fallen?"

„Fünf zu null. Schön wär's!"

„Dann halt vier zu zwei oder was weiß ich. Musst du selber zusammenzählen. Und dann kannst du dir überlegen, ob du noch einen Stürmer einwechselst oder einen Abwehrspieler. Die komplette Mannschaft kannst du eh nicht austauschen."

„Kommt halt immer drauf an, ob du mehr der FC Bayern bist oder der Club."

„Nein, eben nicht. Die Regeln sind für alle gleich. Der Club hat auch viele Fans und die Bayern find ich langweilig."

„Seit wann interessierst du dich für Fußball?"

„Gar nicht. Du hast doch damit angefangen. Und jetzt hör auf, Trübsal zu blasen, bloß weil du nicht ausgeschlafen hast."

Brechtl brummte leise vor sich hin und konzentrierte sich wieder aufs Fahren. Im Kopf rechnete er seinen persönlichen Spielstand aus. Die Champions League konnte er abschreiben.

Professor Fuhrmeister erwartete sie in seinem Büro. Brechtl hatte ihn schon von Schwabach aus angerufen und ihren Besuch angekündigt.

„Das müsste jetzt das komplette Buch im Original sein und in dem anderen Ordner sind die Briefwechsel zwischen Frau Schwemmer und den Angehörigen der MPS-Patienten."

Brechtl überreichte ihm die beiden Aktenordner.

„Na, dann weiß ich ja, was ich übers Wochenende zu tun habe."

„Tut mir leid, dass wir Ihre Zeit so in Anspruch nehmen, aber man muss Mediziner sein, um zu verstehen, was da drinsteht."

„Keine Sorge, das ist schon in Ordnung. Mir geht es ja auch um Maria Cortez. Gibt es da etwas Neues?"

„Wir ermitteln immer noch in alle Richtungen", blieb Brechtl vage, „aber jedenfalls scheint dieses Buch wirklich von großem Wert zu sein. Ich hoffe, Sie können mir sagen, warum, wenn sie es gelesen haben."

„Ich werde mein Bestes tun", versprach der Professor.

„Vielen Dank!", verabschiedete sich Brechtl.

Auf dem Weg zurück zum Auto druckste Sonja herum.

„Du, Kalle, ich hätte da noch eine Frage an dich."

„Ja, was denn?"

„Ich hab gestern Abend endlich meine Schwester erreicht. Sie ist mit der ganzen Familie auf Teneriffa."

Brechtl verstand nicht, worauf Sonja hinauswollte.

„Schön. Da hat sie bestimmt besseres Wetter. Und?"

„Na ja, ich hab doch den Kammerjäger im Haus und jetzt kann ich nicht bei ihr schlafen. Meinst du, ich könnte heute bei dir übernachten?"

„Na sicher, ist doch kein Problem. Schlaf ich halt auf dem Sofa."

„Das ist nett, aber ich will dir keine Umstände machen."

„Ach Quatsch. Das passt schon."

Erst nach ein paar Sekunden bemerkte Brechtl den Haken an der Sache.

„Ähm ... mir fällt grade ein: Ich hab gar kein Sofa. Das hab ich vor zwei Wochen entsorgt."

„Ach ja, die Sache mit dem Bier. Hast du erzählt. Aber du hast ein Doppelbett, oder?"

„Ja, schon."

„Wenn's dir nichts ausmacht ..."

„Äh, ja, mir macht das nichts aus, wenn du ...", stammelte Brechtl.

„Wir sind doch erwachsene Leute, oder?"

„Klar. Ist o.k."

„Können wir dann noch schnell bei mir vorbeifahren, damit ich meine Zahnbürste holen kann?"

„Auch das."

Ein bisschen mehr als ihre Zahnbürste war schon in der Tasche, die Sonja aus ihrer Wohnung schleppte.

„Keine Angst! Ich zieh nicht bei dir ein. Ich mag es nur nicht, wenn meine persönlichen Sachen rumliegen, während fremde Leute in meiner Wohnung sind."

„Smoke on the water" tönte aus Brechtls Hemdtasche, bevor er darauf antworten konnte.

„Brechtl."

„Moin Kalle, wo treibst du dich denn rum?"

„Moin Jan. Ich komm gleich. Was gibt's?"

„Ich hab was gefunden auf dem Film. Schau's dir am besten selber an."

„Bin schon auf dem Weg."

Brechtl hätte sich das Gewackel bestimmt keine zehn

Minuten anschauen können, ohne Kopfschmerzen zu bekommen. Aber Jan hatte den ganzen Vormittag durchgehalten und tatsächlich etwas bemerkt, was viele andere garantiert übersehen hätten.

„Eines vorab", sagte er, als sich die ganze Mannschaft um seinen Bildschirm herum versammelt hatte. „Der Film dauert fast zweieinhalb Stunden. Während der ganzen Zeit hat Alexander Cornelius den Raum nicht verlassen. Er kommt als Mörder von Frau Schwemmer nicht infrage."

Brechtls Weltbild geriet ins Wanken.

„Na ja, zumindest nicht während dieser zweieinhalb Stunden. Aber ..."

„Jetzt wart doch mal ab", unterbrach ihn Jan, „und schau dir an, was ich meine. Hier bei Minute vierundfünfzig geht's los. Schaut mal nicht auf Cornelius. Der hält Smalltalk mit irgendeiner Seniorin. Im Hintergrund sieht man durch das Fenster den Parkplatz vor dem Haus. Da spielt die Musik."

Alles war ziemlich verwackelt, aber man konnte erkennen, wie eine Frau mit ihrem Rollator auf den Parkplatz einbog. Jan stoppte den Film.

„Das Gesicht ist zwar nicht besonders gut zu erkennen, aber die Kleidung, der Rollator mit der Edeka-Tasche – das ist Luise Schwemmer, eindeutig."

Er ließ den Film weiterlaufen.

„Sie geht auf die Eingangstür zu. Jetzt bleibt sie stehen und unterhält sich mit jemandem. Leider sieht man nicht, mit wem. Da ist der Vorhang im Weg. Dann dreht sie um und geht wieder zurück."

Er stoppte den Film wieder.

„So. Und jetzt müsst ihr genau aufpassen, weil man nur den Bruchteil einer Sekunde sieht, mit wem sie gesprochen hat. Da, zwischen dem Vorhang und dem Fensterrahmen."

Alle starrten konzentriert auf den Bildschirm. Für einen kurzen Moment sah man zwei Personen. Die vordere hielt einen aufgespannten Regenschirm in der Hand, der leider ihren Kopf verdeckte. Von der anderen sah man nur die langen, dunklen Haare. Das Gesicht war ebenfalls nicht zu erkennen. Dann wackelte das Bild wieder weg und man sah Cornelius am Kaffeetisch sitzen.

„Das geht doch viel zu schnell. Da erkennt man ja gar nichts", beschwerte sich Brechtl.

„Zwei Frauen, würde ich sagen", vermutete Sonja, „aber wer?"

„Moment."

Jan tippte im Einzelbildmodus, bis er an der entscheidenden Stelle war.

„Hier. Merkt euch die Klamotten der vorderen Frau."

Er übersprang einige Zeit, bis zu einer Stelle, an der sich eine Frau neben Cornelius an den Tisch setzte. Sie trug genau dieselbe Kleidung und strich sich mit beiden Händen durch ihr nasses Haar, bevor sie ein Lächeln aufsetzte und mitplauderte.

„Katja Dallmayer. Das ist die Lebensgefährtin von Cornelius. Wie viel Zeit ist inzwischen vergangen, also zwischen dem Gespräch mit Frau Schwemmer und dem Moment, an dem sie wieder zurückkommt?", erkundigte sich Brechtl.

„Eine knappe Viertelstunde."

„Das reicht. Sie geht ihr hinterher und zack. Danach setzt sie sich wieder an den Tisch, so als ob nichts gewesen wäre."

„Ihre Haare sind nass. Also ist sie ohne Regenschirm zurückgelaufen", bemerkte Sonja.

„Logisch. Der lag ja im Bach. Glaube nicht, dass das so geplant war."

„Glaubst du, dass der Mord geplant war?"

„Das ist ein abgekartetes Spiel. Von vorne bis hinten. Cornelius wusste, dass er überwacht wurde. Der ist doch nicht so blöd und bemerkt nicht, dass überall, wo er ist, dieser Kunsthändler rumschleicht. Und das nutzt er ganz geschickt aus. Er stößt uns sogar noch mit der Nase drauf und liefert uns so sein Alibi. Seine Frau muss die Drecksarbeit erledigen. In der Nacht suchen sie nach dem Buch und stellen fest, dass es nicht in Frau Schwemmers Zimmer ist. Wo soll es schon sein, wenn nicht bei Frau Cortez. Sie haben nicht viel Zeit, es zu holen, denn die will ja nach Brasilien fliegen. Also denken sie sich die Sache mit dem fingierten Selbstmord aus, bringen auch noch Frau Cortez um und verteilen schön offensichtlich die Spuren. Hätte auch fast geklappt, der Zaubertrick – aber eben nur fast."

Brechtl war stolz auf sich. Er hatte den großen Magier durchschaut. So leicht ließ er sich nicht hinters Licht führen.

„Also, auf geht's!" Er klatschte in die Hände.

„Was hast du vor?", wollte Sonja wissen.

„Na, was wohl? Ich schnapp mir die beiden."

„Und dann?"

„Zeig ich ihnen den Film. Da bin ich mal gespannt, wie sie sich rausreden wollen."

„Gar nicht. Frau Dallmayer hat sich mit Frau Schwemmer unterhalten. Das kannst du beweisen, aber keinen Mord."

„Schau doch hin. Sie hat die Tatwaffe in der Hand. Sie ist am Tatort zur Tatzeit. Was willst du noch?"

„Sie hat einen Regenschirm in der Hand. Wahrscheinlich, weil's regnet. Sie ist in der Nähe des Tatorts, wie fünfzig andere auch, und die Tatzeit kennen wir nicht genau. Das zerpflückt dir doch jeder Provinzanwalt."

„Sag mal, auf welcher Seite stehst du eigentlich?", maulte Brechtl.

„Was soll die blöde Frage? Ich will nur nicht, dass du

in deiner Hektik losrennst und der Dallmayer erzählst, dass wir sie für eine Mörderin halten."

„Ach so, ich soll lieber warten, bis die beiden über alle Berge sind? Toller Plan!"

„Sie sind nach der Tat nicht abgehauen, warum sollten sie es jetzt tun?"

„Und was wäre dann Ihr Vorschlag, Frau Oberkommissarin?"

„Dass du erst mal einen Kaffee trinkst und dann ein paar Beweise sammelst, bevor du sie nach vierundzwanzig Stunden wieder laufen lassen musst."

Brechtl verschränkte grantig die Arme und schaute in die Runde. Keiner sagte etwas, aber allen war anzusehen, dass sie Sonjas Vorschlag für den richtigen hielten.

„Die Sache ist so glasklar, da ist es doch nur eine Frage der Zeit, bis sich die beiden in Widersprüche verstricken."

„Was machst du, wenn der Sachverständige am Montag sagt, dass der Brief echt ist?", meldete sich Jan zu Wort.

„Ach komm, Jan, das glaubst du doch selber nicht!"

„Schau dir mal das Bild an. Die zweite Person neben Frau Dallmayer, das könnte doch ohne weiteres Frau Cortez sein, die sich danach mal eben den Regenschirm ausleiht."

Brechtl raufte sich seine paar verbliebenen Haare.

„Das haben wir doch jetzt schon durchgekaut. Die Cortez hatte gar kein Motiv."

„Also keines, das wir kennen zumindest, aber ..."

„Jetzt fang du nicht auch noch an, Manne!"

„Ich sag ja nicht, dass du nicht recht hast. Aber wir sollten echt nichts überstürzen."

Brechtl schaute von einem zum anderen. Anscheinend waren sie sich einig. Drei zu eins – er war überstimmt.

„Wenn die mir abhaun, könnt ihr das dem Hermann

erklären!“ Trotzig drehte er sich um und ging in sein Büro.

Eine ganze Zeit lang ließen sie ihn dort alleine vor sich hin brummen. Schließlich ging die Tür auf und Sonja kam mit einer Bäckertüte in der Hand herein.

„Krapfen?“

Sie wusste genau, wie man ihn anpacken musste. Er holte die Kaffetassen aus dem Regal und schaltete die Maschine ein.

„Jetzt mal ehrlich – es kann doch gar nicht anders gewesen sein. Oder glaubst du tatsächlich, dass der Cornelius und die Dallmayer nichts damit zu tun haben?“

Er nahm einen Krapfen und biss herzhaft hinein.

„Du hast es mit einem Juristen zu tun, der mit allen Wassern gewaschen ist, und außerdem hast du noch einen Staatsanwalt an der Backe, der sich nicht mit Mutmaßungen abspeisen lässt. Ohne handfeste Beweise geht da gar nichts. Wir brauchen Zeit. Und bis dahin müssen die beiden denken, dass wir auf ihre Geschichte hereingefallen sind. Also nur keine schlafenden Hunde wecken!“

Sonja nahm ihre volle Kaffeetasse aus der Maschine.

„Trotzdem will ich sie observieren lassen.“

„Das geht nur über die Staatsanwaltschaft.“

„Ich weiß.“ Brechtl warf ihr einen zuckersüßen Blick zu.

„Schon gut, ich ruf ihn an“, stöhnte Sonja und ging in ihr Büro.

Während er den Rest seines Krapfens verspeiste, hatte Brechtl eine geniale Idee, wie er fand.

Er kramte eine Visitenkarte aus seinem Notizbuch und tippte die Nummer ins Telefon.

„Pegnitz-Zeitung, Andreas Kirchner.“

„Brechtl, Kripo Schwabach. Grüß Gott, Herr Kirchner."

„Herr Brechtl ... Was kann ich für Sie tun?"

„Sie sind immer noch an Informationen über die Wasserleiche interessiert?"

„Selbstverständlich."

„Kann ich mich darauf verlassen, dass das, was ich Ihnen erzähle, genau so morgen in der Zeitung steht?"

„Kommt darauf an, was Sie mir erzählen."

„Die Wasserleiche in Lauf war eine junge Studentin aus Brasilien. Sie hat Selbstmord begangen. Das haben Sie selbst recherchiert und ich habe es Ihnen bestätigt."

„Tut mir leid, wir berichten grundsätzlich nicht über Selbstmorde."

„Gut. Das müssen Sie selbst wissen, ob Sie an der Story interessiert sind."

Brechtl legte noch nicht auf, sondern wartete ein paar Sekunden. Ihm war klar, was kommen würde.

„Wie alt war sie?", erkundigte sich Kirchner.

„Sechsundzwanzig."

„Und die Hintergründe?"

„Sind noch unklar."

„Herr Kommissar ... Sie wollen mir doch nicht erzählen, dass es da keinen Zusammenhang zu dem Mord in Röthenbach gibt. Sie haben doch einen Hintergedanken, sonst wäre es Ihnen nicht so wichtig, dass das in der Zeitung steht."

„Wichtig ist mir vor allem, dass in der Zeitung Tatsachen stehen und keine Spekulationen."

„Und dieser Selbstmord ist eine Tatsache?"

„Natürlich."

„Ebenso wie der Mord in Röthenbach?"

„Herr Kirchner ... Sie erinnern sich an unsere Abmachung? Sie spekulieren nicht und ich halte Sie auf dem Laufenden. Nur so kann das funktionieren."

„Sie können mir das Denken nicht verbieten."

„Sie können von mir aus denken, was Sie wollen. Sie sollten es nur nicht veröffentlichen, wenn Sie im Geschäft bleiben wollen."

„Wann gibt es die ganze Story?"

„Sobald sie niet- und nagelfest ist."

„Ich kann mich darauf verlassen?"

„Deal ist Deal."

„Gut. Ich faxe Ihnen einen Vorabdruck."

„Danke."

Man konnte über Brechtl sagen, was man wollte, eines war er sicher nicht: Nachtragend. Ob das nun seiner Toleranz oder seiner Vergesslichkeit geschuldet war, sei dahingestellt. Jedenfalls beruhigte er sich normalerweise genauso schnell, wie er sich aufregte. Und wenn er im Unrecht war, gab er es zu. Das unterschied ihn von den meisten Vorgesetzten und das war auch der Grund, warum er kein Motivationsseminar brauchte, um seine Mitarbeiter bei der Stange zu halten.

Er griff sich die Tüte mit den restlichen Krapfen und ging hinüber zu Manne und Jan.

„Jungs, ihr habt recht. Wir greifen erst zu, wenn wir Beweise haben. Wir lassen die beiden vom KDD observieren. Es kann aber eventuell sein, dass ich euch am Wochenende brauche."

Manne hatte nichts gegen Sonderdienste. Er hatte keine Kinder und seine Freundin arbeitete im Schichtdienst am Fürther Klinikum, die hatte Verständnis für unregelmäßige Arbeitszeiten. Anders sah es bei Jan aus. Seine Töchter waren zwar schon erwachsen, aber seine Frau war gar nicht begeistert, wenn er am Wochenende arbeiten musste. Diesmal aber grinste er breit.

„Kannst du mir das schriftlich geben? Meine Frau will mit mir auf ein Wellness-Wochenende nach Bad

Aibling. Hat sie von ihrer Freundin zum Geburtstag bekommen. Und am Samstag spielt ‚The Blues AC.T' im Balazzo Brozzi."

Sicher wieder eines von diesen Jazzkonzerten, die Jan unerklärlicherweise so gern besuchte. Ihn stattdessen auch noch in die Berge zu schleppen, verstieß eindeutig gegen die ostfriesische Menschenrechtskonvention.

„Ich helf gerne, wo ich kann!", grinste Brechtl zurück. „Also passt auf: Ich möchte, dass ihr die Alibis der beiden für die Nacht von Freitag auf Samstag checkt, unauffällig natürlich. Die Dallmayer war angeblich bei ihren Eltern, von Cornelius weiß ich nichts. Das wäre dein Job, Manne. Und Jan, wenn du dir statt der bayerischen Alpen lieber die Filme von unserem Freizeit-Detektiv anschaust, hätte ich auch nichts dagegen. Krapfen?"

„Gerne. Hast du noch den Laptop von Cornelius? Vielleicht finde ich da was drauf. Terminkalender oder so."

„Gute Idee. Ich bring ihn dir gleich rüber."

Brechtls Laune war schon wieder erheblich besser, als er in sein Büro zurückging. Das konnte man von Sonja nicht behaupten. Sie saß mit funkelnden Augen auf seinem Stuhl und brodelte wie ein Schnellkochtopf. Noch eine Sekunde und das Ventil würde pfeifen.

„Dieses Arschloch!"

Oha. Es war soweit.

„Gestern noch Frau Nuschler hin, Frau Nuschler her, aber selbstverständlich kann ich Ihnen da weiterhelfen ...", äffte sie Hermann nach, „und heute macht er mich zur Sau, was uns einfällt, eigenständig Ermittlungen zu führen, ohne ihn zu verständigen. Dass er es ja gewohnt ist, von uns nur halbseidene Verdächtigungen statt vernünftiger Beweise zu bekommen. Aber ein Filmschnipsel mit irgendjemandem drauf, dafür opfert er keine Steuergelder und die Kollegen vom KDD hätten Wichtigeres zu tun, als unsere Hirngespinste zu verfolgen."

Sie nahm einen Schluck aus ihrer Kaffeetasse, die sie verkrampft mit beiden Händen hielt. Donnerwetter, so hatte Brechtl sie schon lange nicht mehr erlebt. Er hatte ein wirklich schlechtes Gewissen, weil er nicht selbst angerufen hatte. Sonja war gar nicht mehr zu bremsen.

„Warum überhaupt ich anrufe und ob du wohl schon im Wochenende bist und die Frauen arbeiten lässt, anstatt an deinem Abschlussbericht zu schreiben. Ich könnt ihn erwürgen, diesen aufgeblasenen Paragrafenheini! Frauen bei der Polizei, das hat's früher auch nicht gegeben."

Brechtl stand ziemlich hilflos in der Ecke und hoffte darauf, dass Sonja sich wieder beruhigen würde.

„Das hat er nicht gesagt, aber so hat er es gemeint, der ... der ... Depp."

Sie nahm noch einen Schluck.

„So. Jetzt bin ich fertig." Sie streckte ihm ein Blatt Papier hin. „Du hast ein Fax."

Lauf. Bei der Leiche, die während des Hochwassers am Mittwoch nahe dem Wenzelschloss aus der Pegnitz geborgen wurde, handelt es sich um eine sechsundzwanzigjährige Studentin. Wie die Kripo Schwabach auf Anfrage bestätigte, beging die junge Frau, die aus Brasilien stammt, Selbstmord. Zu den Hintergründen der Tat machte die Polizei keine näheren Angaben. Vermutlich waren persönliche Probleme der Auslöser.

Beste Grüße
Andreas Kirchner
Pegnitz-Zeitung

Genauso hatte Brechtl sich das vorgestellt. Für die normale Leserschaft kein großer Aufreger und für Cornelius und Konsorten die Bestätigung, dass die Polizei auf seinen Trick hereingefallen war.

„Das hab ich ihm diktiert", verkündete er stolz.

„Das glaubst du doch selber nicht. Im ersten Satz ist ein Genitiv", gab Sonja zurück.

„Sorry", entschuldigte sie sich eine Sekunde später, als sie Brechtls betretenes Gesicht sah, „ich bin immer noch ... War 'ne gute Idee."

„Das heißt also: Keine Observation?", fragte er noch mal nach.

„Nix. Nada. Niente. Am Montag will er entweder den Abschlussbericht oder eine schlüssige Begründung, weshalb wir weiterermitteln."

„Da kommt ja hoffentlich der Schriftvergleich. Wenigstens was."

„Und bis dahin?"

Brechtl spielte mit dem Gedanken, seinen alten Freund Pfulle zu Rate zu ziehen. Schon damals, als sie noch Kollegen beim K1 waren, hatte er ihn dafür bewundert, dass er in allen Lebenslagen weiter wusste.

„Eine Vierundzwanzig-Stunden-Überwachung schaffen wir alleine sowieso nicht. Wir können höchstens mal vorbeischauen, ob sie noch da sind. Ich hab Manne gesagt, er soll die Alibis für Freitag checken. Ach so ...", fiel ihm ein, „ich soll ihm ja den Laptop von Cornelius bringen."

Er griff sich das Gerät und brachte es seinem Kollegen. Als er wieder zurückkam, saß Sonja an ihrem PC und tippte.

„Was machst du?"

„Ja was wohl? Ich schreibe den Abschlussbericht zusammen."

„Ist das dein Ernst? Du willst die Sache doch nicht wirklich an den Nagel hängen?"

„Nein, will ich nicht. Aber wir brauchen was für den Fall, dass wir am Montag keine Bestätigung für unseren Verdacht bekommen. Der Hermann und der Präsident sind so ...". Sie schmiegte ihre Zeigefinger aneinander.

„Ich hab noch ein bisschen bis zur Pensionierung und ich hab keinen Bock, den Rest meiner Dienstzeit wegen dem Idioten in irgendeinem Kämmerchen zu versauern."

„Jetzt mal nicht gleich den Teufel an die Wand. So schlimm wird's schon nicht werden."

„Du hast ihn ja nicht erlebt am Telefon."

Brechtl hatte immer noch ein schlechtes Gewissen.

„Also gut, ich helf dir. Was soll ich machen?"

Sie erledigten zusammen die mühselige Schreibarbeit, die Brechtl überhaupt nicht leiden konnte. Als sie schon fast fertig waren, rief Manne sie zu sich.

Auf seinem Schreibtisch stand Cornelius' Laptop, auf dem dessen Facebook-Account geöffnet war. „Schaut mal her. Ich hab hier eine Krissi Jansen, mit der schreibt er ständig irgendwelche kryptischen Nachrichten hin und her. Hier zum Beispiel schreibt sie: ‚Kaffeepause Mo20bm?'. Oder hier ‚ZauberHaft? Hast du SFB?'. Das war an dem Mittwoch, an dem Frau Schwemmer umgebracht wurde. Und am Tag darauf antwortet er: ‚Freitag Nacht SFB. 20bm?' und sie wieder ‚-o-o- ;)'."

„Was zum Teufel ist SFB?"

„Sender Freies Berlin", schlug Jan vor.

„Sie wird ihn ja sicher nicht nach seinem Fernsehempfang fragen. Noch dazu an den Tagen, an denen die Morde passiert sind."

„War nur Spaß."

„Ich will wissen, wer das ist. Ist der Martin noch im Haus?", erkundigte sich Brechtl.

„Da brauch ich keinen Martin. Facebook ist ein offenes Buch, wenn man sich damit auskennt."

Mit ein paar Klicks hatte Manne die Seite dieser Krissi Jansen geöffnet.

„Wenn du ein bisschen herumschnüffelst, hast du schnell alle Informationen, die du haben willst."

Er gab Brechtl einen Notizzettel.

Julia Kristiansen
Tannenstraße 1
90552 Röthenbach

„Voilà", sagte er stolz.

„Gute Arbeit!", lobte Brechtl. „Der werden wir mal einen Besuch abstatten."

„Was ist jetzt am Wochenende?", wollte Jan wissen.

„Ich kann's dir noch nicht versprechen."

„Kalle, bitte!"

„Na gut, dann kommt ihr Samstagnachmittag ab zwei ins Büro."

„Danke!" Jan griff zum Telefon, um seine Frau anzurufen.

Die Tannenstraße 1 oder schlicht „das Hochhaus" war gar nicht so weit von Brechtls Wohnung entfernt. Ein in die Jahre gekommener Betonbau direkt an der Staatsstraße nach Lauf, mit einem Klingelschild, das größer war als die Eingangstür.

„Kristiansen. Ich hab's." Brechtl drückte auf den Knopf.

„Ja, bitte?"

„Kripo Schwabach, Brechtl. Können wir kurz mit Ihnen sprechen?"

„Fünfter Stock, rechts."

Der Türöffner summte.

Julia Kristiansen war Mitte vierzig, schlank und hatte schulterlange, dunkle Haare. Keine ausgesprochene Schönheit, aber hübsch, wie Brechtl fand.

„Wir hätten nur ein paar kurze Fragen an Sie."

„Ja, bitte", bat sie die Kommissare in ihre Wohnung.

„Sie haben einen Facebook-Account unter dem Namen Krissi Jansen. Ist das richtig?"

„Ja, aber das ist doch nicht verboten, oder?"

„Nein, nein. Es geht um einen Chat, den Sie mit Alexander Cornelius führen."

Frau Kristiansen wurde etwas blass um die Nase.

„Ich habe hier ein paar Auszüge daraus und möchte Sie um eine Übersetzung bitten."

„Äh ... muss ich das?"

„Sie müssen natürlich gar nichts aussagen, vor allem nicht, wenn es Sie in irgendeiner Form belasten würde."

„Wie, belasten?"

„Na ja, wenn Sie, also nur zum Beispiel, an einer Straftat beteiligt wären, müssen Sie nichts sagen, was gegen Sie spricht. Aber alles, was Sie aussagen, kann bei Gericht verwendet werden."

„Bei Gericht? Ich hab doch nichts Strafbares getan. Wieso Gericht?"

„Machen Sie sich mal keine unnötigen Sorgen, Frau Kristiansen. Wir möchten nur wissen, worum es in diesem Chat geht."

„Das ist aber halt ... privat."

„Wir behandeln Ihre Aussage selbstverständlich vertraulich. Und es ist Ihnen doch sicher lieber, wenn wir Sie hier bei Ihnen befragen als auf der Polizeiinspektion."

„Ja, schon."

„Worum geht es da zwischen Herrn Cornelius und Ihnen? Was heißt zum Beispiel ‚Kaffeepause Mo20bm'?"

„Alex und ich, wir sind, na ja ...", druckste sie herum.

„Sie haben ein Verhältnis", half Brechtl ihr auf die Sprünge.

„So kann man das nicht sagen. Er ist ja mit Katja nicht verheiratet."

„Ist ja nichts Schlimmes. Also ...?"

„Katja heißt mit Nachnamen Dallmayer. Wie der Kaffee. Und manchmal braucht Alex eben eine Kaffeepause.

Sie kann etwas anstrengend sein, wenn Sie wissen, was ich meine."

„Und Mo20bm?"

„Montag, zwanzig Uhr bei mir."

„Wofür steht SFB?"

„Sturmfreie Bude. Wenn Katja nicht zu Hause ist."

„Und ZauberHaft?"

„Also das ist jetzt schon ein bisschen intim. Es ist ein ... ein Spiel, das wir spielen."

„Wenn ich das richtig interpretiere, lädt Sie Herr Cornelius für letzten Freitagabend zu diesem Spiel ein. Waren Sie in der Nacht von Freitag auf Samstag letzter Woche tatsächlich bei ihm?"

„Ja", bestätigte sie, „Katja war bei ihren Eltern."

„Die ganze Nacht? Von wann bis wann?"

„Von Freitagabend um acht bis Samstagvormittag so gegen elf."

„Und Sie waren beide die ganze Zeit im Haus von Herrn Cornelius?"

„Ja."

„Könnte es nicht sein, dass er mal eine Zeit lang weg war, während Sie geschlafen haben?"

Sie antwortete etwas zögerlich.

„Wir haben nicht geschlafen."

„Gar nicht?"

„Das gehört zu dem Spiel. Aber mehr möchte ich jetzt wirklich nicht sagen."

„Müssen Sie auch nicht."

Brechtl notierte nur die Kernaussage, das Alibi für Cornelius, in seinem Notizbuch und ließ sie unterschreiben. Die Details waren für den Fall nicht wichtig.

„Warum fragen Sie das alles? Hat das mit der alten Frau zu tun, die ermordet wurde?"

„Im weitesten Sinne."

„Und was hat Alex damit zu tun?"

„Offensichtlich nichts", musste Brechtl zugeben und verabschiedete sich.

Ihre Aussage war absolut glaubwürdig. Es passte Brechtl gar nicht ins Konzept, dass Cornelius für beide Taten ein Alibi hatte.

Aber wie Sonja ganz richtig feststellte: „Er kann nicht zur gleichen Zeit an zwei Orten sein. Er ist Magic Cornelius, nicht David Copperfield."

„Meinst du, sie könnte die Frau mit den dunklen Haaren sein, die neben Frau Dallmayer stand, als sie sich mit Frau Schwemmer unterhalten hat?"

„Das kann ich mir beim besten Willen nicht vorstellen. Ich glaube nicht mal, dass die beiden sich kennen. Nach einem flotten Dreier-Komplott sieht mir das ganz und gar nicht aus, sonst würden sie sie ja mitspielen lassen."

„Die Spielregeln hätte ich mir schon gern erklären lassen."

„Dann hättest du halt fragen müssen."

„Na ja", Brechtl verzog das Gesicht. „So ins Detail wollte ich dann auch nicht gehen. Aber was das Zeichen mit den Bindestrichen und den kleinen Os bedeutet, wäre noch interessant gewesen."

Sonja öffnete ihre Handtasche und zog die Handschellen heraus.

„Zauber-Haft ... Bist du echt so schwer von Begriff?"

Brechtl verdrehte die Augen.

„Okay – lass uns von was anderem sprechen. Wie sieht's mit Abendessen aus?"

„Du bist der Röthenbacher. Schlag was vor!"

Brechtl fuhr zum Sailersberg, einer Wirtschaft an der Straße nach Rückersdorf. Sonja entschied sich für einen gebackenen Karpfen, Brechtl war das Um-die-Gräten-herum-Essen heute zu viel Aufwand. Er bestellte sich ein Schnitzel, trank zwei Bier dazu und beschloss, nicht mehr von der Arbeit zu sprechen. Der Plan wäre beinahe aufgegangen, hätte Sonja nicht einen Anruf erhalten.

Es war Frau Kühnert, die ihr das neueste Umfrageergebnis mitteilte. Keiner der Besucher des Seniorennachmittags hatte Maria Cortez dort gesehen. Sonja bedankte sich herzlich und versprach, sich zu melden, wenn Frau Kühnerts Mitarbeit noch einmal benötigt würde.

„Du hast ihr deine Handynummer gegeben?", fragte Brechtl, nachdem sie aufgelegt hatte.

„Ja klar. Ich hab ihre auch."

„Die hat ein Handy?"

„Die kann mit ihrem iPhone wahrscheinlich besser umgehen als du mit deinem Billigteil. Du musst nicht immer denken, dass alle alten Leute im letzten Jahrtausend zurückgeblieben sind."

„Und du glaubst, dass diese Aussagen irgendwie verwertbar sind?"

„Zumindest glaube ich, wenn Frau Cortez dort gewesen wäre, hätten sich zumindest ein paar Leute daran erinnert. Eine junge Brasilianerin wäre ja wohl aufgefallen unter all den Senioren, von denen jeder jeden kennt."

„Hmm. Ich wollte heute eigentlich nicht mehr über die Arbeit reden."

„Ich auch nicht. Gehn wir?"

Sie fuhren zu Brechtls Wohnung und setzten sich mit einer Flasche Wein, die Sonja aus ihrer Tasche zauberte, an den Küchentisch. Bis Mitternacht plauderten sie über Gott und die Welt, bevor sie reichlich angeheitert das Bettzeug für Sonja überzogen und schlafen gingen.

Kapitel 12

Jemand rüttelte an seiner Schulter.

„Kalle. Aufwachen. Es wird langsam Zeit!"

Brechtl öffnete die Augen und blickte in Sonjas Gesicht. Einen Moment lang wusste er nicht, wo er war. Dann erkannte er seine Schlafzimmermöbel.

„Moin Sonja. Ich hab so schön geträumt."

„Dafür hast du aber ganz schön um dich geschlagen."

„Sorry. Sag mal – erinnerst du dich noch an unseren allerersten Fall? Die Geschichte mit dem Radfahrer und dem Schnaittacher Krankenhaus?"

„Glaub mir, die werd ich nie vergessen."

„Davon hab ich geträumt."

„Kann mir was Schöneres vorstellen. Mein Vermieter hat angerufen. Der Kammerjäger hat gemeint, heute Abend kann ich wieder in meine Wohnung."

„Schade eigentlich. Ich hätte mich daran gewöhnen können."

„Ich nicht. Du sägst wie ein Waldarbeiter."

„Du meinst, das wird nichts mit uns beiden?", scherzte Brechtl.

„Wenn ich morgens ausgeschlafen und ohne blaue Flecken zum Dienst erscheinen soll, eher nicht."

„Und sonst?" Brechtl setzte sich auf und zog den Bauch ein.

„Lass mich nachdenken …"

Sie musterte ihn von oben bis unten.

„… nee!"

„Na warte!"

Brechtl warf sein Kissen nach ihr, während sie aus dem Schlafzimmer flüchtete.

„Steh lieber auf. Frühstück ist schon fertig."

Brechtl ging ins Bad, zog sich an und setzte sich dann mit ihr an den Küchentisch.

„Hast du noch was vor bis heute Abend?", fragte er.

„Eigentlich nicht."

„Was hältst du davon, wenn wir Pfulle mal wieder besuchen? Würde mich interessieren, was er zu der Suizidsache meint."

„Von mir aus gern."

Pfulle wohnte in Fischbach direkt am Augraben, in einem schicken Einfamilienhäuschen. Alles war behindertengerecht umgebaut worden, damit er mit seinem Rollstuhl alleine zurechtkam. Es gab sogar einen Fahrstuhl in den ersten Stock. Auch Brechtl hatte damals auf der Baustelle ordentlich geschuftet. Im Sommer konnte man in dem kleinen Garten prima grillen, aber jetzt im November war es einfach zu kalt, um sich in die altmodische Hollywoodschaukel zu setzen. Pfulles Frau Christine öffnete ihnen die Tür und Brechtl umarmte sie freundschaftlich zur Begrüßung. Seit Pfulles Unfall waren sie ein Herz und eine Seele.

„Und, alles o.k.?", erkundigte er sich. „Gut schaust aus!"

„Ach – Schmarrer", lachte sie.

„Du gell, wennsd mer mei Fra obaggersd, is fei Schluss mid lusdich!", rief Pfulle aus dem Wohnzimmer.

„Servus Digger! Dou hobbi ka Angsd. Du derwischd mi ja eh ned."

Mit Pfulle konnte man ohne Weiteres Scherze über seine Behinderung machen. Im Gegenteil, er hasste es, wenn er anders behandelt wurde, nur weil er im Rollstuhl saß.

„Grüß dich, Sonja. Häldsders immer no mid dem aus?"

„Hallo Pfulle. Na ja, er hat ja sonst niemanden", scherzte sie.

„Wos wolldern dringn?"

„Irgendwas alkoholfreies, Wasser am besten."

„Und du?"

„Is nu aweng ball fier a Seidler. Ich nimm a Cola, wennsd ans hasd."

„Fraale."

Christine brachte die Getränke und setzte sich mit an den Wohnzimmertisch.

„Ein Sauwedder, horch. Edz kennerds scho mol widder andersch wern", beschwerte sich Pfulle.

„Konnsd frou sei, dass ned schneid. Sonsd mousd no Winderraffm af dein Rolli aafzieng."

„Du lachsd – des gibds fei wergli."

Sie plauderten noch eine Zeit lang, bis Pfulle nachfragte:

„Wos is edz eigndlich aus dem Cornelius worn?"

„Na ja, des is alles ned so einfach. Dou wolldi eh amol dei Meinung hearn."

Brechtl und Sonja schilderten ihre Ergebnisse ausführlich und zeigten Pfulle ein Foto des Abschiedsbriefes.

„Edz gemmer erschd amol af die Derrassn." Zielstrebig rollte er hinaus und zündete sich eines seiner krummen Zigarillos an. Dieses Laster hatte er immer noch nicht aufgegeben.

„Also, wennsd mich frogsd, had si des Madler ned selber umbrachd. Scho allaans der Abschiedsbrief: Liebe Leid, es doud mer leid und tschüss", fasste er den Inhalt in seiner recht eigenen Art zusammen, „des bassd ned zu an junger Madler. Die schreibd endweder goar nix, walls schbondaan Schluss machd, oder glei a boar Seidn an die Eldern, an die Freind und so weider. Obber ned su a Kurdsnodids. Und dann der Afwand, wos alles midgschlaaferd had. Des Bouch, ihrn Läbbdobb, wos ner sunsd nu? Hädds goar kanne Schdaa mehr brauchd."

Er zog noch einmal an seinem Zigarillo.

„Obber ans moui song, Kalle: Hasd scho wos derzou glernd, af deine aldn Dooch."

„Wieso?"

„Na ja, fräier häddsd du dei Gnarre und deine Handschelln baggd, wärsd losgrennd und häddsd den Cornelius und sei Fraa fesdgnummer. Obber edzer dousd schee langsam hindnrum ermiddln, bisd Beweise hasd. Genau su is richdich. Ner ned huudln!"

Brechtl warf einen Blick zu Sonja, die sich ein Grinsen verkniff und nur kommentarlos von ihrem Mineralwasser trank.

„Naa. Des wär ja a Gschmarri gween. Mir homm in Hermann als Schdaadsonwald, der hädd ja nie an Hafdbefehl ausgschdelld", bestätigte Brechtl.

Sonja fing an zu husten und hatte damit zu kämpfen, dass ihr das Wasser nicht zur Nase herauskam.

„Hasdi verschluggd, Madler?"

Pfulle klopfte ihr auf den Rücken.

„Danke, geht schon wieder."

„Mensch bei dem Wedder kummi ieberhabds nimmer zum Flieng", wechselte Brechtl schnell das Thema. „Ich woar scho drei Wochn nimmer af der Wiesn."

„Hasd wohrscheinli an Haffm Geld gschboard af die Duur", spielte Pfulle auf die zahllosen Bruchlandungen an, die Brechtls Modellflugzeuge schon hinter sich hatten.

„Hobbder aweng an Hunger midbrachd?", unterbrach Christine die drei. Was für eine Frage!

Es gab Bratwürste mit Christines unvergleichlichem Kartoffelsalat und zum Abschluss eine Kostprobe von Pfulles Selbstgebranntem. Inzwischen pflückte zwar Christine die Früchte und das Brennen übernahm eine Lohnbrennerei, „obber is Rezebd is vo mir", wie er betonte. Sie hätten es so noch ein Weilchen ausgehalten mit Pfulle und seinen berühmten Geschichten, aber kurz nach dem Mittagessen klingelte Brechtls Handy.

Professor Fuhrmeister klang ziemlich aufgeregt. Er müsse ihm dringend etwas zeigen, sagte er und bat Brechtl, möglichst sofort nach Erlangen zu kommen.

„Ja mei, Diensd is Diensd und Schnabs is Schnabs“, war Pfulles Kommentar. „Schee, dassd amol widder dou woarsd. Sonja, ade!“

„Ade, Pfulle“, verabschiedete sich Sonja. Sie wusste, dass Pfulle „Tschüss“ nicht ausstehen konnte. „Und danke für das super Mittagessen, Christine.“

„Gern gscheeng!“

Sie fuhren direkt nach Spardorf, einem Erlanger Stadtviertel, in dem die Professorendichte überdurchschnittlich hoch war. Professor Fuhrmeister führte sie in sein Wohnzimmer, wo er das Buch von Frau Schwemmer aufgeschlagen auf dem Tisch liegen hatte.

„Danke, dass Sie so schnell gekommen sind. Ich hätte Sie nicht angerufen, wenn es nicht wirklich wichtig wäre.“

„Das macht doch nichts. Sie haben ja auch Ihr Wochenende für uns geopfert.“

„Bitte.“ Er bot den Kommissaren einen Platz an und kam gleich zur Sache.

„Sagt Ihnen der Name Raropharm etwas?“

„Ehrlich gesagt nein“, gab Brechtl zu.

„Raropharm ist ein österreichischer Pharmakonzern mit Sitz in Wien und spezialisiert auf Medikamente für seltene Krankheiten. Es gibt nur wenige Hersteller, die sich diesen Markt teilen, also praktisch keine Konkurrenz. Deshalb, und natürlich wegen der hohen Entwicklungskosten, sind die Präparate sehr teuer. Eines der Medikamente von Raropharm ist Novaporalin. Unter anderem wird es häufig zur Linderung der Symptome bei

MPS eingesetzt. Es ist eines der am häufigsten verschriebenen Medikamente bei dieser Krankheit. Frau Schwemmer hat fast einhundert Krankheitsfälle über Jahre hinweg verfolgt, zunächst nur im deutschsprachigen Raum, später in ganz Europa. Ihre Recherchen haben ergeben, dass Novaporalin praktisch wirkungslos ist, und Frau Cortez hat dies mit ihren Laboruntersuchungen nachgewiesen. Der verwendete Wirkstoff wird zu annähernd einhundert Prozent einfach wieder ausgeschieden. Und genau das steht in diesem Buch. Können Sie sich vorstellen, was das bedeutet?"

„So ungefähr."

„Wenn diese Forschungsergebnisse als Buch oder als Promotion veröffentlicht werden, wird das eine Lawine auslösen. Nicht nur, dass Novaporalin voraussichtlich seine Zulassung verliert und nicht mehr verkauft werden kann. Vermutlich würden zahllose Schadensersatzklagen gegen Raropharm eingereicht werden. Das Präparat wird international verkauft, also auch in den Vereinigten Staaten. Wie solche Prozesse dort ausgehen, muss ich Ihnen nicht erzählen."

„Von welchen Summen sprechen wir denn da?"

„Auf jeden Fall im dreistelligen Millionenbereich, eher mehr."

Brechtl zog die Augenbrauen hoch.

„Das ist deutlich mehr als ein paar Eigentumswohnungen", murmelte er vor sich hin.

„Ich muss Sie aber noch auf etwas hinweisen, was mich sehr verwundert hat: In der Zusammenfassung, die Sie mir gegeben haben, wird das Medikament nur am Rande erwähnt. In der Gliederung taucht es gar nicht explizit auf. Überhaupt hat die Zusammenfassung nicht allzu viel mit dem tatsächlichen Inhalt des Buches zu tun."

„Ich vermute, Frau Schwemmer wollte die Forschungsergebnisse so lange wie möglich geheim halten", mutmaßte Brechtl.

„Das war auch gut so. Raropharm hätte vermutlich eine Armada von Rechtsanwälten aufgefahren, um die Veröffentlichung zu verhindern."

„Glauben Sie, dieser Pharmakonzern könnte hinter den Morden stecken?", fragte Sonja.

„Den Morden", hakte Fuhrmeister nach. „Hat sich Maria Cortez also nicht selbst getötet?"

„Es gibt Indizien, die gegen einen Suizid sprechen, ja."

„Das habe ich Ihnen gleich gesagt. Und wenn Sie mich fragen, gibt es niemanden, der ein größeres Interesse an diesem Buch haben kann als Raropharm. Beziehungsweise daran, dass es nie veröffentlicht wird."

„Herr Professor Fuhrmeister", mahnte Brechtl eindringlich, „ich bitte Sie, absolutes Stillschweigen über diese Information zu bewahren. Erzählen Sie niemandem, wirklich niemandem, dass Sie wissen, was in diesem Buch steht, oder auch nur, dass dieses Buch überhaupt noch existiert. Das ist für uns außerordentlich wichtig, wenn wir den Täter überführen wollen. Ich gehe davon aus, dass niemand außer uns dreien davon weiß."

„Natürlich. Aber ich hoffe, irgendwann werden diese Forschungsergebnisse veröffentlicht, im Sinne der Patienten, die sich auf Novaporalin verlassen."

„Wenn wir diesen Fall abgeschlossen haben, werden wir sicher einen Weg finden, Ihnen die Ergebnisse zur Verfügung zu stellen. Vielleicht sogar einen offiziellen. Aber bis dahin ..."

„Sie können sich auf mich verlassen, Herr Brechtl."

„Danke. Sie waren uns wirklich eine große Hilfe."

„Wo haben Sie diese Kopie eigentlich her?"

„Das darf ich Ihnen leider auch nicht sagen."

„Ich meine nur, derjenige könnte ja auch den Inhalt weitergeben."

„Keine Sorge. Der ist verschwiegen."

Brechtl stand auf, ließ sich die Aktenordner geben und verabschiedete sich.

„Willst du dich wirklich mit einem Pharmakonzern anlegen? Ist das nicht eine Nummer zu groß für uns?" Sonja war skeptisch.

„Was heißt hier für uns? Der Hermann muss sich mit denen anlegen und für den ist das doch ein gefundenes Fressen auf dem Weg zum Oberstaatsanwalt."

Allein der Name ließ Sonjas Mundwinkel nach unten sinken.

„Eigentlich habe ich keine große Lust, dem auch noch zu einer Beförderung zu verhelfen."

„Du siehst das falsch. Es gibt nur zwei Möglichkeiten. Entweder er gewinnt den Fall, dann sind wir ihn als Staatsanwalt los. Oder er verliert, dann muss er aber in Zukunft kleinere Brötchen backen."

„Oder er schiebt es uns in die Schuhe."

„Sieh es einfach als Motivation."

Sonja konnte Brechtls Euphorie nicht teilen.

„Und wie willst du die Sache anpacken?"

„Genau wie Pfulle es gesagt hat: Langsam hintenrum ermitteln. Ich schlage vor, wir fahren erst mal ins Büro und trinken einen Kaffee. Jan und Manne müssten ja auch schon da sein."

Im Erdgeschoss der Inspektion, in dem die Schupo untergebracht war, herrschte reges Treiben, wie immer am Wochenende. Im ersten Stock hingegen gähnende Leere. Nur ein paar vereinzelte Kollegen aus den anderen Kommissariaten waren da, kein Chef, lediglich das K1 war voll besetzt. Beste Voraussetzungen, um entspannt arbeiten zu können.

„Moin Männer!", begrüßte Brechtl die beiden. „Gut,

dass ihr da seid. Es gibt reichlich Neuigkeiten."

„Pharmakonzerne ... denen trau ich alles zu", war Jans Kommentar nach dem ausführlichen Bericht. „Dann ist auf jeden Fall klar, warum dauernd dieses Buch auftaucht."

„Ich hab auch noch was für euch", ergänzte Manne. „Die Dallmayer hat kein Alibi für Freitag."

„Woher weißt du das?"

„Ich hab einfach ihre Eltern angerufen."

„Du hast was?"

„Ich hab mir das Jahrbuch von ihrem Abiturjahrgang besorgt. Dann hab ich bei den Eltern angerufen und behauptet, ich wäre ein alter Schulfreund, der versucht, Katja zu erreichen, um ein Klassentreffen zu organisieren. Ich wusste die Namen der ganzen Abi-Klasse und hab richtig nett mit ihrer Mutter geplaudert. Und so ganz nebenbei habe ich erfahren, dass die Dallmayer letzte Woche erst ab Samstagnachmittag bei ihren Eltern war. Die Nacht von Freitag auf Samstag war sie also weder dort noch zu Hause. Und ihre Handynummer hab ich jetzt auch."

Donnerwetter – der sonst so korrekte Kollege Manfred Gruber hatte es faustdick hinter den Ohren, wenn's drauf ankam. Dabei fiel Brechtl auf, dass Manne heute noch nicht einmal einen Anzug trug, sondern in Jeans und Sweatshirt zum Dienst erschienen war.

„Raffiniert! Wo hast du die Hose geklaut?"

„Es ist Wochenende, Kalle. Ich hab auch ein Leben außerhalb der Inspektion."

„Schaut mal her!" Jan hatte inzwischen die Internetseite von Raropharm geöffnet. Sie zeigte Bilder von riesigen, vollverglasten Gebäuden, High-Tech-Laboren, strahlenden Patienten und Ärzten, die den Daumen nach oben streckten. Darunter die Firmenphilosophie, die von Mutter Teresa abgekupfert war. Geradezu lächerlich, wenn man wusste, womit der Konzern tatsächlich sein Geld verdiente.

„Viertausend Mitarbeiter haben die weltweit. Wie viele davon Auftragskiller sind, steht nicht dabei", witzelte Brechtl.

„Glaubst du wirklich, die haben einen Killer engagiert? Das ist mir zu viel James Bond. So ein Konzern kann seine Probleme einfach mit Geld lösen. Mit viel Geld."

„Wir haben aber nun mal zwei Tote."

„Kollateralschäden."

„Wie bitte?"

„Na, ich denke, das war so nicht beabsichtigt. Das Ziel war nur, dieses Buch zu bekommen. Dabei ist offensichtlich einiges schiefgelaufen. Ein Profikiller hätte Frau Schwemmer doch nicht am helllichten Tag mit einem Regenschirm erschlagen."

Das war nicht von der Hand zu weisen.

„Herr Keller hat gesagt, dass er das Gefühl hatte, Frau Schwemmer hätte Angst gehabt in den letzten Tagen", erinnerte sich Brechtl.

„Das spricht dafür, dass die Firma schon Kontakt zu ihr aufgenommen hatte. Auch, dass sie die Kopie angefertigt hat und dass sie das Testament ändern wollte. Sie wusste, dass es eng wurde."

„Frau Schwemmer hat sich also darum gekümmert, dass das Buch nicht in die Hände von Raropharm fällt und auch nicht an die Stiftung geht. Warum diese beiden Institutionen?"

Es war eine rhetorische Frage, die Jan trotzdem beantwortete.

„Vielleicht weil die beiden zusammenarbeiten. Und die Kontaktperson könnte Katja Dallmayer sein."

„Genauso sehe ich das auch. Sie kannte das Buch, war so schlau, das Potenzial zu erkennen, und hat sich an die Firma gewandt", folgerte Brechtl.

„Falsch“, widersprach ihm Manne, „Frau Dallmayer kannte das Buch nicht. Sie hatte nur diese Zusammenfassung, in der gar nichts von dem Medikament steht, wie der Professor gesagt hat.“

Da hatte er recht. Schließlich hatte Frau Schwemmer das Buch gehütet wie ihren Augapfel.

„Warum hat sie denn überhaupt diese falsche Zusammenfassung geschrieben? Um einen Verlag zu finden und dann mit dem richtigen Buch die Bombe platzen zu lassen?“

„Einen richtigen Verlag braucht heute doch kein Mensch mehr, um ein Buch zu veröffentlichen. Da findet man im Internet genügend sogenannte Self-publishing-Verlage. Denen zahlt man so zwei-, dreitausend Euro und dann drucken die das. Nur um den Vertrieb muss man sich selber kümmern. Das ist dann der Haken an der Sache.“

„Woher kennst du dich da so gut aus, Manne?“, wollte Brechtl wissen.

„Sag ich nicht. Ist aber so. Und am Geld wäre es bei Frau Schwemmer ja wohl nicht gescheitert.“

„Aber es hätte der Promotion von Frau Cortez geschadet.“

„Und darum glaube ich, dass die Sache ganz anders war“, erläuterte Sonja ihre Version. „Frau Schwemmer hatte gar nicht vor, das Buch zu veröffentlichen. Sie hat es Maria Cortez zur Verfügung gestellt, weil sie wusste, dass ihre Theorie wissenschaftlich und professionell belegt werden musste. Sie hat auch Frau Dallmayer keine Zusammenfassung gegeben. Was hätte das für einen Sinn gehabt? Ich glaube sogar, sie hat nie selbst eine Zusammenfassung geschrieben. Die stammt von Katja Dallmayer und wurde einzig verfasst, um uns hinters Licht zu führen und Maria Cortez ein Motiv für den Mord an Frau Schwemmer zuzuschieben. Deshalb gibt es davon auch keine Schreibmaschinenversion bei den Akten, sondern nur einen Computerausdruck. Sie hat uns diese Papiere mit voller Absicht untergejubelt."

„Das waren bestimmt zehn Seiten, vollgestopft mit medizinischen Fachausdrücken. Woher soll sie denn das alles wissen?" Brechtl fand die Idee ziemlich abenteuerlich.

„Du musst heute nichts mehr wissen. Du kannst alles im Internet nachschauen. Copy-Paste ... fertig ist das Referat. So macht das meine Nichte auch. Ich wette, wenn ich MPS google und die ersten zehn Treffer anschaue, finde ich die Originaltexte, aus denen diese Zusammenfassung besteht. Noch ein bisschen aufhübschen, das dauert nur ein paar Stunden. Sie hatte schließlich vier Tage Zeit zwischen dem Mord und unserem Besuch."

„Die Mutter Dallmayer hat gejammert, dass ihre Tochter so viel zu tun hat und während ihres Besuchs die meiste Zeit an ihrem Laptop verbracht hat. Das würde dazu passen", steuerte Manne bei.

„Frau Dallmayer wollte Frau Schwemmer im Auftrag von Raropharm das Buch abschwatzen. Die wollte es aber nicht hergeben. An der AWO hat sie sie wieder darauf angesprochen. Frau Schwemmer hat daraufhin das Gelände verlassen und Frau Dallmayer ging hinterher. An der Brücke haben sie sich gestritten und die Dallmayer hat zugeschlagen. Daraufhin hat sie alles in den Bach geworfen und ist wieder zurück zu dem Seniorennachmittag. Am Abend ist sie ins Zimmer von Frau Schwemmer eingebrochen und hat das Buch gesucht, aber nicht gefunden, weil es bei Frau Cortez war. Sie hat Cornelius erzählt, sie würde zu ihren Eltern fahren, tatsächlich war sie aber Freitagnacht bei Frau Cortez. Dort hat sie das Buch gefunden, Frau Cortez getötet und auch diese Leiche entsorgt. Schließlich hat sie alle Spuren so gefälscht, dass es wie ein Suizid ausgesehen hat, und wir sind beinahe darauf hereingefallen." Sonja war sich ihrer Sache sicher.

„Nun mal langsam, Sonja", bremste Brechtl. „Die Geschichte klingt ja ganz gut, mag sein, dass sie auch stimmt, aber du hast einige wichtige Details vergessen. Erstens: Wie hat Frau Dallmayer überhaupt Kontakt zu Raropharm aufgenommen – oder war es umgekehrt? Zweitens: Eine alte Frau zu erschlagen und in den Bach zu werfen ist noch relativ einfach, aber wie schafft sie es, Frau Cortez zu ertränken, ohne Gewalt anzuwenden? War es von vornherein geplant, sie auch umzubringen, oder war das nur einer deiner Kollateralschäden? War die Dallmayer allein oder hatte sie Komplizen? Und schließlich: Auch wenn das alles so war, brauchen wir handfeste Daten, aber die kriegen wir nicht, solange die Staatsanwaltschaft nicht mitspielt."

„Wieso?", fragte Manne.

„Der Hermann hat eine Observation von Frau Dallmayer abgelehnt. Hat sich ziemlich aufgeregt gestern am Telefon."

Brechtl blickte hinüber zu Sonja, die beim Gedanken an das Telefongespräch immer noch grimmig die Lippen zusammenpresste.

„Ja und? Wer braucht den Hermann?", meinte Jan. „Es ist Wochenende. Schau halt nach, wer Jourdienst hat."

Natürlich. Am Wochenende war das Gericht für dringende Fälle nur mit einem Richter und einem Staatsanwalt besetzt, die sich im Reihendienst abwechselten. Sich über diesen sogenannten Jour-Staatsanwalt jetzt die Genehmigung zu holen, war nicht die feine englische Art, aber bekanntlich heiligt der Zweck ja die Mittel. Der anschließende Ärger mit Hermann war zwar programmiert, aber Brechtl war bereit, das auf sich zu nehmen. Eine halbe Stunde später hielt er das Fax mit dem richterlichen Beschluss in Händen. Die Telefondaten waren einfach zu beschaffen, auch wenn sie recht mager ausfielen, seit die Vorratsdatenspeicherung nicht mehr zulässig war. Aber immerhin konnte man Rufnummern und Gesprächsdauer abfragen. Ebenso wichtig wären für Brechtl die Internetdaten gewesen, aber die wurden gar nicht mehr von den Anbietern gespeichert. Irgendwie musste man doch trotzdem da rankommen. Er beschloss, Martin um Rat zu fragen.

„Georgis“, meldete er sich.

„Grüß dich, Martin. Ich bin's, der Kalle. Ich hab da mal ´ne Frage.“

„Was ist kaputt?“

Martin war Kummer gewohnt. Dauernd riefen Kollegen bei ihm an, die Probleme mit ihren privaten PCs hatten. Mit so einem Beruf hat man viele Freunde, wie er zu sagen pflegte.

„Ich brauch dich dienstlich. Ich weiß schon, es ist Wochenende und ich will dich auch gar nicht nerven, aber es wäre halt wirklich wichtig, weil wir am Montag ...“

„Komm zur Sache, Kalle, sonst ist das Wochenende rum“, unterbrach ihn Martin.

„O.k. Also ich brauch die Daten von Katja Dallmayers PC, aber ich hab ihn nicht.“

„Dann hol ihn halt.“

„Geht nicht. Kann man die nicht irgendwie unauffällig übers Internet runterziehen? Überwachungsbeschluss hab ich.“

„Wenn das so einfach wäre, Kalle, dann würden es alle machen. Die Guten und die Bösen. Ohne einen Trojaner kommst du da nicht ran.“

„Hast du so was?“

„Angeblich hat der BND einen. Aber ich kann mir nicht vorstellen, dass sie ihn dir freundlicherweise überlassen. Bei der Kripo findest du so was nicht. Und legal wäre es auch nicht.“

„Keine Chance?"
„Nicht ohne ihre Zustimmung."
„Mist. Trotzdem danke."
„Bitte. Schönes Wochenende."
Keine fünf Minuten später rief Martin zurück.
„Mir ist doch noch was eingefallen, aber das ist schon sehr grenzwertig."
„Egal. Was?"
„Du hast doch noch den Laptop von Cornelius, oder?"
„Ja. Der ist hier."
„Wenn du damit nahe genug an sein Haus rangehst, kommst du eventuell in sein WLAN. Wenn das offen ist und der Rechner von Frau Dallmayer ist eingeschaltet und hängt dran, dann kommst du vielleicht rein. Aber das ist schon eine sehr dunkelgraue Zone, in der du dich da bewegst. Der Richter wird dir das um die Ohren hauen."
„Hast du heute Abend schon was vor?"
„Ich hab's befürchtet. Wann und wo?"
„Neunzehn Uhr bei mir zu Hause? Was soll ich aus der Inspektion mitnehmen?"
„Nur den Laptop. Den Rest bring ich mit."
„Danke."
„Gleich nächste Woche schreib ich mein Versetzungsgesuch zur Verkehrspolizei. Erinner mich dran."
„Da wär ich schön blöd. Bis später."
„Bis dann."

Manne beschäftigte sich mit den Telefondaten und ließ die Fangschaltung einrichten. Die Zeiten, zu denen sich Kollegen in ein Zelt neben den Hausanschlusskasten setzen mussten, um die Anrufe mitzuschneiden, waren Gott sei Dank vorbei. Heute ging das alles über Computer und Internet, sobald der jeweilige Telefonanbieter den richterlichen Beschluss hatte und das LKA die Schaltung einrichtete. Jan versuchte inzwischen, die fingierte Buchzusammenfassung nachzuvollziehen. Alle Erkenntnisse sollten sie zusammenfassen und per E-Mail verteilen. Sonja schaute in ihrer Wohnung nach dem Rechten. Sie hatte versprochen, sich den Sonntag für alle Fälle frei zu halten. Brechtl machte sich ebenfalls auf den Heimweg. Schließlich war es schon nach fünf und er wollte vor seiner Spätschicht noch einen Happen essen. Für den Montag verabredeten die vier, sich noch vor der allgemeinen Lagebesprechung zu treffen.

Pünktlich um sieben stand Martin mit einem der zivilen Dienstfahrzeuge vor Brechtls Haustür. Gemeinsam fuhren sie nach Rückersdorf auf die Ludwigshöhe und parkten am Straßenrand direkt hinter der Hecke, die den Garten der Villa umgab. Martin kletterte auf den Rücksitz des Vans und fing an, auf der Tastatur von Cornelius' Laptop herumzutippen. Nach ein paar Minuten meinte er:

„Wirklich Kalle, du hast mehr Glück als Verstand. Ich bin drin. Was brauchst du?"

Darüber hatte sich Brechtl noch gar keine Gedanken gemacht.

„Alles", antwortete er.

„Alles? Soll ich die ganze Festplatte spiegeln?"

„Ja wenn das geht ..."

„Das geht schon, dauert halt seine Zeit. Sie darf den Rechner bloß nicht ausschalten."

„Wie lange?"

„Je nachdem, wie viel drauf ist. Halbe Stunde, Stunde, vielleicht sogar länger."

„So lang?"

„Die WLAN-Geschwindigkeit ist nicht gerade überwältigend. Wir sind ja hier nicht bei ‚Independence Day'", spielte Martin auf eine Filmszene an, über die er sich regelmäßig aufregte.

Tatsächlich dauerte es über eine Stunde, bis Martin schließlich die externe Festplatte absteckte.

„O.k. Das war's. Du hast sämtliche Daten hier drauf."

„Martin, du bist spitze!" Brechtl nahm die Festplatte in Empfang.

„Und wer wertet den ganzen Mist aus?"

„Ich sag dir am Montag genau, was ich brauche. Morgen lass ich dich damit in Ruhe. Versprochen."

„Zu freundlich", antwortete Martin sarkastisch und kletterte wieder nach vorn auf den Beifahrersitz.

Um dreiviertel neun saß Brechtl endlich in seinem Wohnzimmersessel, hörte Musik und blätterte die Zeitung durch. Der Artikel über den angeblichen Selbstmord war gleich auf der ersten Seite des Regionalteils. Falls Frau Dallmayer Zeitung las, konnte sie ihn nicht übersehen haben. Brechtl hatte sie eingelullt, jetzt musste er Beweise sammeln und sie dann aus der Reserve locken. Rein psychologisch fand er seinen Plan genial.

Als er schlafen ging, lag Sonjas Bettzeug immer noch auf der rechten Hälfte seines Doppelbetts. So angenehm das Singleleben oft war, manchmal hatte er wirklich die Schnauze voll davon.

Kapitel 13

Sonntag, das bedeutete für Brechtl in erster Linie ausschlafen. Er genoss es, nach dem Aufwachen auf den Wecker zu schauen und sich ganz entspannt noch einmal umzudrehen. Der einzige Termin, zu dem er erscheinen musste, war das Mittagessen bei seiner Mutter. Und Mittag ist bekanntlich um zwölf Uhr, nicht zehn vor zwölf, wenn „no goar nix grichd" ist, und erst recht nicht zehn nach zwölf, wenn „des goude Essn scho eiskald" ist. Pünktlichkeit war angesagt, also drückte Brechtl mit dem ersten Glockenschlag der Heilig-Kreuz-Kirche auf den Klingelknopf.

„Grüß dich, Heinzi, gäi ner rei!", begrüßte ihn seine Mutter mit einem Kuss auf die Wange und wetzte mit fliegender Kittelschürze gleich wieder in ihre Küche zurück.

Sein Vater saß schon am fertig gedeckten Wohnzimmertisch, die Stoffserviette über der guten Hose ausgebreitet, und schenkte sich sein Weizenbier ein.

„Molzeid, Babba!"

„Molzeid."

Es lohnte sich nicht, eine Konversation zu beginnen, solange Mutter Brechtl nicht am Tisch saß. Also warteten sie schweigend, bis Braten, Knödel und Salat verteilt waren und Mama sich bekreuzigt hatte. Das war das Startsignal für den üppigen Sonntagsschmaus inklusive Neuigkeitenbörse.

„Wie gäids der denn, Bou?", begann seine Mutter ihr sonntägliches Verhör.

„Schlechde Leid gäids immer goud."

„Und in der Erberd? Hobdern scho, in Mörder vo der Fra Schwemmer?"

„Naa." Brechtl hatte keine Lust, über die Arbeit zu reden.

„Edz sinns fei scho bald verzeh Dooch. Dud si dou goar nix?"

„Des brauchd hald sei Zeid."

„Die Fra Schnabb woar vurgesdern dou. Die had mer derzälld, dass die Fra Kühnerd derzälld had, dass fier eich ermiddln doud. Hobbd ihr gwiss ned gnuuch Leid? Dou mousd amol mid dein Chef redn, dasser nu wen eischdelld. Des gäid doch ned, dass edz scho die Rendner eier Erberd machn mäin. Gräichsd ner dou wenigsdns wos zohld derfier?"

Das wäre ja noch schöner, dachte Brechtl.

„Naa, die machd des auf freiwillicher Basis, ehrnamdlich, sozusong."

„A bisserler wos kennerder era scho gebm, die doud si fei gscheid o."

„Ich wers mein Chef ausrichdn", kürzte Brechtl die Diskussion ab. Es hatte keinen Sinn, ihr einen Vortrag über die Besoldung im öffentlichen Dienst zu halten.

Seine Mutter aß ein paar Bissen, dann ging es weiter:

„Wos hasd ner su gmachd am Wochnend?"

„Gesdern fräi woari beim Pfulle draußn."

„Wie gäids ner dem?"

„Bassd scho."

„Hasd dou Zeid ghabd?"

„Jo. Freili." Brechtl verstand die Frage nicht.

„Ich maan ja bloß."

Ich maan ja bloß. Das war einer dieser Sätze seiner Mutter, die bei Brechtl die Alarmglocken schrillen ließen. Übersetzt hieß das: „Ich weiß mehr, als du denkst, und ich bin beleidigt, wenn du nicht weiter auf das Thema eingehst."

„Warum?", fragt er also nach.

„Na, wall die Fra Schneider gsachd had, dass du an Bsuch ghabd hasd ieber Nachd."

Frau Schneider war Brechtls Nachbarin. Eine ältere

Dame, der nichts entging, was sich im Haus abspielte – und selbstverständlich eine Bekannte seiner Mutter.

„So, so", drehte er den Spieß um, „wos hads ner aweng derzähld, die Fra Schneider?"

„Ja, nix. Bloß, dass hald zufällich gseeng had, dass a Frau zu Bsuch woar."

„Die had scho no goude Aung fier ihr Alder, die Fra Schneider."

Und genauso gute Ohren, dachte Brechtl, der sich einen Spaß daraus machte, seine Mutter zappeln zu lassen. Er wusste, dass sie vor Neugier platzte.

„Es gäid mi ja nix o, obber des häddsd mer scho derzähln kenner, dassd a neie Freindin hasd."

Genüsslich tunkte er ein Stück Knödel in die Soße und wartete ab, wie lange es seine Mutter aushalten würde. Es dauerte keine zehn Sekunden.

„Wer woar na des?"

„Die Sonja."

„Die Sonja?"

Damit hatte sie nicht gerechnet. Brechtl betonte doch immer, dass Sonja nichts weiter als eine nette Kollegin war.

„Wo had ner die gschlofm? Du hasd doch goar ka Sofa mehr."

„Obber a Dobblbedd."

Ihrem entsetzten Blick nach stellte sie sich gerade die wildesten Szenen vor.

„Ich misch mi ja dou ned ei", mischte sie sich ein, „obber maansd ned, dass des Madler a weng zu jung fier dich is? In zehn Johr bisd doch du a alder Doderer"

„Also bidde", empörte sich Brechtl, „ich bin zwaarerfuchzich, im besdn Alder. Und die Sonja gäid aa scho af die verzich zu."

Genau genommen war sie dreiunddreißig.

„Na ja, des mousd selber wissn. Obber wenn des a su

is, dann is mer scho gloar, warum ihr mid dem Mord ned weider kummd."

„Mama ... die Sonja had bei mir gschlofm, wall die Handwerger bei ihr im Haus woarn und sie ieber Nachd ned in ihr Wohnung kennd had. Und sunsd woar dou goar nix."

So ganz überzeugt war Mutter Brechtl noch nicht.

„Und dann hads ausgrechned bei dir iebernachd?"

„Des had si hald su ergebm."

„So, so."

Entweder glaubte sie ihm kein Wort – oder sie war jetzt beleidigt, weil er sie ein bisschen veralbert hatte.

„Mogsd nu a Gniedler?", wechselte sie unvermittelt das Thema.

„Na, dange."

„Schmegds der gwiss ned?"

„Doch. Ich hob hald ned su vill Hunger heid", rechtfertigte sich Brechtl.

Sein Vater war kein Mann vieler Worte. Aber er hatte ein ausgezeichnetes Timing, wenn es darum ging, die gelegentlich aufkommenden Spannungen zwischen Mutter und Sohn zu entschärfen. Sein erster Satz war dabei immer:

„Edz amol wos ganz anders ..."

Er deutete durch das Fenster in den Garten.

„... Ich will nexd Wochn den aldn Abflbam wechmachn. Hasd du dou amol Zeid, dassd mer hilfsd, Karl-Heinz?"

„Under der Wochn kennerds schwierich wern, obber am Samsdooch, wenn is Wedder bassd ..."

Sie diskutierten über die Wetteraussichten und wie sie den Baum am besten fällen konnten und beschlossen, sich das Problem jetzt gleich nach dem Essen einmal anzuschauen.

Als sie zu zweit neben dem Baum standen, fragte sein Vater:

„Is edz dou wos zwischer der Sonja und dir, odder ned?“

„Gschmarri!“

„Des hobbi mer scho dengd. Die Mama mecherd hald immer gern, dass du aa a Fra findsd.“

„Des wassi scho. Obber des is doch mei Sach, Babba.“

„Sie maand hald, sie hädd wos falsch gmachd, wenn dich kanne mooch.“

„Su a Gwaaf.“

„Wassd, Karl-Heinz, wemmer jung is, machd mers einfach und dengd ned nooch. Wemmer älder werd, dengd mer nooch und nou machd mers. Und wemmer ald is, kommer hald nimmer su vill machn und drum dengd mer die ganze Zeid. Nou kummd hald ofd amol a Gschmarri derbei raus. Dou derfsd uns ned bäis sei. Glaab mers, des werd bei dir ned andersch wern.“

„Ach wo, ich bin eich doch ned bäis. Willsd ner in Worzlschdogg aa ausbuddln?“, wechselte Brechtl das Thema.

Auf dem Nachhauseweg beschloss Brechtl, auf sein übliches Verdauungsschläfchen zu verzichteten, und fuhr gleich weiter nach Lauf. Er bog nach dem EWS-Markt von der B 14 ab und fuhr die kleine Straße, die nur für Anlieger freigegeben war, entlang, bis direkt an die kleine Brücke, an der Maria Cortez ertrunken war. Die Worte seines Vaters gingen ihm nicht aus dem Kopf.

Eine junge Frau, die offensichtlich zu wenig nachgedacht hatte über das, was sie tat und worauf sie sich einließ, wenn sie gegen einen Pharmakonzern in den Krieg ziehen wollte. Noch immer stellte Brechtl sich die Frage, woher Raropharm überhaupt wusste, dass dieses Buch existierte. Hatte Frau Cortez in ihrem jugendlichen Leichtsinn selbst Kontakt mit der Firma aufgenommen und am Ende mit dem Leben dafür bezahlt?

Brechtl betrat die Brücke und starrte auf den Fluss. Warum hier?, fragte er sich. Warum ausgerechnet an dieser Stelle? Die Wohnung von Frau Cortez lag immerhin bestimmt zweihundert Meter flussabwärts. Durch die Gartentür musste man dort nur den Hang hinunter und war direkt am Ufer. Er blickte hinüber zu seinem weißen Audi TTS. Auf einmal fügte sich das Puzzle in seinem Kopf zusammen.

Das letzte Mal, als die Studentin lebend gesehen wurde, war, als sie ihr Kaninchen ins Tierheim bringen wollte. Brechtl sah sie vor seinem inneren Auge mit dem Käfig durch das Treppenhaus gehen. Welches Tierheim eigentlich? Er kannte keines in Lauf. In Nürnberg gab es eines und in Feucht. Wie wollte sie das Kaninchen dort hin bringen, nachdem sie ja kein Auto mehr hatte? Er setzte sich auf einen umgefallenen Baumstamm und begann zu telefonieren. Mit jedem Gespräch, das er führte, wurde ihm die Sache klarer. Zu guter Letzt rief er Sonja an.

„Nuschler."

„Ich bin's. Ich weiß jetzt, wie das Ganze gelaufen ist. Kannst du in einer halben Stunde im Büro sein?"

„Klar. Bis gleich."

In der halben Stunde, die Brechtl mit dem Auto bis zur Inspektion brauchte, ging er alle Details noch einmal durch. Kein Zweifel. Er hätte sich ohrfeigen können, dass er nicht schon früher darauf gekommen war.

Sonja erwartete ihn schon in seinem Büro.

„Moin, Kalle. Schau mal, was im Fax gelegen hat."

„Moin. Was ist das?"

„Das Gutachten von dem Graphologen."

„Was steht drin?"

„Viel. Aber hauptsächlich, dass der Abschiedsbrief eine professionell gemachte Fälschung ist."

„War mir klar. Was heißt professionell?"

„Dass der- oder diejenige, die das geschrieben hat, Übung darin hat, Handschriften zu fälschen."

„Oha. Katja Dallmayer, schätze ich."

„Liegt nahe. Sie hat schließlich Kunst studiert, die Bilder in ihrem Haus sehen nicht schlecht aus, und wer weiß, wie viele Testamente schon aus ihrer Hand stammen ..."

„Darum sollen sich andere kümmern." Brechtl war damit beschäftigt, einzelne Blätter aus der Fallakte herauszusuchen. „Wir haben zwei Morde aufzuklären."

„Was hast du Neues?"

Brechtl hatte das Bild, das Frau Dallmayer mit dem Regenschirm auf dem AWO-Parkplatz zeigte, gefunden und heftete es an die Pinnwand.

„Wie groß ist Frau Dallmayer, was schätzt du?"

„So wie ich ungefähr, vielleicht etwas größer. Zwischen eins siebzig und eins fünfundsiebzig."

„Schau dir mal die andere Frau an, die hinter ihr steht. Die ist fast einen Kopf größer als sie. Also eins neunzig oder so."

„Stimmt. Ganz schön groß."

„Und warum?"

Sonja zuckte mit den Schultern.

„Weil es keine Frau ist, sondern ein Mann mit langen dunklen Haaren."

Sonja musste nicht lange überlegen.

„Hinterstätter?"

„Richtig."

„Wie bist du darauf gekommen?"

„Über das Tierheim. Maria Cortez hatte kein Auto mehr, als sie ihr Kaninchen weggebracht hat. Irgendjemand musste sie also gefahren haben. Ich habe die Tierheime angerufen und tatsächlich konnte sich jemand an die beiden erinnern. Sie waren also schon am Vormittag zusammen, nicht erst am Abend. Und noch was ..."

Brechtl heftete den Obduktionsbericht an die Pinnwand.

„Der Mageninhalt von Frau Cortez. Hauptsächlich Pegnitzwasser."

„Das finde ich jetzt wenig verwunderlich."

„Ich habe mit Regine telefoniert. Klar, dass Wasser im Magen ist. Aber das unterbindet auch die Verdauung, weil es die Magensäure verdünnt. Normalerweise müsste man also finden, was sie den Tag über zu sich genommen hat. Da ist aber nichts. Anscheinend hat sie den ganzen Tag nichts gegessen."

Sonja schaute ratlos.

„Warum?"

„Weil sie die letzten zwölf Stunden vor ihrem Tod geschlafen hat – oder besser gesagt: bewusstlos war."

„Aber sie war doch abends in ihrer Wohnung, die Nachbarin hat sie gehört."

„Sie hat gehört, wie sich zwei Leute unterhalten haben. Aber das war nicht Maria Cortez, sondern wahrscheinlich Katja Dallmayer mit Peter Hinterstätter."

„Und wo war sie dann?"

„Genau weiß ich es nicht, aber ich vermute, im Kofferraum von Hinterstätters Auto. Der Mann ist Pharmazeut. Der weiß, wie man jemanden ruhigstellen kann, und er kommt auch an die Mittel dazu."

„Warum ausgerechnet im Auto?"

„Ich habe mich gefragt, warum Frau Cortez so weit entfernt von ihrer Wohnung ertränkt wurde, wo doch die Pegnitz direkt vor der Haustür ist. Ganz einfach: An diese Brücke kann man direkt mit dem Auto heranfahren. Eine ideale Stelle. Nachts ist da kein Mensch weit und breit. Man muss nur noch den Kofferraum aufmachen, der schlafenden Maria Cortez einen Sack Steine umbinden und sie versenken."

„Wie kommst du immer auf so was?"

Ein bisschen Bewunderung war da herauszuhören. Brechtl fühlte sich insgeheim geschmeichelt.

„Wenn ich dir alle meine wirren Gedankengänge erläutern soll, dann sitzen wir morgen noch hier."

„Ich will trotzdem die Geschichte ganz hören."

„Natürlich sind das alles Mutmaßungen, aber es ist schlüssig. Ich stelle mir den Ablauf so vor: Maria Cortez war eine junge, zielstrebige Medizinerin. Jung und etwas naiv, wenn ich das so sagen darf. Sie hat mit Hinterstätter zusammengearbeitet, dieselben Geräte benutzt, sich abends mit ihm getroffen und so weiter. Irgendwann hat sie ihm von Frau Schwemmer und dem Buch erzählt und wahrscheinlich noch ganz stolz berichtet, dass sie nachweisen kann, dass dieses Medikament ..."

„Novaporalin", half Sonja ihm auf die Sprünge.

„... Genau. Dass es wirkungslos ist. Hinterstätter ist ein schlaues Köpfchen. Er hat das Potenzial erkannt, dass in diesem Buch steckt, und wusste genau, dass er Raropharm damit erpressen konnte. Aber wie sollte er an das Buch kommen? Dass Maria Cortez dabei nicht mitspielen würde, war ihm klar. Ihr ging es um ihre Promotion und sie war ein viel zu ehrlicher Mensch, um sich auf so etwas einzulassen. Er brauchte einen Komplizen, der das Vertrauen von Frau Schwemmer genoss, er wollte ja selbst nicht in Erscheinung treten. Also hat er Maria über Frau Schwemmer ausgefragt und so von der Stiftung erfahren. Bei Frau Dallmayer ist er auf offene Ohren gestoßen. Sie hatte die Schnauze voll davon, Vermögen zu verwalten, ohne selber dabei reich zu werden. Sie hat alles versucht, Frau Schwemmer das Buch abzuschwatzen, allerdings ohne Erfolg, denn Frau Schwemmer ging es nicht um Geld, wie wir wissen. Also kam Hinterstätter aus seiner Deckung und versuchte selbst, mit Frau Schwemmer zu sprechen. Und zwar zusammen mit Frau Dallmayer auf dem Parkplatz der AWO. Aber Frau

Schwemmer wollte nicht, im Gegenteil, sie ging weg. Die beiden sind ihr hinterher, es kam zum Streit und einer der beiden hat schließlich im Affekt zugeschlagen. Das war nicht geplant. Sie gerieten in Panik, machten einige Fehler, zum Beispiel, den Regenschirm nicht einfach wieder mitzunehmen. Immerhin waren sie so schlau, den Hausschlüssel an sich zu nehmen, bevor sie den Rollator und die Handtasche in den Bach warfen. Frau Dallmayer wusste ja, wo das Buch zu finden war.

Am späten Abend oder in der Nacht haben sie sich wieder getroffen und sind mit dem Schlüssel in das Zimmer eingebrochen, um das Buch zu stehlen. Aber es war nicht da – ein weiterer Rückschlag. Es konnte eigentlich nur bei Maria Cortez sein. Sie hatten nur noch wenige Tage, bevor Frau Cortez nach Brasilien fliegen wollte, und sie nutzten diese Zeit, um einen Plan auszuarbeiten und durchzuführen. Einen Plan, der fast perfekt war. Der Mord an Frau Schwemmer wurde Frau Cortez angehängt, die selbst als gefährliche Zeugin ausgeschaltet wurde, und zusätzlich fielen dabei das Buch und der Laptop in ihre Hände.

Frau Dallmayer fälschte den Abschiedsbrief und diese ominöse Zusammenfassung, Hinterstätter kümmerte sich um Maria Cortez. Er fuhr mit ihr zum Tierheim, danach hat er sie betäubt und im Kofferraum zwischengelagert. So hatten sie genug Zeit, in der Wohnung nach dem Buch und dem Laptop zu suchen und alles wie einen Selbstmord aussehen zu lassen. Sie haben Frau Cortez in der Pegnitz ertränkt und alles getan, um uns mit der Nase drauf zu stoßen. Und hätte Frau Schwemmer nicht vorgesorgt und Herrn Keller eine Kopie gegeben, wäre nie jemand auf die wahren Hintergründe der Tat gekommen."

„Chapeau!", Sonja klatschte anerkennend in die Hände. „Es gibt bei der Sache nur ein Problem."

„Und zwar?“

„Wie machen wir das bis morgen wisch- und wasserfest?“

Brechtl kannte den Ausdruck nicht und schaute sie nur fragend an.

„Wir brauchen Beweise für deine Theorie. Möglichst viele, möglichst stichhaltige und möglichst schnell. Wir müssen wenigstens den Chef auf unsere Seite kriegen, wenn wir schon den Hermann gegen uns haben“, erläuterte Sonja.

Brechtl nickte.

„Ich habe eine Kopie der Festplatte von Frau Dallmayers Computer. Und wir brauchen das Auto von Hinterstätter wegen der DNA-Spuren.“

„Da kümmere ich mich drum.“

„Wie willst du die kriegen?“

„Die krieg ich. Verlass dich drauf. Ich brauch nur die Adresse und das Kennzeichen.“

„Na, dann mach mal. Ich schau, ob ich auf der Festplatte was finde.“

Brechtl holte die Festplatte aus seinem Auto und steckte sie an seinen PC. Währenddessen hatte Sonja sich in ihr Büro zurückgezogen und die Verbindungstür geschlossen.

Er war nun wirklich keine Koryphäe, wenn es um Computerangelegenheiten ging, aber irgendetwas würde er schon finden. Im Ordner „Schwemmer“ entdeckte Brechtl nichts Verdächtiges. Unter „Eigene Dokumente/privat“ allerdings gab es eine Datei namens „MPS_4.docx“.

Brechtl öffnete die Datei. Tatsächlich handelte es sich um die angebliche Zusammenfassung des Buches von Frau Schwemmer. Er verglich sie mit dem Ausdruck, den Frau Dallmayer ihm gegeben hatte. Wort für Wort identisch. Aber warum war die Zahl Vier im Dateinamen?

Das legte doch nahe, dass es noch andere Dateien mit diesem Namen geben musste. Die waren aber nicht zu finden. Er musste doch noch einmal Martin anrufen.

„Georgis."

„Ich bin's noch mal, der Kalle."

„Wolltest du mich nicht bis Montag in Ruhe lassen?"

„Ja schon, aber ich ..."

„Hab's nicht erwarten können und hab die Festplatte angesteckt. Und jetzt weiß ich nicht, wie ich was finden soll."

Brechtl war es unangenehm, dass Martin ihn so schnell durchschaut hatte.

„Genau", gestand er ein.

„Was suchst du?"

„Ich habe eine Word-Datei namens MPS Unterstrich vier. Ich vermute, dass es auch noch Version eins, zwei und drei gibt, aber die sind offenbar gelöscht. Wie hol ich die wieder her?"

„Wenn du Glück hast, aus dem Papierkorb."

„Aber den find ich auch nicht."

„Ach Kalle ... Mach den Explorer auf. In der obersten Zeile, wo der Pfad steht, ist ein Ordnersymbol und daneben ein Pfeil. Klick mal drauf. Dann steht ganz unten Papierkorb."

Das war ja einfach. Peinlich einfach. Brechtl ging die Liste durch.

„Bingo. Die Dateien sind drin", freute sich Brechtl.

„Dann rechtsklicken und wiederherstellen. Das hätte dir die Windows-Hilfe auch sagen können. Sonst noch was?"

„Die E-Mails würden mich interessieren."

„Kalle, tu uns beiden einen Gefallen und lass die Finger davon. Ich mach das morgen. O.k.?"

Martin wirkte etwas angesäuert.

„Na gut. Aber schon mal vielen Dank einstweilen."

„Bitte." Martin legte auf.

Brechtl öffnete Version drei und verglich sie mit Nummer vier. Es war zwar annähernd derselbe Text, aber in anderer Reihenfolge. Ebenso war es bei den beiden anderen Dateien. Er schaute in den Eigenschaften nach dem Änderungsdatum. Die Dateien stammten von letztem Samstag und Sonntag, also aus der Zeit, in der Frau Dallmayer bei ihren Eltern war.

Erst jetzt kam Brechtl auf die Idee, seine E-Mails zu lesen. Manne und Jan hatten, wie verabredet, ihre Erkenntnisse von gestern an ihn geschickt. Mannes Liste mit den Telefonaten brachte sie leider nicht weiter. Keine der angerufenen Nummern war Hinterstätter zuzuordnen. Es wäre auch zu schön gewesen, wenn Dallmayer ihn einfach angerufen hätte. Wer schlau war, wickelte seine Kommunikation in solchen Fällen über WhatsApp oder die sozialen Netzwerke ab. Der Zugriff darauf war deutlich schwerer als auf eine Telefonverbindung. Aber Jans Recherche war erfolgreich. Genau wie Sonja vorhergesagt hatte, war der Text der Zusammenfassung aus verschiedenen Internetseiten zusammenkopiert worden. Allerdings war deshalb immer noch nicht nachgewiesen, wer der Verfasser der Schrift war.

Brechtl klopfte kurz an die Verbindungstür, bevor er in Sonjas Büro ging und ihr stolz die Neuigkeiten verkündete.

„Und wie sieht's bei dir aus?"

„Die DNA-Proben sind unterwegs zu Regine."

„Wie?" Brechtl schaute auf die Uhr. Es war noch nicht einmal eine Stunde her, seit Sonja die Suche nach dem Auto aufgenommen hatte.

„Vitamin B."

„Nun sag schon!"

„Ich hab einen alten Polizeischulkollegen bei der Kripo Erlangen. Fachbereich KFZ-Diebstahl."

„Und?“

„Der weiß, wie man Autos aufmacht, und hat für mich mal den Kofferraum von Hinterstätters Toyota ausgewischt.“

„Sonja! Das ist höchst illegal!“

„Aber Festplatten über WLAN anzapfen, das ist okay, oder wie?“

Vor Gericht wären ihre Beweise nicht verwertbar, das war das Problem. Sie waren darauf angewiesen, dass Hinterstätter und Dallmayer sich selbst verrieten. Die beiden waren clever, aber das waren Brechtl und Sonja auch. Nachdem ihnen beiden der Magen knurrte, gingen sie zu Salvatore, ihrem Stamm-Italiener, bestellten sich eine Pizza und heckten beim Essen einen Plan aus.

Als Regine um halb sieben anrief und bestätigte, dass sie Maria Cortez' DNA auf der Probe gefunden hatte, waren Brechtl und Sonja gerade unterwegs zum Altenheim, um Frau Schwemmers Schreibmaschine abzuholen.

Kapitel 14

Viel geschlafen hatte Brechtl nicht, trotzdem war er hellwach, als er zu ungewöhnlich früher Stunde in seinem Büro vor der Pinnwand stand und den Kollegen erläuterte, was Sonja und er am Wochenende herausgefunden hatten. Neben Jan, Manne und Martin war auch Jürgen Holzer, der Leiter des für die Fahndung zuständigen K6, dabei. Er sollte zusammen mit dem Nürnberger MEK die Überwachung von Katja Dallmayer und Peter Hinterstätter organisieren. Der Kontakt zwischen den beiden Verdächtigen spielte eine wichtige Rolle, wenn ihr Plan aufgehen sollte.

„Technisch sehe ich da keine großen Probleme", meinte Holzer, „aber ich brauch natürlich die Genehmigungen."

Das war in der Tat der kniffligste Punkt, aber Brechtl hoffte, dass die neuen Erkenntnisse den Staatsanwalt überzeugen würden.

Auch Martins Unterstützung war gefragt. Er sollte sich zum einen um Frau Dallmayers E-Mails und die Daten auf der Festplatte kümmern, zum anderen sollte er sich mit den IT-Leuten der Uni Erlangen in Verbindung setzen, um die gelöschten Daten aus Frau Cortez' Netzverzeichnis wiederherzustellen.

Brechtl war gerade dabei, die Einzelheiten ihres Schlachtplans zu erklären, als sein Telefon klingelte.

„Brechtl."

„Kommen Sie in mein Büro, Brechtl. Jetzt sofort."

Der Chef klang nicht gerade freundlich und legte auf, noch bevor Brechtl zu einer Antwort ansetzen konnte.

„Ich muss zum Chef. Ich glaub, der ist sauer. Machst du mal weiter, Sonja?"

Schnurstracks lief er den Flur entlang bis zur letzten Tür rechts, hinter der sich das Büro des Inspektionsleiters befand. Er klopfte kurz an und ging hinein. Der Chef war nicht allein. Neben seinem Schreibtisch stand mit verschränkten Armen und blitzenden Augen Staatsanwalt Hermann, der noch nicht einmal abwartete, bis Brechtl die Tür geschlossen hatte, sondern sofort loslegte.

„Für wen halten Sie sich eigentlich, Brechtl?"

Jetzt hieß es Ruhe bewahren, Deeskalation, wie es ihm schon auf der Polizeischule beigebracht worden war. Allerdings ging es damals mehr um alkoholisierte Gewalttäter als um tollwütige Staatsanwälte.

„Guten Morgen, Herr Hermann."

„Sparen Sie sich Ihre Förmlichkeiten." Er wedelte ärgerlich mit ein paar Blättern Papier. „So eine Unverfrorenheit ist mir in meinen neun Jahren als Staatsanwalt noch nicht untergekommen. Glauben Sie wirklich, dass Sie damit durchkommen?"

„Womit?", fragte Brechtl höflich, obwohl ihm natürlich völlig klar war, worauf Hermann anspielte.

„Sie denken wohl, wenn's der Hermann nicht genehmigt, wart ich halt bis zum Wochenende, da finde ich schon einen Idioten, der's mir absegnet."

„Ich würde Ihren Kollegen nicht als Idioten bezeichnen."

Es war ihm rausgerutscht. Mit Deeskalation hatte dieser Satz nun wirklich gar nichts zu tun. Hermann schäumte.

„Jetzt werden Sie nicht auch noch frech. Ich werde dafür sorgen, dass dieser Fall ans Präsidium Nürnberg abgegeben wird. Und wenn es nach mir ginge, könnten Sie zukünftig die Kiffer am Bahnhof kontrollieren."

Zum Glück geht's ja nicht nach dir, dachte Brechtl, hielt sich aber zurück und beobachtete, wie sich Hermanns Nasenhaare mit jedem Schnauben hin und her bewegten.

„Das ist hier kein Wunschkonzert! Es gibt hier klare

Zuständigkeiten und ich entscheide, wie die Ermittlungen geführt werden."

„Richtig", nahm Brechtl ihm den Wind aus den Segeln.

„Was heißt hier richtig? Sie können nicht ..."

„Jetzt lassen Sie doch einmal Herrn Brechtl zu Wort kommen", mischte sich der Chef ein. „Vielleicht gibt es ja einen triftigen Grund dafür, dass er Ihren Kollegen angerufen hat."

Hoppla. Der Chef versuchte, Ruhe in die Situation zu bekommen. Vielleicht hatte das Seminar doch etwas gebracht?

„Na, da bin ich mal gespannt!" Hermann verschränkte wieder demonstrativ die Arme vor der Brust.

„Der Stand der Ermittlungen hat sich am Wochenende grundlegend geändert. Es steht definitiv fest, dass der Tod von Frau Cortez kein Suizid war. Frau Dallmayer ist damit die Hauptverdächtige in zwei Mordfällen. Eine Observation schien mir vor diesem Hintergrund angebracht und Ihr Kollege, der am Wochenende im Rahmen des Jourdienstes durchaus zuständig war, teilte diese Meinung."

Brechtl bemühte sich, ausgesprochen sachlich zu bleiben, auch wenn er Hermann am liebsten auf Fränkisch gesagt hätte, was er von dessen Auftritt hielt.

„So so. Und was bitte hat sich geändert?"

„Wir haben eine Expertise vom LKA, die beweist, dass es sich bei dem Abschiedsbrief von Frau Cortez um eine Fälschung handelt. Einige weitere Erkenntnisse der Rechtsmedizin lassen den Schluss zu, dass Frau Cortez gegen ihren Willen betäubt und schließlich ermordet wurde."

Brechtl hoffte inständig, dass Hermann nicht herausfinden würde, dass sie all diese Informationen erst am Sonntag erhalten hatten.

„Die Beweise dafür haben Sie vorliegen?", hakte der Chef nach.

„Ja sicher. Bei mir im Büro. Soll ich sie holen?"

„Nein, nein, bleiben Sie hier. Herr Hermann, dann muss ich sagen, hat Herr Brechtl angesichts der neuen Situation doch völlig korrekt gehandelt."

Hermann rieb die Backenzähne aufeinander.

„Das will ich schriftlich. Und zwar zeitnah!"

Brechtl witterte Morgenluft.

„Es gibt noch einen weiteren Hauptverdächtigen. Ein Mann namens Peter Hinterstätter, ein Kollege von Frau Cortez. Er ist der Letzte, mit dem sie zusammen gesehen worden ist. Und eine weitere Expertise, die ich am Samstag von Herrn Professor Fuhrmeister aus Erlangen erhalten habe, legt auch das Motiv nahe. Ich möchte auch für diesen Verdächtigen eine Observation beantragen."

„Sie waren ja richtig fleißig am Wochenende, Brechtl", lobte der Chef. „Bitte tragen Sie das bei der Montagslage vor." Er warf einen Blick auf seine Armbanduhr. „Die ist in einer Viertelstunde. Bleiben Sie auch hier, Herr Hermann?"

„Nein, ich habe zu tun", antwortete der Staatsanwalt ziemlich angefressen, „und ich erwarte alle Unterlagen noch heute."

„Selbstverständlich." Brechtl konnte sich nur mit Mühe das Grinsen verkneifen, als Hermann ohne zu grüßen an ihm vorbei aus dem Zimmer ging.

„Brechtl!", hielt der Chef ihn auf, als er sich ebenfalls verabschieden wollte. „So geht's natürlich nicht. Wenn Sie den Staatsanwalt schon nicht erreichen, dann stimmen Sie solche Aktionen wenigstens mit mir ab."

„Es war ja Wochenende und ich wollte jetzt nicht ...", begann Brechtl, sich zu rechtfertigen.

„Papperlapapp. Sie brauchen mir keine Märchen zu

erzählen. Nächstes Mal rufen Sie mich an, sonst steh ich ja da wie ein Depp, wenn ich von nichts weiß."

„Gut. Werd ich machen. Entschuldigung."

„Jetzt holen Sie mal Ihr Zeug und dann sehn wir uns bei der Montagslage."

Donnerwetter. Brechtl war beeindruckt. Die Seminarleiter in Freilassing hatten mehr drauf, als er ihnen zugetraut hätte. Er ging zurück ins Büro, erzählte Sonja schnell, was passiert war, und bereitete seine Unterlagen für die Besprechung vor.

Auch wenn der Chef Brechtls Strategie, als er sie bei der Montagslage vorstellte, für gewagt hielt, segnete er sie ab. Am Personal sollte die Sache nicht scheitern und die technischen Mittel, die ihnen fehlten, konnten vom Präsidium Nürnberg zur Verfügung gestellt werden. Es gab reichlich Arbeit. Manne erledigte den Schreibkram, Jan sollte die Vorbereitungen koordinieren, während Brechtl und Sonja nach Erlangen zu Professor Fuhrmeister fuhren, um ihn in ihre Pläne einzuweihen.

„Hinterstätter ...", der Professor schüttelte ungläubig den Kopf, nachdem Brechtl ihm den Stand der Ermittlungen mitgeteilt hatte. „Das hätte ich ihm wirklich nicht zugetraut. Allerdings muss ich zugeben, dass er schon mit allen Wassern gewaschen ist. Ich habe selten einen Studenten gesehen, der sich so durchs Studium gemogelt hat."

„Ist es aus medizinischer Sicht möglich, jemanden einen ganzen Tag lang ruhigzustellen, ohne größeren technischen Aufwand?", wollte Brechtl wissen.

„Das ist überhaupt kein Problem. Ein bisschen Gammahydroxylbuttersäure für den Anfang und dann gibt es genügend Mittel, um jemanden so lange schlafen zu lassen, wie man möchte. Jeder Pharmaziestudent im dritten Semester weiß, wie man das macht."

„Wie kommt es, dass im Blut von Frau Cortez nichts nachgewiesen werden konnte?"

„Zum einen bauen sich viele dieser Präparate auch nach dem Tod ab. Schon nach ein paar Stunden ist da nichts mehr nachzuweisen. Außerdem findet man immer nur, wonach man sucht. Die Bandbreite an Beruhigungsmitteln ist riesig. Schauen Sie sich doch die ganzen Designerdrogen an. Es ist erstaunlich, wie leicht sich das menschliche Gemüt beeinflussen lässt, wenn man nicht nebenbei auf die Gesundheit des Patienten Rücksicht nehmen muss. Und von Blut kann man bei jemandem, der seit Tagen tot im Wasser liegt, ja schon fast nicht mehr sprechen."

Man sah ihm an, dass er in diesem Moment wieder an Maria Cortez denken musste.

„Sie haben meine volle Unterstützung. Was kann ich für Sie tun?"

„Ist Herr Hinterstätter morgen im Haus?"

„Normalerweise den ganzen Tag, ja."

„Sie selbst müssten nichts weiter tun, als ihm ein Kuvert zu überreichen, hier in Ihrem Büro. Wichtig ist uns seine Reaktion auf den Inhalt. Deshalb möchten wir heute Nacht einige versteckte Kameras installieren. In Ihrem Büro, auf dem Flur und im Büro von Herrn Hinterstätter."

Fuhrmeister nickte.

„Unser Computerfachmann wird sich mit der IT-Abteilung der Uni in Verbindung setzen, um zu versuchen, die verschwundenen Daten von Frau Cortez wiederherzustellen. Ich denke, das ist auch in Ihrem Interesse. Und natürlich baue ich auf Ihre Verschwiegenheit. Niemand außer Ihnen darf von dieser Aktion erfahren."

„Selbstverständlich."

„Wann können wir ins Haus und wie kommen wir rein?"

„Aus Sicherheitsgründen darf hier sowieso niemand mehr nach neunzehn Uhr arbeiten. Ich werde selbst noch einen Rundgang machen und mich davon überzeugen. Ich kann Ihre Kollegen dann hereinlassen und ihnen einen Generalschlüssel geben."

Brechtl schrieb ihm die Handynummer von Jürgen Holzer auf.

„Rufen Sie bitte diese Nummer an, wenn wir anfangen können. Ich rechne so mit neunzehn Uhr dreißig, ja?"

Wieder nickte der Professor.

„Das ist das Kuvert, das Sie Herrn Hinterstätter aushändigen sollen. Sagen Sie ihm, ein Kurierdienst hätte es abgegeben. Ich rufe Sie an, sobald es losgehen soll."

Brechtl überreichte ihm den DIN-A4-Umschlag.

„Ich bin kein besonders guter Schauspieler", gab Fuhrmeister zu bedenken, während er den Umschlag in seinem Schreibtisch verstaute.

„Wir werden uns morgen vermutlich nicht sehen. Ich möchte mich deshalb schon jetzt herzlich bei Ihnen bedanken." Brechtl reichte ihm die Hand.

„Verstehen Sie mich nicht falsch, Herr Brechtl. Natürlich geht es in erster Linie darum, ein Verbrechen zu bestrafen. Aber mir geht es auch um den Ruf meines Instituts. Deshalb bitte ich Sie, so diskret wie möglich vorzugehen. Es wäre mir deshalb recht, wenn Sie die Kameras nur nachts auch wieder abbauen."

„Das lässt sich sicher einrichten."

Brechtl und Sonja verabschiedeten sich und fuhren zurück nach Schwabach, wo die Vorbereitungen jetzt auf Hochtouren liefen. Jan lieferte ihnen einen kurzen Zwischenbericht ab.

„Bis jetzt läuft alles wie am Schnürchen. Sogar das jüngste Gericht spielt mit. Ich glaube, der Chef hat beim Oberstaatsanwalt angerufen, er hat so etwas angedeutet. Der Fall hat höchste Priorität."

„Sehr gut. Wie weit seid ihr?"

„Wir kriegen den Überwachungsbus von den Nürnbergern ab heute Abend und morgen den ganzen Tag. Das MEK ist draußen und installiert die GPS-Datensender an den Autos von Dallmayer und Hinterstätter. Wir haben seine Handynummer und die Fangschaltung vom LKA ist in zirka einer Stunde aktiv."

Brechtl streckte den Daumen hoch.

„Super! Wie sieht es bei Martin aus?"

„Da musst du ihn selber fragen."

Martin Georgis saß in seinem Büro am PC und begrüßte Brechtl mit einem zufriedenen Lächeln.

„Du hast echt einen guten Riecher, Kalle, das muss man dir lassen."

Laut dem Internetverlauf auf Frau Dallmayers Browser hatte die sich am letzten Wochenende offenbar sehr intensiv mit Mukopolysaccharidose beschäftigt. Außerdem hatte sie einige Zeit vorher über Raropharm recherchiert. Aber das war noch nicht alles. In ihren E-Mails fand sich ein kurzes Schreiben von Peter Hinterstätter, in dem er ihr seinen Facebook-Namen mitteilte und um eine Kontaktaufnahme bat. Sich belanglose E-Mails zu schicken, war ja nicht strafbar, aber zumindest war das ein erster Anhaltspunkt dafür, dass die beiden sich kannten.

„Und ... haben sich die beiden bei Facebook unterhalten?"

„Zumindest nicht im öffentlichen Bereich. Aber das war ja wohl klar. Vermutlich im Chat. Das Passwort für ihren Account habe ich noch nicht herausgefunden, aber meine Software ist dabei."

„Wie lange dauert das?"

„Kommt drauf an, wie gut ihr Passwort ist. Das kann man nicht vorhersagen."

„Wie sieht es mit den Daten auf dem Uni-Server aus?"

„Ich habe mich mit den IT-Leuten dort unterhalten. Es gibt Sicherungsbänder von allen Servern, die Studentenverzeichnisse werden wöchentlich kopiert. Das wird eine gewisse Sucherei, aber sie werden die Dateien finden, hat mir der Kollege zugesagt. Es fehlen dann nur die Daten, die in der letzten Woche vor der Löschung aufgespielt wurden."

„Sehr schön. Danke."

Brechtl ging zurück in sein Büro. Obwohl bisher alles bestens lief, war er nervös. Wieder und wieder ging er den geplanten Ablauf der Operation durch. Er wollte gegen alle Eventualitäten gewappnet sein. Vor allem um seinen eigenen Magen zu beruhigen, aber auch als ein kleines Dankeschön organisierte er Kaffee und Gebäck für die komplette Mannschaft. Es war ihm fast unheimlich, wie glatt die Vorbereitungen über die Bühne gingen. Um halb fünf hatte das mobile Einsatzkommando gemeldet, dass die GPS-Datensender an den Autos der beiden Verdächtigen angebracht waren. Dadurch konnte man sie jederzeit orten, ohne sie verfolgen zu müssen. Die Daten wurden über das Mobilfunknetz übermittelt. Höchstens bei längeren Tunneldurchfahrten konnte es vorkommen, dass die Übertragung unterbrochen wurde. Aber wo im Großraum Nürnberg gab es schon längere Tunnel? Brechtl kannte keinen.

„Was ist los?" Sonja setzte sich mit ihrem Kaffee zu Brechtl ins Büro.

„Wieso, was soll los sein?"

„Du bist so hibbelig."

„Wie?"

„So angespannt irgendwie."

„Ich finde keinen Fehler in unserem Plan."

„Na, ist doch prima. Ich auch nicht."

„Mich macht das nervös."

„Du bist ein komischer Kauz, Kalle.“

„Was ist, wenn wir ihn verlieren?“

„Wen? Hinterstätter?“

„Ja.“

„Wir orten sein Auto, wir orten sein Handy. Das MEK ist da. Das SEK steht Gewehr bei Fuß. Rund um die Medizinische Fakultät sind morgen vermutlich mehr Polizisten als Studenten unterwegs“, beruhigte ihn Sonja.

Brechtl lief trotzdem wie ein Tiger in seinem Zimmer auf und ab.

„Weißt du was“, riet sie ihm, „fahr heim und ruh dich aus. Du musst morgen fit sein. Wenn was ist, rufen sie dich schon an.“

Vielleicht hatte sie recht. Er verabschiedete sich von den Kollegen und fuhr nach Hause. Dort stand immer noch die alte Schreibmaschine auf dem Küchentisch, auf der Sonja Wort für Wort die Seite zweiundsiebzig aus der Kopie von Frau Schwemmers Buch abgetippt hatte. Brechtl ließ alles, wie es war, hörte noch ein bisschen Musik, genehmigte sich ein Bier zum Abendessen und ging früh zu Bett.

Kapitel 15

Der Überwachungsbus des mobilen Einsatzkommandos sah von außen wie ein normales Wohnmobil aus. Nur wenn man ganz genau hinschaute, entdeckte man die ungewöhnliche Anzahl an Antennen auf dem Dach. Im Inneren allerdings fühlte man sich wie in einem Agententhriller. Jeder freie Platz war mit technischem Gerät vollgepackt, an den Wänden hing über den Arbeitsplätzen der MEK-Observationsspezialisten ein Bildschirm neben dem anderen. Regler, Schalter, Tastaturen und Trackballs, das Cockpit der Enterprise war nichts dagegen. Auf einem der fest montierten Drehstühle wippte Brechtl nervös mit dem Fuß. Neben ihm saßen Sonja und zwei Kollegen vom MEK. Die beiden trafen ganz gelassen die letzten Vorbereitungen.

„Also, wir wären soweit", sagte schließlich einer von ihnen.

Brechtl schaute auf den Monitor, auf dem jetzt Fuhrmeisters Büro zu sehen war. Der Professor saß an seinem Schreibtisch und trommelte mit den Fingern auf die Tischplatte. Immer wieder drehte er sich um und starrte direkt in die Kamera, dann wieder auf seine Uhr. Bestimmt schon zum zehnten Mal öffnete er die Schreibtischschublade und überprüfte, ob das Kuvert auch wirklich noch darin lag.

„Hoffentlich packt der das!", sorgte sich Brechtl.

„Klar", beruhigte ihn Sonja, „er muss ja nicht viel machen."

„So wie der rumzappelt ..."

„Schau dich mal an!" Sie legte ihre Hand auf Brechtls Knie, um das nervige Wippen zu unterbinden.

Brechtls Handy klingelte.

„Brechtl."

„Moin Kalle", meldete sich Jan. „Wir stehen in Rückersdorf vor dem Haus. Die Dallmayer ist drin, ihr Auto steht auf der Straße. Von uns aus kann das losgehen."

„O.k." Er wandte sich an den MEK-Kollegen: „Telefon steht?"

Der Beamte nickte.

„Also gut." Brechtl wählte Fuhrmeisters Nummer. Auf dem Monitor konnte er beobachten, wie der Professor schon beim ersten Klingeln den Hörer von der Gabel riss.

„Fuhrmeister."

„Guten Morgen, Herr Professor. Es kann losgehen. Denken Sie daran, Sie müssen nichts weiter tun, als Herrn Hinterstätter in Ihr Büro zu bitten, und ihm den Umschlag übergeben."

„Ja, ja. Jetzt würde mich doch interessieren, was da drin ist."

„Das können Sie doch nicht wissen. Das Kuvert hat Ihnen ein Kurierdienst gebracht. Ich werde es Ihnen später erzählen."

„Vielleicht haben Sie recht. Und die Kamera funktioniert?" Er schaute wieder direkt ins Objektiv.

„Alles bestens, Herr Professor. Wir können Sie sehen. Machen Sie sich keine Gedanken. Ignorieren Sie einfach, dass die Kamera da ist."

Mein Gott ist der nervös, dachte Brechtl und warf Sonja einen skeptischen Blick zu.

„Ich lege jetzt auf und dann können Sie Herrn Hinterstätter anrufen. Er sitzt in seinem Büro."

„Ja, gut, dann mache ich das."

Das Ganze erinnerte Brechtl an seine Zeit in der Kinder-Theatergruppe. Bei seinem allerersten Auftritt auf der Bühne war er so nervös gewesen, dass er den einzigen Satz, den er sagen musste, verpatzte, obwohl er ihn wohl tausendmal vorher geübt hatte. „Guten Morgen, Herr Graf, Ihr Tee. Ich hoffe, er ist stark genug", hätte er damals sagen müssen, aber er sagte: „Heiß genug." Kein

Mensch hatte den Fehler bemerkt, aber Brechtl heulte, als er wieder hinter der Bühne war. Jetzt, fünfundvierzig Jahre später, saß er im Überwachungswagen und drückte seinem Schauspielerkollegen die Daumen.

Fuhrmeister nahm den Umschlag aus der Schublade und legte ihn auf den Schreibtisch. Erst gerade, dann ein bisschen schief, bis er so lag, dass er zufrieden war. Er schloss die Augen, nickte ein paarmal leicht, dann atmete er tief ein und griff zum Telefon.

Auf dem anderen Bildschirm konnte Brechtl beobachten, wie Hinterstätter abhob.

„Hinterstätter."

„Guten Morgen, Herr Hinterstätter. Für Sie ist etwas abgegeben worden. Kommen Sie bitte in mein Büro und holen Sie es ab."

„Für mich?", fragte Hinterstätter nach.

„Ja, ja. Für Sie. Von einem Kurierdienst."

„Ich komme sofort." Hinterstätter legte auf.

Auf dem ersten Monitor sah man, wie der Professor sich die Schweißperlen von der Stirn wischte.

„Was macht der, wenn er im Hörsaal vor seinen Studenten steht?", flüsterte Brechtl Sonja zu. „Man meint ja gerade, das wäre eine Briefbombe."

„Ist ja auch so was Ähnliches", raunte Sonja zurück.

Sie verfolgten Hinterstätters Weg durch den Flur, bis er schließlich an die Tür des Professors klopfte.

„Herein!"

„Guten Morgen, Herr Professor. Sie haben ein Paket für mich?"

„Kein Paket, nein, nein, einen Brief, hier, von einem Kurierdienst."

Der Professor händigte Hinterstätter das Kuvert aus und warf einen kurzen Blick in die Kamera. Mein Gott, war der schlecht. Bei jeder Fernsehserie hätte Brechtl jetzt umgeschaltet.

„Danke!“ Hinterstätter nahm den Umschlag und ging wieder zur Tür.

„Bitte.“

Kaum war die Tür ins Schloss gefallen, schaute der Professor in die Kamera und streckte den Daumen hoch. Hast du toll gemacht, dachte Brechtl, aber ihn interessierte viel mehr, wie Hinterstätter auf den Inhalt reagieren würde. Schon im Flur öffnete der das Kuvert und zog die einzelne, mit Schreibmaschine beschriftete Seite heraus. Offensichtlich erkannte er sofort, worum es sich handelte. Dann fiel sein Blick auf den gelben Notizzettel, der auf dem Papier klebte. „Ich melde mich“ – mehr hatte Brechtl nicht darauf geschrieben. Hinterstätter schaute sich nervös um. Er ging ein paar Schritte zurück zur Tür des Professors.

„Bitte nicht!“, jammerte Brechtl.

Sein Flehen wurde erhört. Hinterstätter drehte wieder um und lief schnurstracks in sein Büro. Er schloss die Tür, setzte sich an seinen Schreibtisch und zog das Papier erneut aus dem Umschlag. Brechtl und Sonja hatten ganz bewusst eine Seite gewählt, auf der die Worte „Raropharm“ und „Novaporalin“ vorkamen und diese mit Textmarker markiert. Hinterstätter griff zu seinem Handy. Sofort leuchteten im Überwachungswagen Kontroll-LEDs auf und ein PC begann, den Anruf mitzuschneiden. Der MEK-Beamte deutete auf die Kopfhörer, die vor Brechtl und Sonja bereitlagen, und die beiden setzten sie auf. Die Verbindung wurde aufgebaut und schon vor dem ersten Klingeln startete auf dem PC-Bildschirm eine zweite Tonspur. „Mobiltelefon Katja Dallmayer“ stand darüber.

„Katja Dallmayer.“

„Ich bin's. Ist das von dir?“

„Hallo Peter. Was ist von mir?“

„Na der Brief.“

„Welcher Brief? Wovon redest du überhaupt?"

„Verdammt!"

„Was ist los? Du sollst mich nicht anrufen!"

„Jemand hat das Buch gefunden. Ich habe einen Brief bekommen mit einer Seite aus dem Buch und einem Zettel ‚Ich melde mich'."

„Das kann nicht sein!"

„Wenn ich es dir sage! Das ist eine Originalseite. Mit Schreibmaschine geschrieben. Ich fahr hin und schau nach."

„Ich komme."

Das Gespräch wurde beendet. Brechtl ballte die Fäuste und stieß ein kurzes „Ja!" aus. Allein die Aufzeichnung dieses Telefongesprächs belastete die beiden so stark, dass es für sie schwierig werden würde, sich aus der Affäre zu ziehen. Trotzdem war es nur ein Beweis dafür, dass die beiden im Besitz des Buches waren. Einen Mord, beziehungsweise einen Doppelmord, konnte man ihnen damit noch nicht nachweisen.

Auf dem Monitor sah man, wie Hinterstätter hastig seine Jacke anzog und mit dem Brief in der Hand zur Tür hinausstürmte. Das war auch das Startsignal für Brechtl und Sonja, die eilig aus dem Bus stiegen und sich in eines der Dienstfahrzeuge des MEK setzten. Auf einem Monitor am Armaturenbrett konnten sie den Standort von Hinterstätters Toyota verfolgen. Brechtl schaltete den Funk ein.

„Jan?"

„Höre."

„Sie haben angebissen. Die Dallmayer wird gleich aus dem Haus kommen."

„Ja. Ich seh sie schon. Sie steigt ins Auto."

„Bleibt unauffällig. Lasst ihr einen Vorsprung."

„Keine Sorge. Ich mach das schließlich nicht zum ersten Mal."

Jan hatte früher bei der Kripo Nürnberg gearbeitet und dabei öfter beim MEK ausgeholfen.

„Sie fährt los", meldete er.

„Hinterstätter auch. Ende."

Der rote Punkt auf der Landkarte vor Sonja bewegte sich. Hinterstätter fuhr die Universitätsstraße entlang über den Lorlebergplatz und dann zur Drausnickstraße stadtauswärts Richtung Uttenreuth.

„Jan?"

„Von Funkdisziplin hast du auch noch nichts gehört, oder?", meldete sich Manne, der bei Jan im Auto saß.

„Moin Manne. Wo seid ihr?"

„Wir fahren von Lauf Richtung Neunhof, Eschenau."

„Ich glaube, die fahren zu Hinterstätter nach Kleinsendelbach."

„Gut möglich."

„Meldet euch, wenn sie eine andere Richtung einschlägt."

„Machen wir."

Gegenüber Hinterstätters Wohnhaus befand sich ein altes landwirtschaftliches Gebäude. Dort waren ebenfalls zwei MEK-Beamte postiert. Brechtl funkte die Kollegen an. Der Punkt auf dem Monitor, den Sonja nicht aus den Augen ließ, näherte sich zielstrebig Kleinsendelbach. Brechtl hielt fast einen Kilometer Abstand. Hinterstätter konnte unmöglich bemerken, dass er verfolgt wurde.

Keine fünf Minuten später meldeten die Kollegen, dass beide Fahrzeuge angekommen waren. Zuerst Dallmayer, die vor der Einfahrt gewartet hatte, und wenig später Hinterstätter. Brechtl parkte außer Sichtweite und ging mit Sonja zu Fuß zu der alten Scheune.

„Moin Kollegen. Wo sind sie?"

„In der Garage. Sie haben sich nur kurz begrüßt, dann sind sie reingegangen."

Im Garten des in die Jahre gekommenen Hauses befand sich eine große, gemauerte Garage, von der aus eine gepflasterte Einfahrt zur Straße führte. Direkt vor der Garage stand Hinterstätters Toyota. Dallmayer hatte auf der Straße geparkt. Die große Hecke, die die Einfahrt vom Garten trennte, bot einen guten Sichtschutz. Brechtl stupste Sonja an.

„Los, komm."

Das hölzerne Tor der Garage war geschlossen, ebenso die seitliche Tür, die in den Garten führte. Das einzige Fenster bestand aus Glasbausteinen, wie sie in den Siebzigerjahren überall verbaut worden waren. Brechtl und Sonja schlichen im Schatten der Hecke zu dem Gebäude, bis sie an der Tür angekommen waren. Brechtl legte das Ohr an die Holztür. Er konnte hören, dass die beiden sich unterhielten, aber nicht verstehen, was sie sagten. Nach kurzem Überlegen holte er sein Handy aus der Brusttasche, stellte den Klingelton ab und gab Sonja ein Zeichen, dass sie ihn anrufen sollte. Er nahm den Anruf an und legte das Handy auf den Boden. Mit einem Ästchen, das er aus der Hecke brach, schob er es vorsichtig durch den Spalt unter der Tür hindurch. Gespannt lauschten die Kommissare dann an Sonjas Telefon, was drinnen gesprochen wurde.

„Ein Kurierdienst?"

„Ja, das hat er gesagt."

„Was soll das heißen ... ich melde mich?"

„Was weiß ich! Ich will jetzt wissen, ob es noch da ist."

Man hörte lautes Rumpeln, als ob etwas Schweres über den Boden geschleift wurde, dann ein metallisches Klappern.

„Alles noch da", sagte Hinterstätter, „welche Seitenzahl ist das?"

„Zweiundsiebzig."

„Da. Seite zweiundsiebzig."

„Das gibt's doch nicht. Zeig mal her."

In diesem Moment würden beide auf das Buch schauen, um die Seite zu vergleichen. Brechtl nutzte den günstigen Moment, um vorsichtig die Türklinke zu drücken. Ebenso langsam ließ er sie wieder los. Die Tür war nicht verschlossen.

„Ist das eine Kopie oder was? Du hast doch gesagt, es gibt keine Kopie", hörten sie Hinterstätter.

„Nein. Fühl doch mal. Das ist mit Schreibmaschine geschrieben."

„Hat die Alte das doppelt getippt?"

„Was weiß ich! Das ist doch auch völlig egal. Tatsache ist, dass noch jemand das Buch hat und dass er weiß, dass du es auch hast. Woher weiß der das? Was will der?"

„Na Geld, was sonst."

„Geld, Geld … immer nur Geld", regte sich die Dallmayer auf, „Du hast gesagt, das wäre ein Kinderspiel und jetzt ..."

„Was kann ich dafür, dass die Alte so bescheuert war. Ich hab ihr ja wohl genug geboten. Kein normaler Mensch hätte das abgelehnt."

„Deswegen musstest du nicht gleich zuschlagen. Das war eine alte Frau."

„Fang jetzt nicht wieder damit an. Das war ein Unfall, die Sache ist vom Tisch."

„Vom Tisch? Spinnst du?"

„Du hast mir doch selber die Zeitung gezeigt. Selbstmord. Basta. Wann waren die Bullen das letzte Mal bei euch? … Siehste. Bei mir waren sie gar nicht. Die haben den Fall längst zu den Akten gelegt."

Brechtl warf Sonja einen zufriedenen Blick zu. Ich bin ja so genial, dachte er bei sich.

„Und wenn der Typ zur Polizei geht?", fragte Dallmayer weiter.

„Quatsch. Warum sollte er? Der will Geld. Sonst nix.“

„Und woher willst du das nehmen? Meinst du, Raropharm zahlt dir schon mal 'nen Vorschuss, oder was?“

„Lass mich das mal machen. Mit dem werde ich schon fertig.“

„Willst du den auch noch umbringen? Du bist ja völlig verrückt! Das Buch besorgen, hast du gesagt. Das war o.k. für mich. Und jetzt … Du bist ja total wahnsinnig! Ich spiel da nicht mehr mit.“

Man hörte ein Rumpeln.

„Jetzt hör mir mal gut zu!“, drohte Hinterstätter. „Das ist meine Chance. So was kriegt man nur einmal im Leben. Und das lass ich mir nicht kaputt machen, verstehst du? Von niemandem! Du hängst da mit drin, ob du willst oder nicht. Du hast schließlich alles organisiert.“

„Lass mich los!“

„Entweder wir ziehen das hier zusammen durch oder …“

„Du sollst mich loslassen!“

Wieder konnten sie ein lautes Scheppern hören. Brechtl zog seine Dienstwaffe aus dem Holster.

„Zugriff!“, raunte er Sonja zu, die ebenfalls ihre Pistole entsicherte.

Mit einem Ruck riss Brechtl die Tür auf. Hinterstätter hatte Dallmayer am Hals gepackt und drückte sie gegen ein Regal. Ihre Augen waren weit aufgerissen und sie versuchte vergeblich, sich zu wehren.

„Loslassen! Sofort!“, brüllte Brechtl.

Hinterstätter fuhr herum. Einen kurzen Moment schien er mit der Situation völlig überfordert zu sein und drückte einfach weiter zu.

„Loslassen!“

Brechtl richtete die Waffe auf ihn. Jetzt erst ließ Hinterstätter von Dallmayer ab, machte einen Schritt zur Seite und hob die Hände. Katja Dallmayer lehnte röchelnd an dem Stahlregal und hielt sich ihren Hals.

„Alles in Ordnung, Frau Dallmayer?“, erkundigte sich Brechtl.

Noch bevor sie antworten konnte, riss Hinterstätter sie wieder an sich heran, griff sich einen Schraubenzieher, der in dem Regal lag, und drückte die Spitze gegen ihren Hals.

„Hören Sie auf, Hinterstätter. Lassen Sie das Ding fallen.“ Brechtl hätte sich selbst ohrfeigen können für den kurzen Moment, in dem er unaufmerksam war.

„Sie machen jetzt, was ich sage“, forderte Hinterstätter. „Waffen weglegen. Los!“

Niemand bewegte sich. Brechtl und Sonja hatten ihre Pistolen im Anschlag, Frau Dallmayer stand da wie versteinert und Hinterstätter schaute nervös zwischen den Polizisten hin und her.

„Herr Hinterstätter, geben Sie auf! Sie haben doch keine Chance, hier rauszukommen“, ergriff Sonja das Wort.

„Halt die Klappe! Waffen weg!“

Er drückte den Schraubenzieher noch etwas fester gegen den Kehlkopf von Frau Dallmayer.

„Gut, gut“, sagte Brechtl betont ruhig, „ich mache Ihnen einen Vorschlag: Sie können mich als Geisel nehmen, wenn Sie Frau Dallmayer gehen lassen.“

Ganz langsam ließ er seine Dienstwaffe sinken und nahm sie vorne am Lauf, sodass sie mit dem Griff in Hinterstätters Richtung zeigte. Schritt für Schritt ging er auf ihn zu. Als er noch ungefähr zwei Meter von ihm entfernt war, schleuderte er die Pistole mit Schwung in die andere Ecke der Garage. Im gleichen Moment erfüllte ein ohrenbetäubender Knall den Raum und Hinterstätter begann, wie am Spieß zu schreien.

Das Garagentor wurde aufgerissen und Jan und

Manne stürmten herein. Gleichzeitig kamen die beiden Kollegen vom MEK durch die andere Tür.

„Peter Hinterstätter, ich nehme Sie fest wegen des Verdachts des Totschlags an Frau Luise Schwemmer sowie des Mordes an Frau Maria Cortez.“ Manne begann, Hinterstätter wortgetreu seine Rechte vorzutragen. Der hatte im Moment ganz andere Sorgen. Sein rechter Oberarm blutete stark und er krümmte sich vor Schmerzen. Jan führte Frau Dallmayer ab. Aus der Ferne konnte man schon die Sirenen der Krankenwagen hören.

Brechtl hob seine Waffe auf und setzte sich neben Sonja, die mit dem Rücken an der Wand auf dem Garagenboden kauerte.

„Er hat im entscheidenden Moment auf die falsche Stelle geschaut ... Ganz schön verkratzt“, meinte er, während er die Pistole musterte.

„Woher hast du gewusst, dass ich schieße?“, fragte Sonja.

„Ich kenne dich jetzt seit zehn Jahren. Ich weiß, dass du das Richtige tust, wenn's drauf ankommt.“

Sie lächelte verlegen.

„Warum hast du nicht selber geschossen?“

„Bei den Lichtverhältnissen? Wer weiß, was ich getroffen hätte, ohne Brille“, scherzte Brechtl. „Du warst schon immer der bessere Schütze von uns beiden.“

„Du hast bloß keinen Bock, den ganzen Mist mit dem Schusswaffengebrauch auszufüllen.“

„Ja logisch. Heute ist Dienstag, da hab ich was Besseres vor.“

Brechtl steckte seine Pistole ins Holster, stand auf und ging zu der Werkzeugkiste, die neben dem Regal auf dem Boden stand.

„Alles drin. Das Buch, die Briefe und der Laptop“, stellte er fest, ging zur Tür und hob sein Handy auf.

„Ist auch verkratzt. Ich glaube, du bist draufgetreten.“

„Ich? Wieso ich?", fragte Sonja entrüstet.

„Weils sonst die Versicherung nicht zahlt."

Er wählte Rainers Nummer und bat ihn, nach Kleinsendelbach zu kommen. Dann streckte er Sonja die Hand hin, um ihr auf zu helfen. Sie zitterte immer noch. Zusammen gingen sie nach draußen. Dort blitzten inzwischen Unmengen von Blaulichtern und das halbe Dorf war zusammengelaufen.

Kapitel 16

Zehn Tage waren seit der Festnahme vergangen, was nicht hieß, dass die Arbeit des K1 damit getan war. Im Gegenteil: Brechtl und sein Team hatten noch jede Menge zu tun, um den Fall aufzuarbeiten, aber es herrschte eine deutlich entspanntere Atmosphäre im ersten Stock der Kriminalinspektion. Jetzt, wo Hinterstätter und Dallmayer in Untersuchungshaft saßen, konzentrierte man sich darauf, dem Staatsanwalt eine lückenlose Beweiskette zu liefern. Der hatte sich inzwischen wieder beruhigt.

Brechtl brauchte eine Pause, um dem ewigen Schreibkram zu entfliehen, und hatte deshalb freiwillig angeboten, die vom Gericht als nicht mehr benötigt freigegebenen Beweismittel zurückzubringen. Er fuhr nach Rückersdorf zu Alexander Cornelius. Mit seinen Kollegen war er in den letzten Tagen des Öfteren in der Villa gewesen, um Akten und Daten sicherzustellen.

„Sie sind's wieder", begrüßte er Brechtl. Die Aufregung der letzten Tage war ihm deutlich anzusehen.

„Guten Tag, Herr Cornelius. Diesmal bringe ich zur Abwechslung etwas zurück."

Er hielt den Karton hoch, in dem sich Cornelius' Laptop befand.

„Kommen Sie rein."

Im Wohnzimmer saß Julia Kristiansen auf dem Sofa und bot dem Kommissar einen Platz an.

„Möchten Sie etwas trinken?", fragte Cornelius.

„Nein, danke. Ich bin gleich wieder weg. Sie müssten mir nur unterschreiben, dass ich Ihnen Ihren Computer zurückgegeben habe."

Cornelius packte den Laptop aus und las die Quittung durch, bevor er sie unterschrieb. Er wirkte ausgelaugt und müde.

„Wie geht es jetzt weiter mit der Stiftung?", erkundigte sich Brechtl.

„Es muss ja weitergehen. Ich stehe in der Schuld meiner Klienten. Aber ich habe mich entschlossen, dieses Haus zu verkaufen. Es hat mir nie Glück gebracht. Von mir aus kann es von Lindenbach wieder haben, aber nur, wenn er mich endlich in Ruhe lässt."

„Die einstweilige Verfügung ist schon raus."

„Wenn ich gewusst hätte, wie sich das Ganze entwickelt, hätte ich nie damit angefangen." Er lehnte sich in seinem Sessel zurück, nahm einen Stapel Spielkarten vom Tisch und machte nebenbei einige Kunststückchen damit. „Ich hätte eine stinknormale Kanzlei aufgemacht und mit anderer Leute Ehekrisen und Nachbarschaftsstreitigkeiten eine Menge Geld verdient. Am Wochenende wäre ich zum Flugplatz raus, hätte mir die Welt von oben angeschaut und wäre mit meiner Zauberei aufgetreten. Tja – hinterher ist man immer schlauer!"

„Die Kreuz Zehn ... Sie haben einen ganzen Stapel davon, oder?", mutmaßte Brechtl.

Cornelius lächelte, fächerte die Karten auf dem Tisch auf und drehte eine davon um. Kreuz Zehn. Dann schob er die Karten wieder zusammen, drehte den Stapel um und fächerte ihn erneut auf. Es war ein komplettes französisches Blatt mit allen zweiundfünfzig Karten, bunt gemischt.

„Sie tauschen das Spiel aus, in dem Moment, wenn Sie den Regenschirm aufspringen lassen. Die Zuschauer erschrecken und Sie haben Sichtschutz hinter dem Schirm. Der Rest ist Fingerfertigkeit."

Cornelius ließ sich nicht aus der Ruhe bringen. Immer wieder mischte er die Karten auf verschiedene Weise und hob ab. Jedes Mal kam die Kreuz Zehn zum Vorschein. Zwischendurch zeigte er das komplette Blatt, legte es auf den Tisch, schnipste mit dem Finger und drehte dann die oberste Karte um. Kreuz Zehn.

„Herr Kommissar", riet er und stand auf, „nehmen Sie sich nicht die Illusion. Freuen Sie sich einfach und denken Sie nicht zu viel nach. So macht das Leben viel mehr Spaß."

Er gab ihm die unterschriebene Quittung zurück.

„Ich werd's versuchen", versprach Brechtl und verabschiedete sich.

Als er auf der Straße nach seinem Autoschlüssel kramte, spürte er, dass noch etwas in seiner Jackentasche war. Er zog es heraus: Es war die Kreuz Zehn.

In Röthenbach stellte Brechtl den Dienstwagen in der Randstraße ab. Mit einer voll bepackten Stofftasche in der Hand schlenderte er auf das Altenheim zu, um Herrn Keller zu besuchen und ihm das Manuskript und die Briefe zurückzugeben. Vor der Eingangstür begegnete ihm Schwester Reinhilde.

„Grüß dich, Karl-Heinz."

„Grüß Gott, Schwester. Wie geht's?"

„Ich hab's ein bisschen eilig. Ich hab so einen Haufen Spenden für meine Kinder, das muss ich heut alles noch einpacken. Morgen fahren wir runter. Und was machst du hier?"

„Ich geh zum Herrn Keller. Ich muss ihm noch was zurückbringen."

„Zum Keller Erwin?"

„Ja, genau."

„Ach, Karl-Heinz, da bist du zu spät dran. Den haben wir gestern beerdigt."

„Ehrlich? Oh, das wusste ich nicht. Der war doch noch ganz rüstig."

„Mei. Zum Sterben ist man nie zu alt. Er ist ganz friedlich eingeschlafen."

Brechtl verabschiedete sich von Schwester Reinhilde und setzte sich auf die Parkbank gleich neben dem Friedhofstor. Er nahm die Flasche Leinburger aus der Tasche, die er eigentlich für Herrn Keller mitgebracht hatte, und öffnete sie am Metallrahmen der Bank. Nachdenklich schaute er durch die kahlen Äste der alten Eiche in den Himmel und prostete ihm zu. Vielleicht war er ja jetzt bei seiner Luise?

Vielen Dank

an alle, die zur Entstehung dieses Buches beigetragen haben.

Meine Frau Gabi, die viel Zeit in das Korrekturlesen und Verbessern gesteckt hat,

Schwester Reinholda, für die Führung durch das Altenheim,

Anja, die mich wieder in Sachen Polizeiarbeit beraten hat, und

Gerlinde, die mir immer weiterhilft, wenn es um Fragen der Rechtsmedizin geht.

Vom gleichen Autor erschienen:

Bob Meyer
ISBN 978-3-942251-05-1
€ 12,80

Bob Meyer
ISBN 978-3-942251-10-0
€ 12,80

Bob Meyer
ISBN 978-3-942251-25-9
€ 12,80

aus dem Fahner Verlag

Ines Schäfer, 1. Teil
ISBN 978-3-924158-40-8
€ 9,90

Ines Schäfer, 2. Teil
ISBN 978-3-924158-60-6
€ 9,90

Ines Schäfer, 3. Teil
ISBN 978-3-924158-74-3
€ 9,90

Ines Schäfer, 4. Teil
ISBN 978-3-924158-88-0
€ 11,80

Ines Schäfer, 5. Teil
ISBN 978-3-924158-96-5
€ 11,80

Ilse-Maria Dries, 1. Teil
ISBN 978-3-942251-02-0
€ 12,80

Ilse-Maria Dries, 2. Teil
ISBN 978-3-942251-06-8
€ 12,80

Heinrich Veh
ISBN 978-3-942251-08-2
€ 12,80

Heinrich Veh
ISBN 978-3-942251-11-2
€ 12,80

Heinrich Veh
ISBN 978-3-942251-15-0
€ 12,80

Heinrich Veh
ISBN 978-3-942251-20-4
€ 12,80

Heinrich Veh
ISBN 978-3-942251-28-0
€ 12,80

Heinrich Veh
ISBN 978-3-942251-29-7
€ 12,80